U0916488

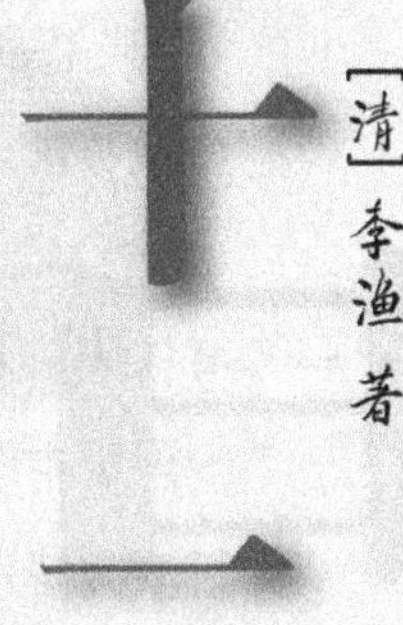

十二楼

［清］李渔 著

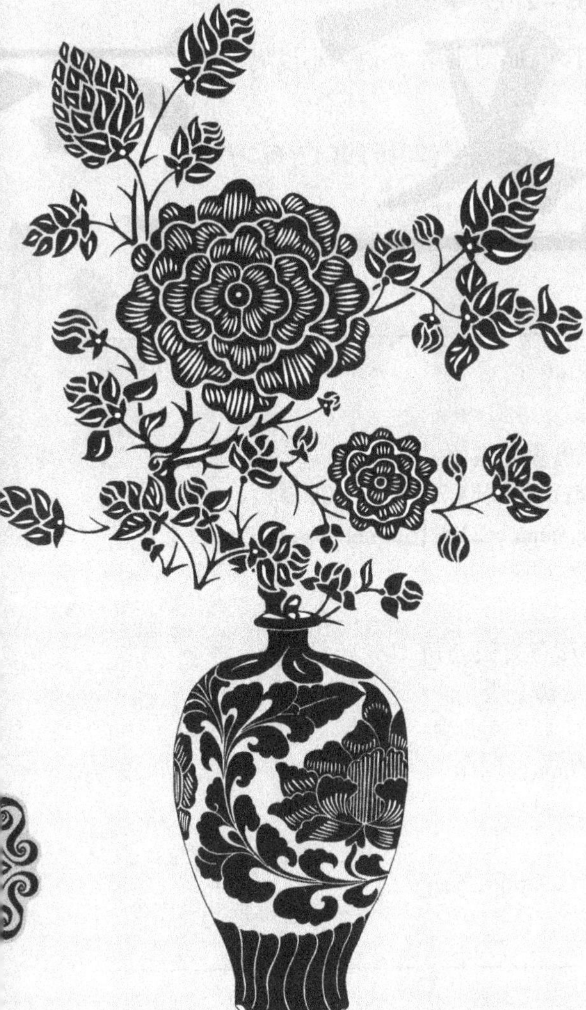

二十一世纪出版社集团
21st Century Publishing Group

图书在版编目(CIP)数据

十二楼/(清)李渔著. —南昌:二十一世纪出版社集团,2016.8 (2025.7重印)

(经典书香. 中国古典禁毁小说丛书)

ISBN 978-7-5568-2103-7

Ⅰ.①十… Ⅱ.①李… Ⅲ.①话本小说-小说集-中国-清代 Ⅳ.①I242.3

中国版本图书馆CIP数据核字(2016)第174623号

新浪微博:@二十一世纪出版社官方

十二楼

李渔/著

策　　划 余伯刚
责任编辑 敖登格日乐
出版发行 二十一世纪出版社集团
(江西省南昌市子安路75号　330009)
www.21cccc.com cc21@163.net
出 版 人 张秋林
经　　销 新华书店
印　　刷 三河市明华印务有限公司
版　　次 2016年10月第1版
印　　次 2025年7月第3次印刷
开　　本 620mm×889mm　1/16
印　　张 17
字　　数 186千字
书　　号 ISBN 978-7-5568-2103-7
定　　价 43.00元

赣版权登字—04—2016—585

如发现印装质量问题,请寄本社图书发行公司调换 0791-86524997

前　言

《十二楼》是李渔的一个白话短篇小说集，又名《觉世名言十二楼》。全书共十二篇作品，题名分别是《合影楼》《夺锦楼》《三与楼》《夏宜楼》《归正楼》《萃雅楼》《拂云楼》《十卺楼》《鹤归楼》《奉先楼》《生我楼》《闻过楼》。除了《夺锦楼》是作者强加上去的外，其余诸篇小说的题名都取自于作品中的楼阁名，每篇作品中的人物命运、情节展开又都与那座楼阁有着联系。

在明末清初这段历史时期里，李渔（1611－1680）是占有重要地位的作家。初名仙侣，后改名渔，字谪凡，号笠翁。汉族，浙江金华兰溪人，著名的文学家、戏剧家。自幼聪颖，素有才子之誉，世称“李十郎”，曾设家庭戏班，至各地演出，从而积累了丰富的戏曲创作、演出经验，提出了较为完善的戏剧理论体系。一生著述丰富，著有《笠翁十种曲》（含《风筝误》）、《无声戏》（又名《连城璧》）、《十二楼》《闲情偶寄》《笠翁一家言》等五百多万字。还批阅《三国志》，改定《金瓶梅》，倡编《芥子园画谱》等，是中国文化史上不可多得的一位艺术天才。

李渔的短篇小说集《十二楼》充满浓厚的尚奇、尚情倾向：在情节构思上，他通过不同的道具和情节设置，依靠误会巧合，设置悬念来构筑新奇作品；在人物形象上，他注重故事中人物异于常人的地方，使得人物形象焕发出别样的生机与魅力；在情感表现上，他既关注以情为根基和以欲为诉求的男女之情，更强调袒露胸怀的真率之情。正因如此，后人予以此书极高评价。

李渔的小说在一定程度上反映了广大人民的生活和愿望，有着比较鲜明的民主思想，因此为大多数人所喜爱。《十二楼》则是李渔较具代表性的小说作品，被誉为“清代白话短篇小说中的上乘之作”。十二个故事都具有很强的娱乐性，婉妙逼真，在同时期的作品中具有独特的风格。

李渔的创作深刻地影响了我国话本小说艺术的内在素质和文体形态，他以卓越的才华对我国的拟话本小说进行了最后的革新，使这一既定的文学类型焕发出了新的活力。

本次出版，对原书中的一些错漏、笔误和疑难之处，分别做了校勘、修正和注释，以便于读者阅读。由于时间仓促，水平有限，其中难免有疏漏之处，望专家、读者予以指正。

编　者

2016 年 5 月

序

觉道人山居稽古，得楼之事类，凡十有二。其说咸可喜。推而广之，于劝惩不无助。于是新编《十二楼》，复裒然成书。手以视余，且属言其端。余披阅一过，喟然叹觉道人之用心，不同于恒人也！

盖自说部逢世，而侏儒牟利。苟以求售，其言猥亵鄙靡，无所不至，为世道人心之患者无论矣。即或志存扶植，而才不足以达其辞，趣不足以辅其理，块然幽闷，使观者恐卧，而听者反走，则天地间又安用此无味之腐谈哉！

今是编以通俗语言，鼓吹经传；以入情啼笑，接引顽痴：殆老泉所谓“苏、张无其心，而龙、比无其术者”欤？

夫妙解连环，而要之不诡于大道。即施、罗二子，斯秘未睹，况其下者乎？语云：“为善如登。”觉道人将以是编偕一世人结欢喜缘，相与携手徐步而登此十二楼也。使人忽忽忘为善之难而贺登天之易，厥功伟矣！道人尝语余云：“吾于诗文，非不究心，而得志愉快，终不敢以稗史为末技。”嗟乎！诗文之名诚美矣，顾今之为诗文者，岂诗文哉？是曾不若吹箎蹴鞠，而可以傲人神之艺乎？吾谓与其以诗文造业，何如以稗史造福；与其以诗文贻笑，何如以稗史名家。

昔李伯时工绘事而好画马，昙秀师呵之，使画大士。今觉道人之稗史，固画大士者也。吾愿从此益为之不倦，虽四禅天不难到，岂第十二楼哉。

顺治戊戌中秋日钟离濬水题。

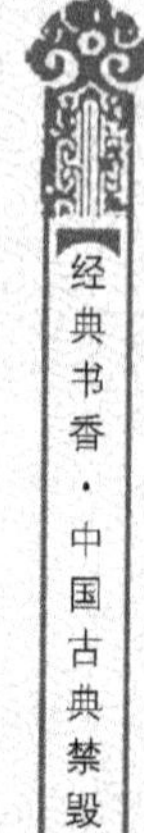

目　录

合影楼

第　一　回

防奸盗刻意藏形　起情氛无心露影

词云：

世间欲断钟情路，男女分开住。掘条深堑在中间，使他终身不度是非关。　　堑深又怕能生事，水满情偏炽。绿波惯会做红娘，不见御沟流出墨痕香。

——右调《虞美人》

这首词，是说天地间越礼犯分之事，件件可以消除，独有男女相慕之情，枕席交欢之谊，只除非禁于未发之先；若到那男子妇人动了念头之后，莫道家法无所施，官威不能摄，就使玉皇大帝下了诛夷之诏，阎罗天子出了缉获的牌，山川草木尽作刀兵，日月星辰皆为矢石，他总是拼了一死，定要去遂心了愿。觉得此愿不了，就活上几千岁，然后飞升，究竟是个鳏寡神仙。此心一遂，就死上一万年不得转世，也还是个风流鬼魅。到了这怨生慕死的地步，你说还有什么法则可以防御得他？所以惩奸遏欲之事，定要行在未发之先。未发之先，又没有别样禁法，只是严分内外，重别嫌疑，使男女不相亲近而已。

儒书云："男女授受不亲。"道书云："不见可欲，使心不乱。”这两句话，极讲得周密。男子与妇人，亲手递一件东西，或是相见一面，他自他，我自我，有何关碍，这等防得森严？要晓得古圣先贤，也是有情有欲的人，都曾经历过来，知道一见了面，一沾了手，就要把无意之事，认作有心，不容你自家做主，要颠倒错乱起来。譬如妇人取一件东西，递与男子，过手的时节，或高或下，或重或轻，总是出于无意。当不得那接手的人，常要画蛇添足：轻的说他故示温柔；重的说他有心戏谑；高的说他提心在手，何异举案齐眉；低的说他借物丢情，不啻抛球掷果。想到此处，就不好辜其来意，也要弄些手势答他。焉知那位妇人不肯将错就错。这本风流戏文，就从这件东西上做起了。

至于男女相见，那种眉眼招灾、声音起祸的利害，也是如此。所以只是不见不亲的妙。不信，但引两对古人做个证验：李药师所得的红拂妓，当初关在杨越公府中，何曾知道男子面黄面白？崔千牛所盗的红绡女，立在郭令公身畔，何曾对着男子说短说长？只为家主公要卖弄豪华，把两个得意侍儿与男子见得一面，不想他五个指头、一双眼睛就会说起话来。及至机心一动，任你铜墙铁壁，也禁他不住。私奔的私奔出去，窃负的窃负将来。若还守了这两句格言，使他“授受不亲”，“不见可欲”，哪有这般不幸之事？

我今日这回小说，总是要使齐家之人，知道防微杜渐，非但不可露形，亦且不可露影，不是单阐风情，又替才子佳人辟出一条相思路也。

元朝至正年间，广东韶州府曲江县有两个闲住的缙绅：一姓屠，一姓管。姓屠的由黄甲起家，官至观察之职；姓管的由乡贡起家，官至提举之职。他两个是一门之婿，只因内族无子，先后赘在家中。才情学术，都是一般，只有心性各别：管提举古板执拗，是个道学先生；屠观察跌宕豪华，是个风流才子。两位夫人的性格，起先原是一般，只因各适所夫，受了形于之化，也渐渐的相背起来：听过道学的，就怕讲风情；说惯风情的，又厌闻道学。这一对连襟、两个姊妹，虽是嫡亲瓜葛，只因好尚不同，互相贬驳，日复一日，就弄做仇家敌国一般。起先还是同居，到了岳丈、岳母死后，就把一宅分为两院。凡是界限之处，都筑了高墙，使彼此不能相见。独是后园之中，有两座水阁：一座面西的，是屠观察所得；一座面东的，是管提举所得。中间隔着池水，正合着唐诗二句：

遥知杨柳是门处，似隔芙蓉无路通。

陆地上的界限，都好设立墙垣，独有这深水之中，下不得石脚，还是上连下隔的。

论起理来，盈盈一水，也当得过黄河天堑？当不得管提举多心，还怕这位姨夫要在隔水间花之处，窥视他的姬妾。就不惜工费，在水底下立了石柱，水面上架了石板，也砌起一带墙垣，分了彼此，使他眼光不能相射。从此以后，这两户人家，莫说男子与妇人，终年不得谋面；就是男子与男子，一年之内，也会不上一两遭。

却说屠观察生有一子，名曰珍生；管提举生有一女，名曰玉娟：玉娟长珍生半岁。两个的面貌，竟像一副印板印下来的。只因两位母亲，原是同胞姊妹，面容骨骼，相去不远，又且娇媚异常。这两个孩子，又能各肖其母，在襁褓的时节，还是同居，辨不出谁珍谁玉。有时屠夫人把玉娟认做儿子，抱在怀中饲奶；有时管夫人把珍生认做女儿，搂在身边睡觉。后来竟习以为常，两母两儿互相乳育。有《诗经》二句道得好：

螟蛉①有子，式縠②似之。

从来孩子的面貌，多肖乳娘，总是血脉相荫的缘故。

同居之际，两个都是孩子，没有知识，面貌像与不像，他也不得而知。直到分居析产之后，垂髫③总角之时，听见人说，才有些疑心，要把两副面容合来印正一印正，以验人言之确否。却又咫尺之间，分了天南地北，这两副面貌印正不成了。再过几年，他两人的心事就不谋而合，时常对着镜子，赏鉴自家的面容，只管啧啧赞羡道："我这样人物，只说是天下无双，人间少二的了，难道还有第二个人，赶得我上不成?"他们这番念头，还是一片相忌之心，并不曾有相怜之意。只说九分相合，毕竟有一分相歧，好不到这般地步，要让他独擅其美。哪里知道，相忌之中，就埋伏了相怜之隙，想到后面做出一本风流戏来。

玉娟是个女儿，虽有其心，不好过门求见。珍生是个男子，心上思量道："大人不相合，与我们孩子无干。便时常过去走走，也不失亲亲之义。姨娘可见，表妹独不可见乎?"就忽然破起格来，竟走过去拜谒。哪里知道，那位姨翁预先立了禁约，却像知道的一般，竟写几行大字，贴在厅后道：

凡系内亲，勿进内室。本衙止别男妇，不问亲疏，各宜

① 螟蛉——一种绿色小虫，古时用以比喻养子。

② 縠（gǔ）——善，好。

③ 垂髫（tiáo）——古时儿童不束发，头发下垂。借指童年或儿童。

体谅。

珍生见了，就立住脚跟，不敢进去。只好对了管公，请姨娘、表妹出来拜见。管公单请夫人见了一面，连“小姐”二字绝不提起。及至珍生再请，他又假示龙钟，茫然不答。珍生默喻其意，就不敢固请，坐了一会，即便告辞。

既去之后，管夫人问道：“两姨姊妹，分属表亲，原有可见之理，为什么该拒绝他？”管公道：“夫人有所不知，‘男女授受不亲’这句话头，单为至亲而设；若还是陌路之人，他何由进我的门，何由入我的室？既不进门入室，又何须分别嫌疑？单为碍了亲情，不便拒绝，所以有穿房入户之事。这分别嫌疑的礼数，就由此而起。别样的瓜葛，亲者自亲，疏者自疏，皆有一定之理。独是两姨之子，姑舅之儿，这种亲情，最难分别：说他不是兄妹，又系一人所出，似有共体之情；说他竟是兄妹，又属两姓之人，并无同胞之义。因在似亲似疏之间，古人委决不下，不曾注有定义，所以泾渭难分，彼此互见，以致有不清不白之事做将出来。历观野史传奇，儿女私情，大半出于中表，皆因做父母的，没有真知灼见，竟把他当了兄妹，穿房入户，难以提防，所以混乱至此。我乃主持风教的人，岂可不加辨别，仍蹈世俗之陋规乎！”夫人听了，点头不已，说他讲得极是。

从此以后，珍生断了痴想，玉娟绝了妄念，知道家人的言语印正不来。随他像也得，不像也得；丑似我也得，好似我也得，一总不去计论他。

偶然有一日，也是机缘凑巧，该当遇合。岸上不能相会，竟把两个影子，放在碧波里面印正起来。有一首现成绝句，就是当年的情景。其诗云：

绿树阴浓夏日长，楼台倒影入池塘。

水晶帘动微风起，并作南来一味凉。

时当仲夏，暑气困人，这一男一女，不谋而合都到水阁上纳凉。只见清风徐来，水波不兴，把两座楼台的影子，明明白白倒竖在水中。玉娟小姐定睛一看，忽然惊讶起来道："为什么我的影子，倒去在他家？形影相离，大是不祥之兆。"疑惑一会，方才转了念头，知道这个影子，就是平时想念的人："只因科头而坐，头上没有方巾，与我辈妇人一样，又且面貌相同，故此疑他作我。"想到此处，方才要印正起来，果然一线不差，竟是自己的模样。既不能够独擅其美，就未免要同病相怜，渐渐有个怨怅爷娘不该拒绝亲人之意。

却说珍生倚栏而坐，忽然看见对岸的影子，不觉惊喜跳跃，凝眸细认一番，才知道人言不谬。风流才子的公郎，比不得道学先生的令爱：意气多而涵养少。那些童而习之的学问，等不到第二次就要试验出来，对着影子，轻轻的唤道："你就是玉娟姐姐么？好一副面容，果然与我一样。为什么不合在一处做了夫妻？"说话的时节，又把一双玉臂对着水中，却像要捞起影子，拿来受用的一般。

玉娟听了此言，看了此状，那点亲爱之心，就愈加歆动①起来。也想要答他一句，回他一手，当不得家法森严：逾规越检的话，从来不曾讲过；背礼犯分之事，从来不曾做过，未免有些碍手碍口。只好把满腹衷情，付之一笑而已。屠珍生的风流诀窍，原是有传授的。但凡调戏妇人，不问他肯不肯，但看他笑不笑。

---

① 歆（xīn）动——欣喜动心。

只消朱唇一裂，就是好音。这副同心带儿，已结在影子里面了。

从此以后，这一男一女，日日思想纳凉，时时要来避暑。又不许丫环服侍，伴当追随，总是孤凭画阁，独倚雕栏，好对着影子说话。大约珍生的话多，玉娟的话少，只把手语传情，使他不言而喻。恐怕说出口来，被爷娘听见，不但受鞭箠①之苦，亦且有性命之忧。

这是第一回，单说他两个影子相会之初，虚空模拟的情节。但不知见形之后，实事何如，且看下回分解。

---

① 鞭箠（chuí）——鞭打。

第　二　回

受骂翁代图好事　被弃女错害相思

却说珍生与玉娟自从相遇之后，终日在影里盘桓，只可恨隔了危墙，不能够见面。偶然有一日，玉娟因睡魔缠扰，起得稍迟，盥栉①起来，已是巳牌时候。走到水阁上面，不见珍生的影子，只说他等我不来，又到别处去了。谁想回头一看，那个影子忽然变了真形，立在他玉体之后，张开两手，竟要来搂抱他。这是什么缘故？只为珍生蓄了偷香之念，乘他未至，预先赴水过来，藏在隐僻之处，等他一到，就钻出来下手。

玉娟是个胆小的人，要说句私情话儿，尚且怕人听见，岂有青天白日对了男子，做那不尴不尬的事，没有人捉奸之理？就大叫一声“呵呀”，如飞避了进去。一连三五日，不敢到水阁上来。看官，要晓得这番举动，还是提举公家法森严，闺门谨饬的效验。不然，就有真赃实犯的事做将出来。这段奸情，不但在影似之间而已了。

珍生见他喊避，也吃了一大惊，翻身跳入水中，踉跄而去。

玉娟那番光景，一来出于仓皇，二来迫于畏惧，原不是有心拒绝他。过了几时，未免有些懊悔，就草下一幅诗笺，藏在花瓣

① 盥栉（guànzhì）——梳洗。

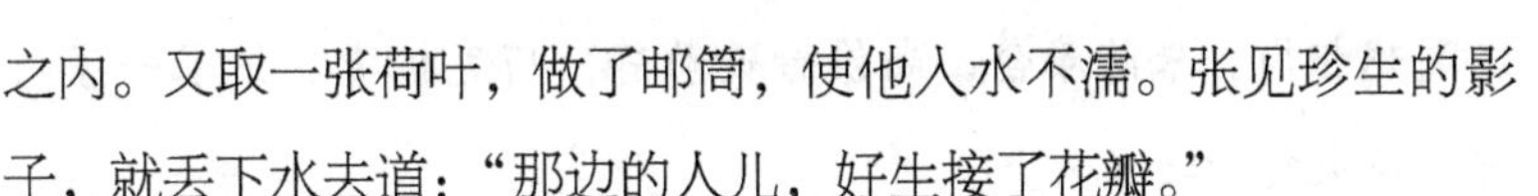

之内。又取一张荷叶，做了邮筒，使他入水不濡。张见珍生的影子，就丢下水去道："那边的人儿，好生接了花瓣。"

珍生听见，惊喜欲狂，连忙走下楼去，拾起来一看，却是一首七言绝句。

其诗云：

绿波摇漾最关情，何事虚无变有形？

非是避花偏就影，只愁花动动金铃。

珍生见了，喜出望外，也和他一首，放在碧筒之上，寄过去道：

惜春虽爱影横斜，到底如看梦里花。

但得冰肌亲玉骨，莫将修短问韶华。

玉娟看了此诗，知道他色胆如天，不顾生死，少不得还要过来，终有一场奇祸。又取一幅花笺，写了几行小字，去禁止他道：

初到止于惊避，再来未卜存亡。

吾翁不类若翁，我死同于汝死。

戒之，慎之！

珍生见他回得决裂，不敢再为佻达①之词，但写几句恳切话儿，以订婚姻之约。

其字云：

家范固严，杞忧亦甚。既杜桑间之约，当从冰上之言②。所

---

① 佻（tiāo）达——同"佻侻"，轻薄，轻浮。

② 冰上之言——媒人的话。

虑吴越相衔，朱陈难合，尚俟徐觇动静，巧觅机缘。但求一字之贞，便矢终身之义。

玉娟得此，不但放了愁肠，又且合他本念，就把婚姻之事，一口应承，复他几句道：

既删《郑》《卫》，当续《周南》。愿深“寤寐”之求，勿惜“参差”之采。此身有属，之死靡他。倘背厥天，有如皎日！

珍生览毕，欣慰异常。

从此以后，终日在影中问答，形外追随。没有一日，不做几首情诗。做诗的题目，总不离一个“影”字。未及半年，珍生竟把唱和的诗稿汇成一帙，题曰《合影编》。放在案头，被父母看见，知道这位公郎是个肖子，不唯善读父书，亦且能成母志，倒欢喜不过，要替他成就姻缘。只是逆料那个迂儒，断不肯成人之美。

管提举有个乡贡同年，姓路，字子由，做了几任有司，此时亦在林下。他的心体，绝无一毫沾滞。既不喜风流，又不讲道学。听了迂腐的话，也不见攒眉；闻了鄙亵之言，也未尝洗耳。正合着古语一句：“在不夷不惠之间。”故此与屠、管二人都相契厚。屠观察与夫人商议，只有此老可以做得媒人，就亲自上门求他作伐，说：“敝连襟与小弟素不相能，望仁兄以和羹妙手调剂其间，使冰炭化为水乳，方能有济。”路公道：“既属至亲，原该缔好。当效犬马之力。”

一日，会了提举，问他：“令爱芳年，曾否许配？”等他回了几句，就把观察所托的话，婉婉转转说去说他。管提举笑而不答。因有笔在手头，就写几行大字在几案之上道：

素性不谐，矛盾已久。方著绝交之论，难遵缔好之言。欲求亲上加亲，何啻梦中说梦。

路公见了，知道他不可再强，从此以后，就绝口不提。走去回复观察，只说他坚执不允；把书台回复的狠话，隐而不传。

观察夫妇就断了念头，要替儿子别娶。又闻得人说路公有个螟蛉之女，小字锦云，才貌不在玉娟之下。另央一位媒人，走去说合。路公道：“婚姻大事，不好单凭己意，也要把两个八字合一合婚。没有刑伤损克，方才好许。”观察就把儿子的年庚，封与媒人送去。路公拆开一看，惊诧不已。原来珍生的年庚，就是锦云的八字。这一男一女，竟是同年同月同日同时的。路公道：“这等看来，分明是天作之合，不由人不许了，还有什么狐疑？”媒人照他的话过来回复。观察夫妇欢喜不了，就瞒了儿子，定下这头亲事。

珍生是个伶俐之人，岂有父母定下婚姻，全不知道的理？要晓得这位郎君，自从遇了玉娟，把三魂七魄倒附在影子上去。影子便活泼不过，那副形骸肢体竟像个死人一般：有时叫他也不应，问他也不答。除了水阁不坐，除了画栏不倚。只在那几尺地方走来走去，又不许一人近身。所以家务事情无由入耳，连自己婚姻定了多时，还不知道。倒是玉娟听得人说，只道他背却前盟，切齿不已，写字过来怨恨他，他才有些知觉。走去盘问爷娘，知道委曲，就号啕痛哭起来，竟像小孩子撒赖一般，倒在爷娘怀里，要死要活，硬逼他去退亲。又且痛恨路公，呼其名而辱骂说："姨丈不肯许亲，都是他的鬼话。明明要我做女婿，不肯让与别人，所以借端推托。若央别个做媒，此时成了好事，也未见得。"千乌龟，万老贼，骂个不了。观察要把大义责他，只因骄纵在前，整顿不起。又知道："儿子的风流，原是看我的样子。我不能自断情欲，如何禁止得他？"所以一味优容，只劝他："暂缓愁肠，待我替你划策。"珍生限了时日，要他一面退亲，一面图谋好事；不然，就要自寻短计，关系他的宗祧。

观察无可奈何，只得负荆上门，预先请过了罪，然后把儿子不愿的话直告路公。路公变起色来道："我与你是何等人家，岂有结定婚姻，又行反复之理！亲友闻之，岂不唾骂。令郎的意思，既不肯与舍下联姻，毕竟心有所属，请问要聘哪一家？"观察道："他的意思，注定在管门。知其必不可得，决要希图万一，以俟将来。"路公听了，不觉掩口而笑，方才把那日说亲、书台回复的狠话直念出来。观察听了，不觉泪如雨下，叹口气道："这等说来，豚儿的性命决不能留，小弟他日必为'若敖之鬼'①矣。"路公道："为何至此？莫非令公郎与管小姐有了什么勾当，故此分拆不开么？"观察道："虽无实事，颇有虚情。两副形骸，虽然不曾会合；那一对影子，已做了半载夫妻。如今情真意切，实是分拆不开。老亲翁何以救我？"说过之后，又把《合影编》的诗稿递送与他，说是一本风流孽账。

---

① 若敖之鬼——若敖，复姓。周代楚王熊咢生子熊仪，命名为若敖，后即沿为姓氏。若敖氏的鬼因灭宗而无人祭祀。比喻子孙断绝，没有后代。

路公看过之后，怒了一回，又笑起来道："这桩事情，虽然可恼，却是一种佳话。对影钟情，从来未有其事，将来必传。只是为父母的不该使他至此。既已至此，哪得不成就他？也罢，在我身上替他生出法来，成就这桩好事。宁可做小女不着，冒了被弃之名，替他别寻配偶罢。"观察道："若得如此，感恩不尽。"

观察别了路公，把这番说话报与儿子知道。珍生转忧作喜，不但不骂，又且歌功颂德起来。终日催促爷娘，去求他早筹良计。又亲自上门，哀告不已。路公道："这桩好事不是一年半载做得来的，且去准备寒窗，再守几年孤寡。"

路公从此以后，一面替女儿别寻佳婿，一面替珍生巧觅机缘，把悔亲的来历在家人面前绝不提起。一来虑人笑耻，二来恐怕女儿知道，学了人家的样子，也要不尴不尬起来。倒说女婿不中意，恐怕误了终身，自家要悔亲别许。哪里知道儿女心多，倒从假话里面弄出真事故来。

却说锦云小姐，未经悔议之先，知道才郎的八字与自己相同，又闻得那副面容俊俏不过，方且自庆得人，巴不得早完亲事。忽然听见悔亲，不觉手忙脚乱。那些丫环侍妾，又替他埋怨主人说："好好一头亲事，已结成了，又替他拆开！使女婿上门哀告，只是不许。既然不许，就该断绝了他，为什么又应承作伐，把个如花似玉的女婿送与别人！"锦云听见，痛恨不已，说："我是他螟蛉之女，自然痛痒不关。若还是亲生自养，岂有这等不情之事！"恨了几日，不觉生起病来。俗语讲得好：

说不出的，才是真苦。

挠不着的，才是真痛。

他这番心事，说又说不出，只好郁在胸中，所以结成大块，攻治不好。

男子要离绝妇人，妇人反思念男子，这种相思，自开辟以来不曾有人害得。看官们看到此处，也要略停慧眼，稍掬愁眉，替他存想存想。且看这番孽障，后来如何结果。

第　三　回

堕巧计爱女嫁媒人　凑奇缘媒人赔爱女

却说管提举的家范原自严谨，又因路公来说亲，增了许多疑虑，就把墙垣之下、池水之中，填以瓦砾，覆以泥土，筑起一带长堤。又时常着人伴守，不容女儿独坐。从此以后，不但形骸隔绝，连一对虚空影子，也分为两处，不得相亲。珍生与玉娟，又不约而同做了几首《别影》诗附在原稿之后。

玉娟只晓得珍生别娶，却不知道他悔亲，深恨男儿薄幸，背了盟言，误得自己不上不下。又恨路公怀了私念，把别人的女婿攘为己有，媒人不做，倒反做起岳丈来。可见说亲的话，并非忠言，不过是勉强塞责，所以父亲不许。一连恨了几日，也渐渐的不茶不饭，生起病来。

路小姐的相思，叫做错害。管小姐的相思，叫做错怪。害与怪虽然不同，其错一也。更有一种奇怪的相思，害在屠珍生身上，一半像路，一半像管。恰好在错害、错怪之间。

这是什么缘故？他见水中墙下筑了长堤，心上思量道："他父亲若要如此，何不行在砌墙立柱之先？还省许多工料。为什么到了此刻，忽然多起事来？毕竟是他自己的意思，知道我聘了别家，竟要断恩绝义，倒在爷娘面前讨好，假妆个贞节妇人，故此叫他筑堤，以示诀绝之意，也未见得。我为他做了义夫，把说成的亲事都回绝了，依旧要想娶他。万一此念果真，我这段痴情向何处着落？闻得路小姐娇艳异常，他的年庚，又与我相合，也不叫做无缘。如今年庚相合的，既回了去；面貌相似的，又娶不来：竟做了一事无成，两相耽误，好没来由。”只因这两条错念，横在胸中，所以他的相思，更比二位佳人害得诧异。想到玉娟身上，就把锦云当了仇人，说他是起祸的根由，时常在梦中咒骂；想到锦云身上，又把玉娟当了仇人，说他是误人的种子，不住在暗里唠叨。弄得父母说张不是，说李不是，只好听其自然。

却说锦云小姐的病体越重，路公择婿之念愈坚；路公择婿之念愈坚，锦云小姐的病体越重。路公不解其意，只说他年大当婚，恐有失时之叹，故此忧郁成病。只要选中才郎，成了亲事，他自然勿药有喜。所以吩咐媒婆，引了男子上门，终朝选择。谁想引来的男子，都是些魑魅魍魉，丫环见了一个，走进去形容体态，定要惊个半死。惊上几十次，哪里还有魂灵，只剩得几茎残骨，一副枯骸，倒在床褥之间，恹恹待毙。

路公见了，方才有些着忙，细问丫环，知道他得病的来历，就翻然自悔道：“妇人从一而终，原不该悔亲别议。他这场大病，倒害得不差，都是我做爷的不是。当初屠家来退亲，原不该就许。如今既许出口，又不好再去强他。况且那桩好事，我已任在身上，大丈夫千金一诺，岂可自食其言？只除非把两头亲事合做一头，三个病人串通一路，只瞒着老管一个，等他自做恶人。直等好事做成，方才使他知道。到那时节，生米煮成熟饭，要强也强不去了。只是大小之间，有些难处。”仔细想了一会，又悟转来道：“当初娥皇、女英，同是帝尧之女，难道配了大舜，也分个妻妾不成？不过是姊妹相称而已。”

主意定了，一面叫丫环安慰女儿，一面请屠观察过来商议

说："有个两便之方，既不令小女二天，又不使管门失节。只是令郎有福，忒煞讨了便宜，也是他命该如此。"观察喜之不胜，问他："计将安出？"路公道："贵连襟心性执拗，不便强之以情，只好欺之以理。小弟中年无子，他时常劝我立嗣。我如今只说立了一人，要聘他女儿为媳，他念相与之情，自然应许。等他许定之后，我又说小女尚未定人，要招令郎为婿，屈他做个四门亲家，以终夙昔之好。他就要断绝你，也却不得我的情面。许出了口，料想不好再许别人。待我选了吉日，只说一面娶亲，一面赘婿，把二女一男并在一处，使他各畅怀来，岂不是桩美事？"屠观察听了，笑得一声，不觉拜倒在地，说他"不但有回天之力，亦且有再造之恩"。感颂不了。就把异常的喜信，报与儿子知道。

珍生正在两忧之际，得了双喜之音，如何跳跃得住。他那种诧异相思，不是这种诧异的方术也医他不好。锦云听了丫环的话，知道改邪归正，不消医治，早已拔去病根。只等那一男一女过来就他，好做女英之姊，大舜之妻。此时，三个病人好了两位，只苦得玉娟一个，有了喜信，究竟不得而知。

路公会着提举，就把做成的圈套去笼络他。管提举见女儿病危，原有早定婚姻之意，又因他是契厚同年，巴不得联姻缔好，就满口应承，不做一毫难色。路公怕他食言，隔不上一两日，就送聘礼过门。纳聘之后，又把招赘珍生的话吐露出来。管提举口虽不言，心上未免不快，笑他明于求婚，暗于择婿，前门进人，后门入鬼，所得不偿所失。只因成事不说，也不去规谏他。

玉娟小姐见说自己的情郎赘了路公之女，自己又要嫁入路门，与他同在一处，真是羞上加羞，辱中添辱，如何气愤得了。要写一封密札寄与珍生，说明自家的心事，然后去赴水悬梁，寻个自尽。当不得丫环厮守，父母提防，不但没有寄书之人，亦且没有写书之地。

一日，丫环进来传话说："路家小姐闻得嫂嫂有病，要亲自过来问安。"玉娟闻了此言，一发焦躁不已，只说："他占了我的情人，夺了我的好事，一味心高气傲，故意把喜事骄人，等不得我到他家，预先上门来羞辱。这番歹意，如何依允得他。"就催逼母亲，叫人过去回复。

哪里知道这位姑娘并无歹意，要做个瞒人的喜鹊，飞入耳朵来报信的。只因路公要完好事，知道这位小姐是道学先生的女儿，决不肯做失节之妇，听见许了别人，不知就里，一定要寻短计。若央别个寄信，当不得他门禁森严，三姑六婆无由而入。只得把女儿权做红娘，过去传消递息。

玉娟见说回复不住，只得随他上门。未到之先，打点一副吃亏的面孔，先忍一顿羞惭，等他得志过了，然后把报仇雪耻的话去回复他。不想走到面前，见过了礼，就伸出一双嫩手，在他玉臂之上捏了一把，却像别有衷情，不好对人说得，两下心照的一般。玉娟惊诧不已。一茶之后，就引入房中，问他捏臂之故。

锦云道："小妹今日之来，不是问安，实来报喜。《合影编》的诗稿，已做了一部传奇，目下就要团圆了。只是正旦之外，又添了一脚小旦，你却不要多心。"玉娟惊问其故，锦云把父亲作合的始末细述一番。玉娟喜个不了。只消一剂妙药，医好了三个病人。大家设定机关，单骗着提举一个。

路公选了好日，一面抬珍生进门，一面娶玉娟入室，再把女儿请出洞房，凑成三美，一起拜起堂来。真个好看。只见：

男同叔宝，女类夷光。评品姿容，却似两朵琼花，倚着一根

玉树；形容态度，又像一轮皎月，分开两片轻云。那一边，年庚相合，牵来比并，辨不清孰妹孰兄；这一对，面貌相同，卸去冠裳，认不出谁男谁女。把男子推班出色，遇红遇绿，到处成牌；用妇人接羽移宫，鼓瑟鼓琴，皆能合调。允矣，无双乐事；诚哉，对半神仙！

成亲过了三日，路公就准备筵席，诸屠、管二人会亲。又怕管提举不来，另写一幅单笺，夹在请帖之内道：

亲上加亲，昔闻戒矣。梦中说梦，姑妄听之。令为说梦主人，屈作加亲创举；勿以小嫌介意，致令大礼不成。再订。

管提举看了前面几句，还不介怀。直到末后一联，有“大礼”二字，就未免为礼法所拘，不好借端推托。

到了那一日，只得过去会亲。走到的时节，屠观察早已在座。路公铺下毡单，把二位亲翁请在上首，自己立在下首，一同拜了三拜。又把屠观察请过一边，自家对了提举，深深叩过三首，道：“起先三拜是会亲，如今三拜是请罪。从前以后，凡有不是之处，俱望老亲翁海涵。”管提举道：“老亲翁是个简略的人，为何到了今日，忽然多起礼数来？莫非因人而施，因小弟是个拘儒，故此也作拘儒之套么？”路公道：“怎敢如此。小弟自议亲以来，负罪多端，擢发莫数，只求念‘至亲’二字，多方原宥。俗语道得好，儿子得罪父亲，也不过是负荆而已，何况儿女亲家。小弟拜过之后，大事已完，老亲翁要施责备，也责备不成了。”管提举不解其意，还只说是谦逊之词。

只见说过之后，阶下两边鼓乐一起吹打起来，竟像轰雷震耳。莫说两人对语，绝不闻声，就是自己说话，也听不出一字。正在喧闹之际，又有许多侍妾拥了对半新人，早已步出画堂，立

在毡单之上，俯首躬身，只等下拜。管提举定睛细看，只见女儿一个立在左手，其余都是外人，并不见自家的女婿，就对着女儿高声大喊道："你是何人，竟立在姑夫左手！不唯礼数欠周，亦且浑乱不雅，还不快走开去！"他便喊叫得慌，并没有一人听见。这一男二女，低头竟拜。管提举掉转身来正要回避，不想二位亲翁走到，每人拉住一边，不但不放他走，亦且不容回拜，竟像两块夹板夹住身子的一般，端端正正受了一十二拜。直到拜完之后，两位新人一起走了进去，方才吩咐乐工住了吹打。听管提举变色而道，说："小女拜堂，令郎为何不见？令婿与令爱，与小弟并非至亲，岂有受拜之礼？这番仪节，小弟不解，老亲翁请道其故。"路公道："不瞒老亲翁说，这位令姨侄，就是小弟的螟蛉。小弟的螟蛉，就是亲翁的令婿。亲翁的令婿，又是小弟的东床。他一身充了三役，所以方才行礼，拜了三三九拜。老亲翁是个至明至聪的人，难道还懂不着？"管提举想了一会，再辨不清，又对路公道："这些说话，小弟一字不解，缠来缠去，不得明白。难道今日之来，不是会亲，竟在这边做梦不成？"路公道："小柬上面已曾讲过，'今为说梦主人'，就是为此。要晓得'说梦'二字，原不是小弟创起。当初替他说亲，蒙老亲翁书台回复，那个时节早已种下梦根了。人生一梦耳，何必十分认真？劝你将错就错，完了这场春梦罢。"

提举听了这些话，方才醒悟，就问他道："老亲翁是个正人，为何行此暧昧之事？就要做媒，也只该明讲，怎么设定圈套，弄起我来？"路公道："何尝不来明讲？老亲翁并不回言，只把两句话儿示之以意，却像要我说梦的一般，所以不复明言，只得便宜行事。若还自家弄巧，单骗令爱一位，使亲翁做了愚人，这重罪

案就逃不去了。如今舍得自己，赢得他人，方才拜堂的时节，还把令爱立在左首，小女甘就下风，这样公道拐子，折本媒人，世间没有第二个！求你把责人之念稍宽一分，全了忠恕之道罢。”提举听到此处，颜色稍和。想了一会，又问他道：“敝连襟舍了小女，怕没有别处求亲？老亲翁除了此子，也另有高门纳彩。为什么把二女配了一夫，定要陷人以不义？”路公道：“其中就里，只好付之不言；若还根究起来，只怕方才那三拜，老亲翁该赔还小弟，倒要认起不是来。”

提举听到此处，又重新变起色来道：“小弟有何不是？快请说来。”路公道：“只因府上的家范过于严谨，使男子妇人不得见面，所以郁出病来。别样的病只害得自己一个，不想令爱的尊恙，与时灾疫症一般，一家过到一家，蔓延不已。起先过与他，后来又过与小女，几乎把三条性命断送在一时。小弟要救小女，只得预先救他。既要救他，又只得先救令爱。所以把三个病人，合来住在一处，才好用药调理。这就是联姻缔好的缘故。老亲翁不问，也不好直说出来。”

提举听了，一发惊诧不已。就把自家坐的交椅，一步一步挪近前来，就着路公，好等他说明就里。路公怕他不服，索性说个尽情，就把对影钟情、不肯别就的始末，一缘二故诉说出来。气得他面如土色，不住的咒骂女儿。

路公道：“姻缘所在，非人力之所能为。究竟令爱守贞，不肯失节，也还是家教使然。如今也已成亲，也算做‘既往不咎’了，还要怪他做什么？”提举道：“这等看来，都是小弟治家不严，以致如此。空讲一生道学，不曾做得个完人。快取酒来，先罚我三杯，然后上席。”路公道：“这也怪不得亲翁。从来的家法，只能痼形，不能痼影。这是两个影子做出事来，与身体无涉，哪里防得许多！从今以后，也使治家的人知道，这番公案，连影子也要提防，绝没有露形之事了。”又对观察道：“你两个的是非曲直，毕竟要归重一边。若还府上的家教也与贵连襟一般，使令公郎有所畏惮，不敢胡行，这桩诧事，就断然没有了。究竟是你害他，非是他累你。不可因令公郎得了便宜，倒说风流的是，道学的不是，把是非曲直颠倒过来，使人喜风流而恶道学，坏先辈之典型。取酒过来，罚你三巨斝，以服贵连襟之心，然后坐席。”观察道：“讲得有理，受罚无辞。”一连饮了三杯，就作揖赔个不是，方才就席饮酒，尽欢而散。

从此以后，两家释了芥蒂，相好如初。过到后来依旧把两院并为一宅，就将两座水阁做了金屋，以贮两位阿娇，题曰“合影楼”，以成其志。不但拆去墙垣，掘开泥土，等两位佳人互相盼望；又架起一座飞桥，以便珍生之来往，使牛郎织女无天河银汉之隔。后来珍生联登二榜，入了词林，位到侍讲之职。

这段逸事出在《胡氏笔谈》，但系抄本，不曾刊板行世，所以见者甚少。如今编做小说，还不能取信于人，只说这一十二座亭台，都是空中楼阁也。

夺锦楼

第　一　回

生二女连吃四家茶　娶双妻反合孤鸾命

词云：

一马一鞍有例，半子难招双婿。失口便伤伦，不俟他年改配。成对，成对！此愿也难轻遂！

——右调《如梦令》

这首词，单为乱许婚姻，不顾儿女终身者作。常有一个女儿，以前许了张三，到后来算计不通，又许了李四。以致争论不休，经官动府，把跨凤乘鸾的美事，反做了鼠牙雀角的讼端。那些官断私评，都说他后来改许的不是。据我看来，此等人的过失，倒在第一番轻许，不在第二番改诺。只因不能慎之于始，所以不得不变之于终。做父母的，哪一个不愿儿女荣华，女婿显贵。他改许之意，原是为爱女不过，所以如此，并没有什么歹心。只因前面所许者或贱或贫，后面所许者非富即贵。这点势利心肠，凡是择婿之人，个个都有；但要用在未许之先，不可行在既许之后。未许之先，若能够真正势利，做一个趋炎附势的人，遇了贫贱之家，决不肯轻许，宁可迟些日子，要等个富贵之人，这位女儿就不致轻易失身，倒受他势利之福了。当不得他预先盛德，一味要做古人，置贫贱富贵于不论；及至到既许之后，忽然势利起来，改弦易辙，毁裂前盟，这位女儿就不能够自安其身，反要受他盛德之累了。这番议论，无人敢道，须让我辈胆大者言之。虽系末世之言，即使闻于古人，亦不以为无功而有罪也。

如今说件轻许婚姻之事，兼表一位善理词讼之官，又与世上嫁错的女儿申一口怨气。

明朝正德初年，湖广武昌府江夏县有个鱼行经纪，姓钱号小江，娶妻边氏。夫妻两口，最不和睦，一向艰于子息。到四十岁上，同胞生下二女，止差得半刻时辰。世上的人都说儿子像爷，女儿像娘，独有这两个女儿不肯蹈袭成规，另创一种面目，竟像别人家儿女抱来抚养的一般。不但面貌不同，连心性也各别。父母极丑陋、极愚蠢，女儿极标致、极聪明。

长到十岁之外，就像海棠着露，菡萏[1]经风，一日娇媚似一日。到了十四岁上，一发使人见面不得：莫说少年子弟看了无不销魂，就是六七十岁的老人家瞥面遇见，也要说几声"爱死，爱死"。资性极好，只可惜不曾读书，但能记账打算而已。至于女工针织，一见就会，不用人教。穿的是缟衣布裙，戴的是铜簪锡珥，与富贵人家女儿立在一处，偏要把他们比并下来。旁边议论的人都说："缟布不换绮罗，铜锡不输金玉。"只因他们抢眼不过，就是有财有力的人家，多算多谋的子弟，都群起而图之。

小江与边氏虽是夫妻两口，却与仇敌一般。小江要许人家，又不容边氏做主；边氏要招女婿，又不使小江与闻。两个我瞒着你，你瞒着我，都央人在背后做事。小江的性子，在家里虽然倔

① 菡萏（hàndàn）——荷花。

强，见了外面的朋友，也还蔼然可亲；不像边氏来得泼悍，动不动要打上街坊，骂断邻里。那些做媒的人，都说："丈夫可欺，妻子难惹。求男不如求女，瞒妻不若瞒夫。"所以边氏议就的人家，倒在小江议就的前面。两个女儿各选一个女婿，都叫他："拣了吉日，竟送聘礼上门，不怕他做爷的不受。省得他预先知道，又要嫌张嫌李，不容我自做主张。"

有几个晓事的人说："女儿许人家，全要父亲做主。父亲许了，就使做娘的不依，也还有状词可告。没有做官的人也为悍妇所制，倒去了男子汉凭内眷施为之理。"就要别央媒人，对小江说合。当不得做媒的人都有些欺善怕恶，叫他瞒了边氏，就个个头疼，不敢招架，都说："得罪于小江，等他发作的时节，还好出头分理；就受些凌辱，也好走去禀官。得罪了边氏，使他发起泼来，男不与妇敌，莫说被他咒骂不好应声，就是挥上几拳、打上几掌，也只好忍疼受苦，做个唾面自干。难道好打他一顿，告他一状不成?"所以到处央媒，并无一人肯做，只得自己对着小江说起求亲之事。小江看见做媒的人只问妻子，不来问他，大有不平之意。如今听见"求亲"二字，就是空谷足音①，得意不过，自然满口应承，哪里还去论好歹？那求亲的人又说："众人都怕令正，不肯做媒，却怎么处?"小江道："两家没人通好，所以用着媒人。我如今亲口许了，还要什么媒妁!"求亲的人得了这句话，就不胜之喜。当面选了吉日，要送盘盒过门。小江的主意也与妻子一般，预先并不通知，直待临时发觉。

---

① 空谷足音——在空寂的山谷里听到人的脚步声。比喻难得的音信或事物。

不想好日多同，四姓人家的聘礼，都在一时一刻送上门来。鼓乐喧天，金珠罗列，辨不出谁张谁李。还只说送聘的人家知道我夫妻不睦，唯恐得罪了一边，所以一姓人家备了两副礼帖，一副送与男子，一副送与妇人。所谓宁可多礼，不可少礼。及至取帖一看，谁想“眷侍教生”之下，一字也不肯雷同，倒写得错综有致。头上四个字合念起来，正含着百家姓一句，叫做“赵钱孙李”。夫妻二口就不觉四目交睁，两声齐发。一边说：“我至戚之外，哪里来这两门野亲?”一边道：“我喜盒之旁，何故增这许多牢食?”小江对着边氏说：“我家主公不发回书，谁敢收他一盘一盒!”边氏指着小江说：我家主婆不许动手，谁敢接他一线一丝!”丈夫又问妻子说：“在家从父，出嫁从夫。若论在家的女儿，也该是我父亲为政。若论出嫁的妻子，也该是我丈夫为政。你有什么道理，辄敢胡行!”妻子又问丈夫说：“娶媳由父，嫁女由母。若还是娶媳妇，就该由你做主；目今是嫁女儿，自然由我做主。你是何人，敢来搀越!”

两边争竞不已，竟要厮打起来。亏得送礼之人一起隔住，使他近不得身，交不得手。边氏不由分说，竟把自己所许的，照着礼单，件件都替他收下，央人代写回帖，打发来人去了；把丈夫所许的，都叫人推出门外，一件不许收。小江气愤不过，偏要扯进门来，连盘连盒都替他倒下，自己写了回帖，也打发出门。

小江知道，这两头亲事都要经官，且把告状做了末着，先以早下手为强。就吩咐亲翁，叫他快选吉日，多备灯笼火把，雇些有力之人前来抢夺。且待抢夺不去，然后告状也未迟。那两姓人家，果然依了此计，不上一两日，就选定婚期，雇了许多打手，随着轿子前来，指望做个万人之敌。不想男兵易斗，女帅难降，

只消一个边氏捏了闩门的杠子，横驱直扫，竟把过去的人役杀得片甲不留，一个个都抱头鼠窜。连花灯彩轿、灯笼火把，都丢了一半下来，叫做“借寇兵而赍盗粮”，被边氏留在家中，备将来遣嫁之用。小江一发气不过，就催两位亲家速速告状。亲家知道状词难写，没有把亲母告做被犯、亲家填做干证之理，只得做对头不着，把打坏家人的事，都归并在他身上，做个“师出有名”。不由县断，竟往府堂告理。准出之后，小江就递诉词一纸，以作应兵，好替他当官说话。那两姓人家，少不得也具诉词，恐怕有夫之妇不便出头，把他写做头名干证，说是媳妇的亲母，好待官府问他。

彼时太守缺员，乃本府刑尊署印。刑尊到任未几，最有贤声，是个青年进士。准了这张状词，不上三日，就悬牌挂审。先唤小江上去，盘驳了一番。然后审问四姓之人，与状上有名的媒妁。只除边氏不叫，因他有丈夫在前，只说丈夫的话与他所说的一般，没有夫妻各别之理。哪里知道被告的干证，就是原告干证的对头；女儿的母亲，就是女婿丈人的仇敌。只见人说“会打官司同笔砚”，不曾见说“会打官司共枕头”。

边氏见官府不叫，就高声喊起屈来。刑尊只得唤他上去。边氏指定了丈夫，说：“他虽是男人，一些主意也没有，随人哄骗，不顾儿女终身。他所许之人，都是地方的光棍，所以小妇人便宜行事，不肯容他做主。求老爷俯鉴下情。”

刑尊听了，只说他情有可原，又去盘驳小江。小江说：“妻子悍泼非常，只会欺凌丈夫，并无一长可取。别事欺凌还可容恕，婚姻是桩大典，岂有丈夫退位让妻子专权之理？”

刑尊见他也说得是，难以解纷，就对他二人道：“论起理来，还该由丈夫做主。只是家庭之事，尽有出于常理之外者，不可执一而论。待本厅唤你女儿到来，且看他们意思何如，还是说爷讲的是，娘讲的是。”二人磕头道：“正该如此。”

刑尊就出一枝火签，差人去唤女儿。唤便去唤，只说他父母生得丑陋，料想茅茨里面开不出好花，还怕一代不如一代，不知丑到什么地步方才底止，就扮一副吃惊见怪的面孔，在堂上等他们。谁想二人走到，竟使满堂书吏与皂快人等，都不避官法，一起挨挤拢来，个个伸头，人人着眼，竟像九天之上掉下个异宝来的一般。至于堂上之官，一发神摇目定，竟不知这两位神女从何处飞来。还亏得签差禀了一声说：“某人的女儿拿到！”方才晓得是茅茨里面开出来的异花：不但后代好似前代，竟好到没影的去处方才底止。惊骇了一会，就问他们道：“你父母二人不相知会，竟把你们两个许了四姓人家。及至审问起来，父亲又说母亲不是，母亲又说父亲不是。古语道得好：‘清官难断家务事。’所以叫你们来问：平昔之间，还是父亲做人好，母亲做人好？”

这两个女儿，平日最是害羞，看见一个男子，尚且思量躲避；何况满堂之人，把几百双眼睛盯在他们二人身上，恨不得掀开官府的桌围，钻进去权躲一刻。谁想官府的法眼，又比众人看得分明，看之不足，又且问起话来，叫他们满面娇羞，如何答应得出。所以刑尊问了几次，他们并不作声，只把面上的神色做了口供。竟像他父母做人都有些不是，为女儿者不好说得的一般。刑尊默喻其意，思想这样绝色女子，也不是将就男人可以配得来的。如今也不论父许的是，母许的是，只把那四个男子一起拘拢来，替他们比并比并。只要配得过的，就断与他们成亲罢了。

算计已定，正要出签去唤男子，不想四个犯人一起跪上来，

禀道："不消老爷出签，小的们的儿子都现在二门之外，防备老爷断亲与他，故此先来等候。待小的们自己出去，各人唤进来就是了。"刑尊道："既然如此，快出去唤来。"只见四人去不多时，各人扯着一个走进来，禀道："这就是儿子，求老爷判亲与他。"

刑尊抬起头来，把四个后生一看，竟像一对父母所生，个个都是奇形怪状。莫说标致的没有，就要选个四体周全、五官不缺的，也不能够。心上思量道："二女之夫，少不得出在这四个里面。矮子队里选将军，叫我如何选得出。不意红颜薄命，亦至于此。"叹息了一声，就把小江所许的叫他跪在东首，边氏所许的，叫他跪在西首。然后把两个女儿唤来，跪在中间，对他们吩咐道："你父母所许的人，都唤来了。起先问你，你既不肯直说，想是一来害羞，二来难说父母的不是。如今不要你开口，只把头儿略转一转，分个向背出来。要嫁父亲所许的，就向了东边；要嫁母亲所许的，就向了西边。这一转之间，关系终身大事，你两个的主意，须是要定得好。"说了这一句，连满堂之人，都定睛不动，要看他们转头。

谁想这两位佳人，起先看见男子进来，倒还左顾右盼，要看四个人的面容；及至见了奇形怪状，都低头合眼，暗暗的坠起泪来。听见官府问他们，也不向东，也不向西，正正的对了官府，就放声大哭起来。越问得勤，他们越哭得急。竟把满堂人的眼泪都哭出来，个个替他们称冤叫苦。刑尊道："这等看起来，两边所许的，各有些不是，你都不愿嫁他们的了？我老爷心上也正替你们踌躇，没有这等两个人，都配了村夫俗子之理。你们且跪在一边，我自有处。""叫他父母上来！"小江与边氏一起跪到案桌之前，听官吩咐。

刑尊把桌子一拍，大怒起来道：“你夫妻两口，全没有一毫正经，把儿女终身视为儿戏！既要许亲，也大家商议商议，看女儿女婿可配得来。为什么把这样的女儿，都配了这样的女婿？你看方才那种哭法，就知道配成之后，得所不得所了。还亏得告在我这边，除常律之外，另有一个断法。若把别位官儿，定要拘牵成格，判与所许之人。这两条性命，就要在他笔底勾消了！如今两边所许的，都不作准。待我另差官媒，与他们作伐，定要嫁个相配的人，我今日这个断法，也不是曲体私情，不循公道，原有一番至理。待我做出审单，与众人看了，你们自然心服。”说完之后，就提起笔来，写出一篇谳词道：

审得钱小江与妻边氏，一胞生女二人，均有姿容，人人欲得以为妇，某某，某某，希冀联姻，非一日矣。因其夫妇异心，各为婚主：媚灶出奇者，既以结妇欺男为得志；盗铃取胜者，又以掩中袭外为多功。遂致两不相闻，多生诖误①。二其女而四其夫，既少分身之法；东家食兮西家宿，亦非训俗之方。相女配夫，怪妍媸之太别；审音察貌，怜痛楚之难胜。是用以情逆理，破格行仁；然亦不敢枉法以行私，仍效引经而折狱。六礼同行，三茶共设，四婚何以并行？父母之命，媒妁之言，二者均不可少。兹审边氏所许者，虽有媒言，实无父命，断之使就，虑开无父之门；小江所许者，虽有父命，实少媒言，判之使从，是辟无媒之径。均有妨于古礼，且无裨于今人。四男别缔丝萝，二女非其伉俪。宁使噬脐于今日，无令反目于他年。此虽救女之婆心，抑亦筹男之善策也。各犯免供，仅存此案。

---

① 诖（guà）误——被别人牵连而受到损害。

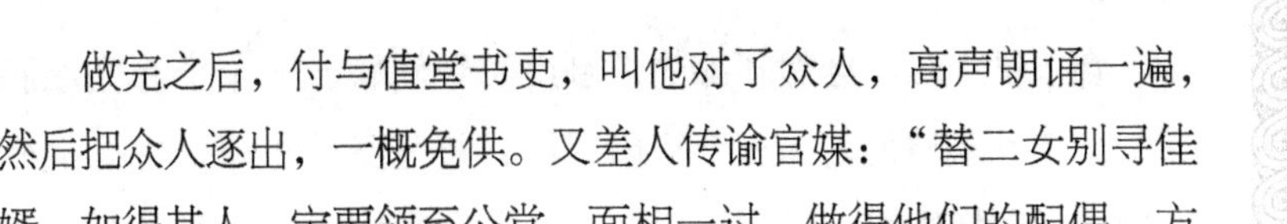

做完之后，付与值堂书吏，叫他对了众人，高声朗诵一遍，然后把众人逐出，一概免供。又差人传谕官媒：“替二女别寻佳婿。如得其人，定要领至公堂，面相一过，做得他们的配偶，方许完姻。”

官媒寻了几日，领了许多少年，私下说好，当官都相不中。刑尊就别生一法，要在文字之中替他们择婿，方能够才貌两全。恰好山间的百姓拿着一对活鹿，解送与他，正合刑尊之意，就出一张告示，限于某月某日，季考生童。叫生童于卷面之上，把“已冠”“未冠”四个字改做“已娶”“未娶”。说：“本年乡试不远，要识英才于未遇之先，特悬两位淑女、两头瑞鹿，做了锦标，与众人争夺。已娶者以得鹿为标，未娶者以得女为标，夺到手者，即是本年魁解①。”

考场之内，原有一所空楼，刑尊唤边氏领着二女住在楼上，把二鹿养在楼下。暂悬一匾，名曰“夺锦楼”。

告示一出，竟把十县的生童，引得人人兴发，个个心痴。已娶之人，还只从功名起见，抢得活鹿到手，只不过得些彩头。那些未娶的少年，一发踊跃不过，未曾折桂，先有了月里嫦娥。纵不能够大富贵，且先落个小登科。到了考试之日，恨不得把心肝五脏都呕唾出来，去换这两名绝色。考过之后，个个不想回家，都挤在府前等案。

只见到三日之后，发出一张榜来，每县只取十名听候复试。那些取着的，知道此番复考不在看文字，单为选人才。生得标致的，就有几分机会了。

---

① 魁解——解元。这里指科举考试乡试第一名的人。

到复试之日，要做新郎的，倒反先做新娘，一个个都去涂脂抹粉，走到刑尊面前，还要扭扭捏捏，装些身段出来，好等他相中规模，取作案首。谁想这位刑尊，不但善别人才，又且长于风鉴。既要看他妍媸好歹，又要决他富贵穷通。所以在唱名的时节，逐个细看一番，把朱点做了记号。高低轻重之间，就有尊卑前后之别。考完之后，又吩咐礼房，叫到“次日清晨唤齐鼓乐，待我未曾出堂的时节，先到“夺锦楼”上，迎了那两个女子、两头活鹿出来。把活鹿放在府堂之左，那两个女子坐着碧纱彩轿，停在府堂之右。再备花灯鼓乐，好送他们出去成亲”。吩咐已毕，就回衙阅卷。

及至到次日清晨，挂出榜来，只取特等四名。两名已娶，两名未娶，以充夺标之选。其余一等、二等，都在给赏花红之列。已娶得鹿之人，不过是两名陪客，无甚关系，不必道其姓名。那未娶二名：一个是已进的生员，姓袁，名士骏；一个是未进的童生，姓郎，名志远。凡是案上有名的，都齐入府堂，听候发落。闻得东边是鹿，西边是人，大家都舍东就西，去看那两名国色，把半个府堂挤做人山人海。府堂东首，只得一个生员，立在两鹿之旁，徘徊叹息，再不去看妇人。满堂书吏都说他是已娶之人，考在特等里面，知道女子没份，少不得这两头活鹿有一头到他，所以预为之计，要把轻重肥瘦估量在胸中，好待临时牵取。

谁想那边的秀才，走过来一看，都对他拱拱手道：“袁兄，恭喜！这两位佳人，定有一位是尊嫂了。”那秀才摇摇手道：“与我无干。”众人道：“你考在特等第一，又是未娶的人，怎么说出‘无干’二字?”那秀才道：“少刻见了刑尊，自知分晓。”众人不解其故，都说他是谦逊之词。

只见三梆已毕，刑尊出堂。案上有名之人，一起过去拜谢。刑尊就问："特等诸兄是哪几位？请立过一边，待本厅预先发落。"礼房听了这一句，就高声唱起名来。袁士骏之下，还该有三名特等，谁想止得两名，都是已娶。临了一名不到，就是未娶的童生。刑尊道："今日有此盛举，他为什么不来？"袁士骏打一躬道："这是生员的密友，住在乡间，不知太宗师今日发落，所以不曾赶到。"刑尊道："兄就是袁士骏么？好一分天才，好一管秀笔，今科决中无疑了。这两位佳人，实是当今的国色，今日得配才子，可谓天付良缘了。"袁士骏打一躬道："太宗师虽有盛典，生员系薄命之人，不能享此奇福。求另选一名挨补，不要误了此女的终身。"刑尊道："这是何事，也要谦让起来？"叫礼房："去问那两个女子，是哪一个居长？请他上来与袁相公同拜花烛。"

袁士骏又打一躬，止住礼房，叫他不要去唤。刑尊道："这是什么缘故？"袁士骏道："生员命犯孤鸾。凡是聘过的女子，都等不到过门，一有成议，就得暴病而死。生员才满二旬，已曾误死六个女子。凡是推算的星家，都说命中没有妻室，该做个僧道之流。如今虽列衣冠，不久就要逃儒归墨，所以不敢再误佳人，以重生前的罪孽。"刑尊道："哪有此事？命之理微，岂是寻常星士推算得出的？就是几番虚聘，也是偶然。哪有见噎废食之理？兄虽见却，学生断不肯依。只是一件：那第四名郎志远，为什么不到？一来选了良时吉日，要等他来做亲；二来复试的笔踪，与原卷不合，还要面试一番。他今日不到，却怎么处？"

袁士骏听了这句话，又深深打一躬道："生员有一句隐情，论理不该说破，因太宗师见论及此，若不说明，将来就成过失了。这个朋友与生员有八拜之交，因他贫不能娶，有心要成就他。前日两番的文字，都是生员代作的。初次是他自誊，第二次因他不来，就是生员代写。还只说两卷之内或者取得一卷，就是生员的名字，也要把亲事让他。不想都蒙特拔，极是侥幸的了。如今太宗师明察秋毫，看出这种情弊，万一查验出来，倒把为友之心，变做累人之具了。所以不敢不说，求太宗师原情恕罪，与他一体同仁。”

刑尊道：“原来如此。若不亏兄说出，几乎误了一位佳人。既然如此，两名特等都是兄考的，这两位佳人都该是兄得了。富贵功名，倒可以冒认得去；这等国色天香，不是人间所有，非真正才人不能消受，断然是假借不得的。”叫礼房快请那两位女子过来，一起成了好事。袁士骏又再三推却说：“命犯孤鸾的人，一个女子尚且压他不住，何况两位佳人？”刑尊笑起来道：“今日之事，倒合着吾兄的尊造了。所谓命犯孤鸾者，乃是单了一人，不是成双之意。若还是一男一女做了夫妻，倒是双而不单，恐于尊造有碍；如今两女一男，除起一双，就要单了一个，岂不是命犯孤鸾？这等看起来，信乎有命。从今以后，再没有兰摧玉折之事了。”

他说话的时节，下面立了无数的诸生，见他说到此处，就一起赞颂起来，说：“从来帝王卿相都可以为人造命，今日这段姻缘出于太宗师的特典，就是替兄造命了。何况有这个解法，又是至当不易之理。袁兄不消执意，竟与两位尊嫂一同拜谢就是了。”

袁士骏无可奈何，只得勉遵上意，曲徇舆情，与两位佳人立做一处，对着大恩人深深拜了三拜。然后当堂上马，与两乘彩轿一同迎了回去。出去之后，方才分赐瑞鹿，给赏花红。众人看了袁士骏，都说："上界神仙之乐，不能有此。总亏了一位刑尊，实实的怜才好士，才有这番盛举。"

当年乡试，这四名特等之中，恰好中了三位，所遗的一个，原不是真才。代笔的中了，也只当他中一般。后来三个之中，只联捷得一个，就是夺着女标的人。

刑尊为此一事，贤名大噪于都中。后来钦取入京，做了兵科给事。袁士骏由翰林散馆，也做了台中，与他同在两衙门，意气相投，不啻家人父子。古语云："唯英雄能识英雄。"此言真不谬也。

三与楼

第一回

造园亭未成先卖　图产业欲取姑予

诗云：

茅庵改姓属朱门，抱取琴书过别村。
自起危楼还自卖，不将荡产累儿孙。

又云：

百年难免属他人，卖旧何如自卖新。
松竹梅花都入券，琴书鸡犬尚随身。
壁间诗句休言值，槛外云衣不算缗。
他日或来闲眺望，好呼旧主作嘉宾。

这首绝句与这首律诗，乃明朝一位高人为卖楼别产而作。卖楼是桩苦事，正该嗟叹不已，有什么快乐，倒反形诸歌咏？要晓得世间的产业，都是此传舍蘧庐，没有千年不变的江山，没有百年不卖的楼屋。与其到儿孙手里烂贱的送与别人，不若自寻售主，还不十分亏折。即使卖不得价，也还落个慷慨之名，说他明知费重，故意卖轻，与施恩仗义一般，不是被人欺骗。若使儿孙贱卖，就有许多议论出来，说他废祖父之遗业，不孝；割前人之所爱，不仁；昧创业之艰难，不智。这三个恶名，都是创家立业的祖父带挈他受的。倒不如片瓦不留、卓锥无地之人，反使后代儿孙白手创起家来，还得个不阶尺土的美号。所以为人祖父者，到了桑榆暮景之时，也要回转头来，把后面之人看一看。若还规模举动不像个守成之子，倒不如预先出脱，省得做败子封翁，受人讥诮。

从古及今，最著名的达者只有两位：一个叫做唐尧，一个叫做虞舜。他见儿子生得不肖，将来这份大产业少不得要白送与人，不如送在自家手里，还合着古语二句，叫做：

宝剑赠与烈士，红粉送与佳人。

若叫儿孙代送，绝寻不出一个好受主，少不得你争我夺，构起干戈。莫说儿子媳妇没有住场，连自己两座坟山也保不得不来侵扰。有天下者尚且如此，何况庶人。

我如今再说一位达者，一个愚人，与庶民之家做个榜样。这两户人家的产业，还抵不得唐尧屋上一片瓦，虞舜墙头几块砖，为什么要说两户小人家，竟用着这样的高比？只因这两个庶民，一家姓唐，一家姓虞，都说是唐尧、虞舜之后，就以国号为姓，一脉相传下来的，所以借祖形孙，不失本源之义。只是这位达者，便有乃祖之风；那个愚人，绝少家传之秘。肖与不肖，相去天渊，亦可为同源异派之鉴耳。

明朝嘉靖年间，四川成都府成都县有个骤发的富翁，姓唐号玉川。此人素有田土之癖，得了钱财，只喜买田置地，再不起造楼房，连动用的家伙，也不肯轻置一件。至于衣服饮食，一发与他无缘了。他的本心，只为要图生息，说："良田美产，一进了户，就有花利出来，可以日生月大。楼房什物，不但无利，还怕有回禄之灾，一旦归之乌有。至于衣服一好，就有不情之辈走来借穿；饮食一丰，就有托熟之人坐来讨吃。不若自安粗粝，使人无可推求。”他拿定这个主意，所以除了置产之外，不肯破费分文。心上如此，却又不肯安于鄙啬，偏要窃个至美之名，说他是唐尧天子之后。祖上原有家风，住的是茅茨土阶，吃的是太羹玄酒，用的是土硎土簋①，穿的是布衣鹿裘。祖宗俭朴如此，为后裔者不可不遵家训。

众人见他悭吝太过，都在背后料他，说：“古语有云：‘鄙啬之极，必生奢男。’少不得有个后代出来，替他变古为今，使唐风俭不到底。”

谁想生出来的儿子，又能酷肖其父。自小夤缘②入学，是个白丁秀才。饮食也不求丰，衣服也不求侈，器玩也不求精。独有房屋一事，却与诸愿不同，不肯安于俭朴。看见所住之屋与富贵人家的坑厕一般，自己深以为耻。要想做肯堂肯构③之事，又怕兴工动作，所费不赀。闻得人说“起新不如买旧”，就与父亲商议道：“若置得一所美屋，做了住居；再寻一座花园，做了书室：生平之愿足矣。”

玉川思想做“封君”，只得要奉承儿子，不知不觉就变起常性来，回复他道：“不消性急，有一座连园带屋的门面，就在这里巷之中，还不曾起造得完，少不得造完之日，就是变卖之期。

---

① 土硎（xíng）土簋（guǐ）——硎，磨刀石；簋，古代盛食物的器具。

② 夤（yín）缘——攀附上升，比喻攀附权贵，向上巴结。

③ 肯堂肯构——肯，愿意；堂，奠立堂基；构，盖屋。比喻儿子能承继父业。

我和你略等一等就是了。”儿子道：“要卖就不起，要起就不卖，哪有起造得完就想变卖之理？”玉川道：“这种诀窍，你哪里得知。有万金田产的人家，才起得千金的屋宇。若还田屋相半，就叫做树大无根，少不得被风吹倒。何况这户人家，没有百亩田庄，忽起千间楼屋，这叫做无根之树，不待风吹，自然会倒的了，何须问得。”

儿子听了这句话，说他是不朽名言。依旧学了父亲，只去求田，不来问舍，巴不得他早完一日，等自己过去替他落成。原来财主的算计，再不会差，到后来果应其言，合着《诗经》二句：

维鹊有巢，维鸠居之。

那个造屋之人，乃重华后裔，姓虞名灏，字素臣，是个喜读诗书，不求闻达的高士。只因疏懒成性，最怕应酬，不是做官的材料。所以绝意功名，寄情诗酒，要做个不衫不履①之人。他一生一世没有别样嗜好，只喜欢构造园亭。一年到头，没有一日不兴工作。所造之屋，定要穷精极雅，不类寻常。他说：“人生一世，任你良田万顷，厚禄千钟，兼金百镒，都是他人之物，与自己无干。只有三件器皿，是实在受用的东西，不可不求精美。”那三件？

日间所住之屋，夜间所睡之床，死后所贮之棺。

他有这个见解列在胸中，所以好兴土木之工，终年为之而不倦。

唐玉川的儿子等了数载，只不见他完工，心上有些焦躁，又对父亲道：“为什么等了许久，他家的房子再造不完？他家的银

---

① 不衫不履——指衣着不整齐。形容人性情洒脱，不拘小节。

子再用不尽？这等看起来，是个有积蓄的人家。将来变卖之事，有些不稳了。”玉川道：“迟一日，稳一日，又且便宜一日。你再不要虑他。房子起不完者，只因造成之后看不中意，又要拆了重起，精而益求其精，所以耽搁了日子。只当替我改造，何等便宜。银子用不尽者，只因借贷之家与工匠之辈，见他起得高兴，情愿把货物赊他。工食欠而不取，多做一日，多趁他一日的钱财。若还取逼得紧，他就要停工歇作，没有生意做了。所以他的银子还用不完。这叫做‘挖肉补疮’，不是真有积蓄。到了扯拽不来的时节，那些放账的人，少不得一起逼讨，念起紧箍咒来，不怕他不寻头路。田产卖了不够还人，自然想到屋上。若还收拾得早，所欠不多，还好待价而沽，就卖也不肯贱卖。正等他迟些日子，多欠些债负下来，卖得着慌，才肯减价。这都是我们的造化，为什么反去愁他?”儿子听了，愈加赞服。

果然到数年之后，虞素臣的逋欠①渐渐积累起来，终日上门取讨，有些回复不去。所造的房产竟不能够落成，就要寻人货卖。但凡卖楼卖屋与卖田地不同，定要在就近之处寻觅受主。因他或有基址相连，或有门窗相对。就是别人要买，也要访问邻居。邻居口里若有一字不干净，那要买的人也不肯买了。比不得田地山塘，落在空野之中，是人都可以管业。所以卖楼卖屋，定要从近处卖起。唐玉川是个财主，没人赛得他过，少不得房产中人先去寻他。

玉川父子心上极贪，口里只回不要。等他说得紧急，方才走去借观，又故意憎嫌，说他起得小巧，不像个大门大面。回廊曲

---

① 逋（bū）欠——拖欠的债。

折，走路的耽搁工夫；绣户玲珑，防贼时全无把柄。明堂大似厅屋，地气太泄，无怪乎不聚钱财；花竹多似桑麻，游玩者来，少不得常赔酒食。这样房子，只好改做庵堂寺院，若要做内宅，住家小，其实用他不着。

虞素臣一生心血费在其中，方且得意不过，竟被他嫌出屁来，心上十分不服。只因除了此人，别无售主，不好与他争论。那些居间之人劝他不必憎嫌，总是价钱不贵，就拆了重起，那些工食之费也还有在里边。玉川父子二人少不得做好做歹，还一个极少的价钱，不上五分之一。虞素臣无可奈何，只得忍痛卖了。一应厅房台榭，亭阁池沼，都随契交卸；只有一座书楼，是他起造一生最得意的结构，不肯写在契上，要另设墙垣，别开门户，好待他自己栖身。玉川之子定要强他尽卖，好凑方圆。玉川背着众人努一努嘴，道："卖不卖由他，何须强得。但愿他留此一线，以作恢复之基，后面发起财来，依旧还归原主，也是一桩好事。"众人听了，都说是长者之言。哪里知道并不是长者，全是轻薄之词。料他不能回赎，就留此一线，也是枉然。少不得并做一家，只争迟早。所以听他吩咐，极口依从，竟把一宅分为两院。新主得其九，旧人得其一。

原来这几间书楼竟抵了半座宝塔，上下共有三层，每层有匾式一个，都是自己命名、高人写就的。最下一层，有雕栏曲槛，竹座花裀，是他待人接物之处，匾额上有四个字云"与人为徒"。中间一层，有净几明窗，牙签玉轴，是他读书临帖之所，匾额上有四个字云"与古为徒"。最上一层，极是空旷，除名香一炉，《黄庭》一卷之外，并无长物，是他避俗离嚣，绝人屏迹的所在。匾额上有四个字云"与天为徒"。既把一座楼台分了三样用处，又合来总题一匾，名曰“三与楼”。未曾弃产之先，这三种名目虽取得好，还是虚设之词，不曾实在受用。只有下面一层，因他好客不过，或有远人相访，就下榻于其中，还合着“与人为徒”四个字。至于上面两层，自来不曾走到。如今园亭既去，舍了“与古为徒”的去处，就没有读书临帖之所；除了“与天为徒”的所在，就没有离嚣避俗之场。终日坐在其中，正合着命名之意，才晓得舍少务多，反不如弃名就实。俗语四句，果然说得不差：

良田万顷，日食一升。

大厦千间，夜眠七尺。

以前那些物力，都是虚费了的。

从此以后，把求多务广的精神合来用在一处，就使这座楼阁分外齐整起来。虞素臣住在其中，不但不知卖园之苦，反觉得赘瘤既去，竟松爽了许多。但不知强邻在侧，这一座楼阁可住得牢？说在下回，自有着落。

第　二　回

不窝不盗忽致奇赃　连产连人愿归旧主

玉川父子买园之后，少不得财主的心性与别个不同，定要更改一番。不必移梁换柱，才与前面不同。就像一幅好山水，只消增上一草，减去一木，看不成个画意了。经他一番做造，自然失去本来。指望点铁成金，不想变金成铁。走来的人都说："这座园亭大而无当，倒不若那座书楼，紧凑得好。怪不得他取少弃多，坚执不卖，原来有寸金丈铁之分。"玉川父子听了这些说话，就不觉懊悔起来，才知道做财主的，一着也放松不得。就央了原中过去撺掇，叫他写张卖契，并了过来。

虞素臣卖园之后，永不兴工，自然没有浪费。既不欠私债，又不少官钱，哪里还肯卖产。就回复他道："此房再去，叫我何处栖身？即使少吃无穿，也还要死守；何况支撑得去，叫他不要思量。"中人过来说了。玉川的儿子未免讥诮父亲，说他："终日料人，如今料不着了。"玉川道："他强过生前，也强不过死后。如今已是半老之人，又无子嗣，少不得一口气断，连妻妾家人，都要归与别个，何况这几间住房。到那时节，连人带土一起并他过来，不怕走上天去。"儿子听了，道他虽说得是，其如大限未终，等他不得，还是早些归并的好。

从此以后，时时刻刻把虞素臣放在心头，不是咒他速死，就是望他速穷。到那没穿少吃的时节，自然不能死守。谁想人有善愿，天不肯从，不但望他不穷，亦且咒他不死。过到后面，倒越老越健起来。衣不愁穿，饭不少吃，没有卖楼的机会。玉川父子懊恼不过，又想个计较出来，倒去央了原中，逼他取赎。说："一所花园，住不得两家的宅眷。立在三与楼上，哪一间厅屋不在眼前？他看见我的家小，我不见他的妇人，这样失志的事，没人肯做。"虞素臣听了这些话，知道退还是假，贪买是真，依旧照了前言，斩钉截铁的回复。玉川父子气不过，只得把官势压他。写下一张状词，当堂告退，指望通些贿赂，买嘱了官府，替他归并过来。谁想那位县尊，也曾做过贫士，被财主欺凌过的，说："他是个穷人，如何取赎得起？分明是吞并之法。你做财主的便要'为富不仁'，我做官长的偏要'为仁不富'。"当堂辱骂一顿，扯碎状子，赶了出来。

虞素臣有个结义的朋友，是远方人氏，拥了巨万家资，最喜轻财任侠。一日，偶来相访，见他卖去园亭，甚为叹息。又听得被人谋占，连这一线窠巢也住不稳，将来必有尽弃之事，就要捐出重资，替虞素臣取赎。当不得他为人狷介①，莫说论千论百不肯累人，就送他一两五钱，若是出之无名，他也决然推却。听了朋友的话，反说他："空有热肠，所见不达。世间的产业，哪有千年不卖的？保得生前，也保不得身后。你如今替我不愤，损了重资，万一赎将过来，住不上三年五载，一旦身亡，并无后嗣，连这一椽片瓦少不得归与他人。你就肯仗义轻财，只怕这般盛举，也行不得两次。难道如今替人赎了，等到后面又替鬼赎不成？"

① 狷（juàn）介——形容性情正直，不肯同流合污。

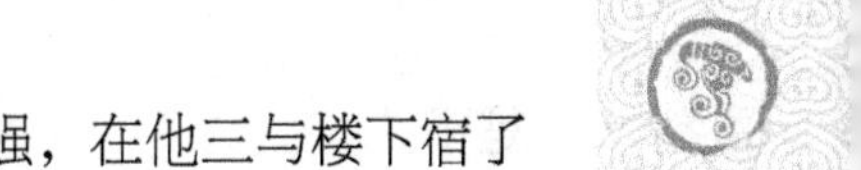

那位朋友见他回得决烈，也就不好相强，在他三与楼下宿了几夜，就要告别回归。临行之际，对了虞素臣道：“我夜间睡在楼下，看见有个白老鼠走来走去，忽然钻入地中，一定是财星出现。你这所房子，千万不可卖与人，或者住到后面，倒得些横财也未见得。”虞素臣听了这句话，不过冷笑一声，说一句“多谢”，就与他分手。古语道得好：“横财不发命穷人。”只有买屋的财主，时常掘着银藏，不曾见有卖产的人，在自家土上拾到半个低钱。虞素臣是个达人，哪里肯作痴想。所以听他说话，不过冷笑一声，决不去翻砖掘土。

唐玉川父子自从受了县官的气，悔恨之后，继以羞惭，一发住不得手。只望他早死一日，早做一日的孤魂，好看自家进屋。谁想财主料事件件料得着，只有“生死”二字，不肯由他做主。虞素臣不但不死，过到六十岁上，忽然老兴发作，生个儿子出来。一时贺客纷纷，齐集在三与楼上，都说：“恢复之机，端在是矣。”玉川父子听了，甚是徬徨。起先唯恐不得，如今反虑失之，哪里焦躁得过。

不想一月之后，有几个买屋的原中忽然走到，说：“虞素臣生子之后，倒被贺客弄穷了，吃得他盐干醋尽，如今别无生法，只得想到住居。断根出卖的招贴，都贴在门上了。机会不可错过，快些下手。”玉川父子听见，惊喜欲狂。还只怕他记恨前情，宁可卖与别人，不屑同他交易。谁想虞素臣的见识，与他绝不相同，说：“唐、虞二族，比不得别姓人家，他始祖帝尧，曾以天下见惠；我家始祖，并无一物相酬。如今到儿孙手里，就把这些产业白送与他，也不为过，何况得了价钱。决不以今日之小嫌，抹杀了先世的大德。叫他不须芥蒂，任凭找些微价，归并过去就是了。”

玉川父子听见，欣幸不已，说：“我平日好说祖宗，毕竟受了祖宗之庇。若不是遥遥华胄，怎得这奕奕高居？故人乐有贤祖宗也。”就随着原中过去，成了交易。他一向爱讨便宜，如今叙起旧来，自然要叨惠到底。虞素臣并不较量，也学他的祖宗，竟做推位让国之事。另寻几间茅屋搬去栖身，使他成了一统之势。

有几个公直朋友，替虞素臣不服，说：“有了楼房，哪一家不好卖得，偏要卖与贪谋之人，使他遂了好谋，到人面前说嘴。你未有子嗣之先，倒不肯折气；如今得了子嗣，正有恢复之基，不赎他的转来，也够得紧了，为什么把留下的产业，又送与他？”虞素臣听见，冷笑了一声，方才回复道：“诸公的意思极好。只是单顾眼前，不曾虑到日后。我就他的意思，原是为着自己。就要恢复，也须等儿子大来，挣起人家，方才取赎得转。我是个老年之人，料想等不得儿子长大。焉知我死之后，儿子不卖与他？与其等儿子弃产，使他笑骂父亲；不如父亲卖楼，还使人怜惜儿子。这还是桩小事。万一我死得早，儿子又不得大，妻子要争恶气，不肯把产业与人，他见新的图不到手，旧的又怕回赎，少不得要生毒计，斩绝我的宗祧。只怕产业赎不来，连儿子都送了去，这才叫做折本。我如今贱卖与他，只当施舍一半，放些欠账与人。到儿孙手里，他就不还，也有人代出。古语云：‘吃亏人常在。’此一定之理也。”众人听到此处，虽然警醒，究竟说他迂阔。

不想虞素臣卖楼之后，过不上几年，果然死了。留下三尺之童与未亡人抚育，绝无生产。只靠着几两楼价生些微利出来，以作糊口之计。唐玉川的家资，一日富似一日。他会创业，儿子又

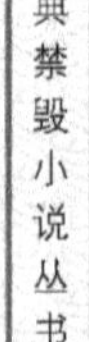

会守成，只有进气，没有出气。所置的产业，竟成了千年不拔之基。众人都说："天道无知，慷慨仗义者，子孙个个式微；刻薄成家者，后代偏能发迹。"

谁想古人的言语再说不差：

善恶到头终有报，只争来早与来迟。

这两句说话，虽在人口头，却不曾留心玩味。若还报得迟的也与报得早的一样，岂不难为了等待之人？要晓得报应的迟早，就与放债取利一般，早取一日，少取一日的子钱；多放一年，多生一年的利息。你望报之心愈急，他偏不与你销缴，竟像没有报应的一般；等你望得心灰意懒，丢在肚皮外面，他倒忽然报应起来。犹如多年的冷债，主人都忘记了，平空白地送上门来，又有非常的利息，岂不比那现讨现得的，更加爽快。

虞素臣的儿子，长到十七八岁，忽然得了科名，叫做虞嗣臣，字继武。做了一任县官，考选进京，升授掌科之职。为人敢言善诤，世宗皇帝极眷注他。一日，因母亲年老，告准了终养，驰驿还家。竟在数里之外，看见一个妇人，年纪不过二十多岁，手持文券，跪在道旁，口中叫喊："只求虞老爷收用。"继武唤他上船，取文契一看，原来是他丈夫的名字，要连人带产投靠进来为仆的。继武问他道："看你这个模样，有些大家举止，为什么要想投靠？丈夫又不见面，叫你这妇人出头，赶到路上来叫喊？"

那妇人道："小妇人原是旧家，只因祖公在日，好置田产。凡有地亩相连、屋宇相接的，定要谋来凑锦。那些失业之人，不是出于情愿，个个都怀恨在心。起先祖公未死，一来有些小小时运，不该破财；二来公公是个生员，就有些官符口舌，只要费些银子，也还抵当得住。不想时运该倒，未及半载，祖公相继而亡。丈夫年小，又是个平民，那些欺孤虐寡的人，就一起发作，都往府县告起状来。一年之内，打了几十场官司，家产费去一大半。如今还有一桩奇祸，未曾销缴。丈夫现在狱中，不是钱财救得出、份上讲得来的，须是一位显宦替他出头分理，当做己事去做，方才救得出来。如今本处的显宦只有老爷，况且这桩事情，又与老爷有些干涉，虽是丈夫的事，却与老爷的事一般，所以备下文书，叫小妇人前来投靠。凡是家中的产业，连人带土，都送与老爷，只求老爷不弃轻微，早些取纳。"

继武听了此言，不胜错愕，问他："未曾一缴的是桩什么事？为何干涉于我？莫非我不在家，奴仆借端生事，与你丈夫两个一起惹出祸来，故此引你投靠，要我把外面的人都认做管家，覆庇你们做那行势作恶的事么？"

那妇人道："并无此事。只因家中有一座高阁，名为'三与楼'，原是老爷府上卖出来的。管业多年，并无异说。谁想到了近日，不知什么仇人递了一张匿名状子，说丈夫是强盗窝家，祖孙三代俱做不良之事，现有二十锭元宝藏在三与楼下，起出真赃，便知分晓。县官见了此状，就密差几个应捕前来起赃。谁想在地板之下，果然起出二十锭元宝，就把丈夫带入县堂，指为窝盗，严刑夹打，要他招出同伙之人，与别处劫来的赃物。丈夫极力分诉，再辨不清。这宗银子不但不是己物，又不知从何处飞来，只因来历不明，以致官司难结。还喜得没有失主，问官作了疑狱，不曾定下罪名。丈夫终日思想：这些产业，原是府上出来的，或者是老爷的祖宗预先埋在地下，先太老爷不知，不曾取得，所以倒把有利之事贻害于人。如今不论是不是，只求老爷认了过来，这宗银子就有着落。银子一有着落，小妇人的丈夫，就从死中得活了。性命既是老爷救，家产该是老爷得。何况这座园亭，这些楼屋，原是先太老爷千辛万苦创造出来的，物各有主，自然该归与府上，并没有半点嫌疑。求老爷不要推却。”

继武听了这些话，甚是狐疑，就回复他道：“我家有禁约在先，不受平民的投献。这‘靠身’二字，不必提起。就是那座园亭，那些楼屋，俱系我家旧物，也是明中正契，出卖与人，不是你家占去的。就使我要，也要把原价还你，方才管得过来，没有白白退还之理。至于那些元宝，一发与我无干，不好冒认。你如今且去，待我会过县官，再叫他仔细推详，定要审个明白。若无实据，少不得救你丈夫出来，决不冤死他就是。”

妇人得了此言，欢喜不尽，千称万谢而去。但不知这场祸患，从何而起，后来脱与不脱，只剩一回，略观便晓。

第　三　回

老侠士设计处贪人　贤令君留心折疑狱

虞继武听了妇人的话，回到家中就把自己当做问官，再三替他推测道："莫说这些财物不是祖上所遗，就是祖上所遗，为什么子孙不识，宗族不争，倒是旁人知道，走去递起状来？状上不写名字，分明是仇害无疑了。只是那递状之人就使与他有隙，哪一桩歹事不好加他，定要指为窝盗？起赃的时节，又能果应其言，恰好不多不少，合着状上的数目，难道那递状之人为报私仇，倒肯破费千金，预先埋在他地上去做这桩呆事不成？"想了几日，并无决断，就把这桩疑事，刻刻放在心头，睡里梦里，定要噫呀几声，哝聒几句。

太夫人听见，问他为着何事？继武就把妇人的话细细述了一番。太夫人初听之际，也甚是狐疑；及至想了一会，就忽然大悟道"是了，是了。这主银子果然是我家的，他疑得不错。你父亲在日，曾有一个朋友，是远方之人。他在三与楼下宿过几夜，看见有个白老鼠走来走去，钻入地板之中。他临去的时节，曾对你父亲说过，叫他不可卖楼，将来必有横财可得。这等看起来，就是财神出现。你父亲不曾取得，所以嫁祸于人。竟去认了出来，救他一命就是了。"

虞继武道："这些说话，还有些费解。仕宦口中说不得荒唐之事，何况对了县父母讲出'白老鼠'三字来，焉知不疑我羡慕千金，不好白得，故意创为此说，好欺骗愚人？况且连这个白老鼠，也不是先人亲眼见的；连这句荒唐话，也不是先人亲口讲的。玄而又虚，真所谓痴人说梦。既是我家的财物，先人就该看见，为什么自己不见露形，反现在别人眼里？这是必无之事，不要信他。毕竟要与县父母商量，审出这桩疑事，救了无罪之民，才算个仁人君子。”

正在讲话之际，忽有家人传禀说：“县官上门参谒。”继武道：“正要相会，快请进来。”知县谒见之后，说了几句闲话，不等虞继武开口，先把这桩疑事，请教主人说：“唐某那主赃物，再三研审，不得其实。昨日又亲口招称，说起赃之处乃府上的原产，一定是令祖所遗。故此卑职一来奉谒，二来请问老大人，求一个示下，不知果否？”继武道：“寒家累代清贫，先祖并无积蓄。这主赃物，学生不敢冒认，以来不洁之名。其间必有他故，也未必是窝盗之赃，还求老父母明访暗察，审出这桩事来，出了唐犯之罪才好。”知县道：“太翁仙逝之日，老大人尚在髫龄，以前的事，或者未必尽晓。何不请问太夫人，未经弃产之时，可略略有些见闻否？”继武道：“已曾问过家母，家母说来的话，颇近荒唐。又不出于先人之口，如今对了老父母，不便妄谈，只好存而不论罢了。”

知县听见这句话，毕竟要求说明，继武断不肯说，亏了太夫人立在屏后，一心要积阴功，就吩咐管家出来，把以前的说话细述一遍，以代主人之口。知县听罢，默默无言。想了好一会，方才对管家道：“烦你进去再问一声说：那看见白鼠的人住在哪里？如今在也不在？他家贫富如何？太老爷在日，与他是何等的交情，曾有缓急相通之事否？求太夫人说个明白。今日这番问答，就当做审事一般，或者无意之中，倒决了一桩疑狱，也未见得。”

管家进去一会，又出来禀复道：“太夫人说，那看见白鼠的乃远方人氏，住在某府某县，如今还不曾死。他的家资极厚，为人仗义疏财，与太老爷有金石之契。看见太老爷卖去园亭，将来还有卖楼之事，就要捐金取赎。太老爷自己不愿，方才中止。起先那句话，是他临行之际说出来的。”

知县又想一会，吩咐管家，叫他进去问道：“既然如此，太老爷去世之后，他可曾来赴吊？相见太夫人，问些什么说话？一发讲来。”

管家进去一会，又出来禀复道：“太夫人说，太老爷殁①了十余年，他方才知道，特地赶来祭奠。看见楼也卖去，十分惊骇。又问：‘我去之后，可曾得些横财？’太夫人说：‘并不曾有。’他就连声叹息说：‘便宜了受业之人。欺心谋产，又得了不义之财，将来必有横祸。’他去之后，不多几日，就有人出首唐家，弄出这桩事。太夫人常常赞服，说他有先见之明。”

知县听到此处，就大笑起来，对了屏风后深深打一躬道：“多谢太夫人教导，使我这愚蒙县令，审出一桩奇事来。如今不消说得，竟烦尊使递张领状，把那二十锭元宝送到府上来就是了。”继武道：“何所见而然？还求老父母明白赐教。”知县道：“这二十锭元宝，也不是令祖所遗，也不是唐犯所劫，就是那位高人要替先太翁赎产。因先太翁素性廉介，坚执不从，故此埋下这主财物，赠与先太翁，为将来赎产之费的。只因不好明讲，所以假托鬼神好等他去之后，太翁掘取的意思。及至赴吊之时，看

① 殁（mò）——死，去逝。

见不赎园亭，又把住楼卖去，就知道这主财物反为仇家所有，心上气愤不过，到临去之际，丢下一张匿名状词，好等他破家荡产的意思。如今真情既白，原物当还，竟送过来就是了，还有什么讲得。”

虞继武听了，心上虽然赞服，究竟碍了嫌疑，不好遽然称谢。也对知县打了一躬，说他“善察迩言，复多奇智，虽龙图复出，当不至此。只是这主财物，虽说是侠士所遗，究竟无人证见，不好冒领，求老父母存在库中，以备赈饥之费罢了。”

正在推让之际，又有一个家人手持红帖，对了主人轻轻的禀道：“当初讲话的人，现在门首，说从千里之外赶来问候太夫人的。如今太爷在此，本不该传，只因当日的事情，是他知道，恰好来在这边，所以传报。老爷，可好请进来质问？”虞继武大喜，就对知县说知。知县更加踊跃，叫快请进来。

只见走到面前，是个童颜鹤发的高士，藐视新贵，重待故人。对知县作了一揖，往后面竟走，说：“我今日之来，乃问候亡友之妻，不是趋炎附势。贵介临门，不干野叟之事，难以奉陪。引我到内室之中，去见嫂夫人罢了。”

虞继武道：“老伯远来，不该屈你陪客。只因县父母有桩疑事，要访问三老，难得高人到此，就屈坐片刻也无妨。”此老听见这句话，方才拱手而坐。知县陪了一茶，就打躬问道：“老先生二十年前曾做一桩盛德之事，起先没人知觉；如今遇了下官，替你表白出来了。那藏金赠友，不露端倪，只以神道设教的事，可是老先生做的么?”此老听见这句话，不觉心头跳动，半晌不言。踌躇了一会，方才答应他道：“山野之人，哪有什么盛德之事？这句说话，贤使君问错了！”虞继武道：“白鼠出现的话，闻

得出于老伯之口。如今为这一桩疑事，要把窝盗之罪加与一个良民，小侄不忍，求县父母宽释他。方才说到其间，略略有些头绪。只是白鼠之言，究竟不知是真是假，求老伯一言以决。”此老还故意推辞，不肯直说。

直到太夫人传出话来，求他吐露真情，好释良民之罪，此老方才大笑一场，把二十余年不曾泄露的心事，一起倾倒出来，与知县所言不爽一字。连元宝上面凿的什么字眼，做的什么记号，叫人取来质验，都历历不差。知县与继武称道此老的盛德，此老与继武夸颂知县的神明。知县与此老又交口赞叹说继武“不修宿怨，反沛新恩，做了这番长厚之事，将来前程远大，不卜可知”。你赞我，我赞你，大家讲个不住。只有两班皂快，立在旁边，个个掩口而笑，说：“本官出了告示，访拿匿名递状之人。如今审问出来，不行夹打，反同他坐了讲话，岂不是件新闻!”

知县回到县中，就取那二十锭元宝，差人送上门来，要取家人的领状。继武不收，写书回复知县，求他：“他这项银两给与唐姓之人，以为赎产之费。一来成先人之志；二来遂侠客之心；三来好等唐姓之人别买楼房居住，庶便与者、受者两不相亏，均颂仁侯之异政。”知县依了书中的话，把唐犯提出狱来，给还原价，取出两张卖契，差人押送上门。把楼阁园亭，交还原主管业。

当日在三与楼上举酒谢天，说：“前人为善之报，丰厚至此；唐姓为恶之报，惨酷至此。人亦何惮而不为善，何乐而为不善哉。”唐姓夫妇依旧写了身契，连当官所领之价，一并送上门来，抵死求他收用。继武坚辞不纳，还把好言安慰他。唐姓夫妇刻了长生牌位，领回家去供养。虽然不蒙收录，仍以家主事之。不但报答前恩，也要使旁人知道，说他是虞府家人，不敢欺负的意思。

众人有诗一首，单记此事，要劝富厚之家不可谋人田产。其诗云：

割地予人去，连人带产来。
存仁终有益，图利必生灾。

夏宜楼

第　一　回
浴荷池女伴肆顽皮　慕花容仙郎驰远目

诗云：

两村姊妹一般娇，同住溪边隔小桥。
相约采莲期早至，来迟罚取荡轻桡①。

又云：

采莲欲去又逡巡，无语低头各祷神。
折得并头应嫁早，不知佳兆属何人。

又云：

不识谁家女少年，半途来搭采莲船；
荡舟懒用些须力，才到攀花却占先。

又云：

采莲只唱采莲词，莫向同侪浪语私；
岸上有人闲处立，看花更看采花儿。

又云：

人在花中不觉香，离花香气远相将。

---

① 桡（ráo）——船桨。

从中悟得勾郎法，只许郎看不近郎。

又云：

姊妹朝来唤采蕖①，新妆草草欠舒徐；

云鬟摇动浑松却，归去重教阿母梳。

这六首绝句，名为《采莲歌》，乃不肖儿时所作。共得十首，今去其四。凡作《采莲》诗首，都是借花以咏闺情，再没有一首说着男子。又是借题以咏美人，并没有一句说着丑妇。可见荷花不比别样，只该是妇人采，不该用男子摘；只该入美人之手，不该近丑妇之身。

世间可爱的花卉，不知几千百种，独有荷花一件，更比诸卉不同：不但多色，又且多姿；不但有香，又且有韵；不但娱神悦目，到后来变作莲藕，又能解渴充饥。古人说他是“花之君子”，我又替他别取一号，叫做“花之美人”。这一种美人，不但在偎红倚翠、握雨携云的时节，方才用得他着；竟是个荆钗裙布之妻，箕帚蘋蘩之妇，既可生男育女，又能宜室宜家。自少至老，没有一日空闲，一时懒惰。开花放蕊时节，是他当令之秋，那些好处，都不消说得，只说他前乎此者与后乎此者：自从出水之际，就能点缀绿波，雅称“荷钱”之号；未经发蕊之先，便可饮嗽清香，无愧“碧筒”之誉。花瓣一落，早露莲房，荷叶虽枯，犹能适用。这些妙处，虽是他的绪余，却也可矜可贵，比不得寻常花卉，不到开放之际，毫不觉其可亲；一到花残絮舞之后，就把他当了弃物。古人云：“弄花一年，看花十日。”想到此处，都有些打算不来。独有种荷栽藕，是桩极讨便宜之事，所以将他比

① 蕖（qú）——芙蕖，即荷花。

做美人。

我往时讲一句笑话，人人都道可传，如今说来请教看官，且看是与不是？但凡戏耍亵狎之事，都要带些正经方才可久。尽有戏耍亵狎之中，做出正经事业来者。就如男子与妇人交媾，原不叫做正经，为什么千古相传，做了一件不朽之事？只因在戏耍亵狎里面，生得儿子出来，绵百世之宗祧，存两人之血脉：岂不是戏耍而有益于正，亵狎而无叛于经者乎？因说荷花，偶然及此，幸勿怪其饶舌。

如今叙说一篇奇话，因为从采莲而起，所以就把采莲一事做了引头，省得在树外寻根到这移花接木的去处：两边合不着笋也。

元朝至正年间，浙江婺州府金华县，有一位致仕的乡绅，姓詹号笔峰，官至徐州路总管之职。因早年得子二人，先后皆登仕路，故此急流勇退，把未尽之事，付与两位贤郎，终日饮酒赋诗，为追陶、仿谢之计。中年生得一女，小字娴娴。自幼丧母，俱是养娘抚育，詹公不肯轻易许配。因有儿子在朝，要他在仕籍里面选一个青年未娶的，好等女儿受现成封诰。这位小姐，既有秾桃艳李之姿，又有璞玉浑金之度。虽生在富贵之家，再不喜乔妆艳饰，在人前卖弄娉婷。终日淡扫蛾眉，坐在兰房，除女工绣作之外，只以读书为事。

詹公家范极严，内外男妇之间最有分别。家人所生之子，自十岁以上者，就屏出二门之外；即有呼唤，亦不许擅入中堂，只立在阶沿之下，听候使令。因女儿年近二八，未曾赘有东床，恐怕他身子空闲，又苦于寂寞，未免要动怀春之念，就生个法子出

来扰动他。把家人所生之女，有资性可教、面目可观者，选出十数名来，把女儿做了先生，每日教他们写字一张，识字几个。使任事者既不寂寞，又不空闲，自然不生他想。

哪里知道，这位小姐原是端庄不过的，不消父母防闲，他自己也会防闲自己。知道年已及笄，芳心易动，刻刻以惩邪遏欲为心。见父亲要他授徒，正合着自家的意思，就将这些女伴认真教诲起来。

一日，时当盛夏，到处皆苦炎蒸。他家亭榭虽多，都有日光晒到，难于避暑；独有高楼一所，甚是空旷。三面皆水，水里皆种芙蕖，上有绿槐遮蔽，垂柳相遭。自清早以至黄昏，不漏一丝日色。古语云："夏不登楼。"独有他这一楼偏宜于夏，所以詹公自题一匾，名曰"夏宜楼"。娴娴相中这一处，就对父亲讲了，搬进里面去住。把两间做书室，一间做卧房，寝食俱在其中，足迹不至楼下。

偶有一日，觉得身体困倦，走到房内去就寝。那些家人之女，都是顽皮不过的，张得小姐去睡，就大家高兴起来，要到池内采荷花。又无舟楫可渡，内中有一个道："总则没有男人，怕什么出身露体。何不脱了衣服，大家跳下水去，为采荷花，又带便洗个凉澡，省得身子烦热，何等不妙！"

这些女伴都是喜凉畏暑，连这一衫一裤都是勉强穿着的，巴不得脱去一刻，好受一刻的风凉。况有绿水红莲与他相映，只当是女伴里面又增出许多女伴来，有什么不好？就大家约定，要在脱衫的时节，一起脱衣；解裤的时节，一起解裤：省得先解先脱之人露出惹看的东西，为后解后脱之人所笑。果然不先不后，一起解带宽裳，做了个临潼胜会，叫做七国诸侯一同赛宝。你看我，我看你，大家笑个不住。

脱完之后，又一同下水，倒把采莲做了末着。大家玩耍起来，也有摸鱼赌胜的，也有没水争奇的，也有在叶上弄珠的，也有在花间吸露的，也有搭手并肩交相摩弄的，也有抱胸搂背互讨便宜的。又有三三两两打做一团，假做吃醋拈酸之事的。

正在吵闹之际，不想把娴娴惊醒，遍寻女使不见。只听得一片笑声，就悄悄爬下床来，步出绣房一看，只见许多狡婢、无数顽徒，一个个赤身露体，都浸在水中。看见小姐出来，哪一个不惊慌失色，上又上不来，下又下不去，都弄得进退无门。娴娴恐怕呵斥得早，不免要激出事来，倒把身子宿进房去，佯为不知，好待他们上岸。

直等衣服着完之后，方才唤上楼来，罚他们一起跪倒，说："做妇女的人，全以廉耻为重，此事可做，将来何事不可为？"众人都说："老爷家法森严，并无男子敢进内室，恃得没有男人，才敢如此。求小姐饶个初犯。"娴娴不肯轻恕，只分个首从出来。"为从者一般吃打，只保得身有完肤。为首倡乱之人，直打得皮破血流才住。詹公听见啼哭之声，叫人问其所以，知道这番情节，也说打得极是，赞女儿教诲有方。

谁想不多几日，就有男媒女妁上门来议亲。所说之人，是个旧家子弟，姓瞿名佶，字吉人，乃婺郡知名之士。一向原考得起，科举新案又是他领批。一面央人说亲，一面备了盛礼，要拜在门下。娴娴左右之人都说他俊俏不过，真是风流才子。詹公只许收入门墙，把联姻缔好之事，且模糊答应说："两个小儿在京，恐怕别有所许，故此不敢遽诺。且待秋闱放榜之后，再看机缘。"他这句话，明明说世宦之家，不肯招白衣女婿，要他中过之后，才好联姻的意思。

瞿吉人自恃才高，常以一甲自许，见他如此回复，就说："这头亲事，拿定是我的，只迟得几个日子；但叫媒婆致意小姐，求他安心乐意，打点做夫人。"娴娴听见这句话，不胜之喜，说："他没有必售之才，如何拿得这样稳？但愿果然中得来，应了这句说话也好。"

及至秋闱放榜，买张小录一看，果然中了经魁。娴娴得意不过，知道自家的身子，必归此人，可谓终身有靠，巴不得他早些定局，好放下这条肚肠。怎奈新中的孝廉住在省城，定有几时耽搁。娴娴望了许久，并无音耗，就有许多疑虑出来。又不知是他来议婚，父亲不许；又不知是发达之后，另娶豪门。从来女子的芳心，再使他动弹不得；一动之后，就不能复静，少不得到愁攻病出而后止。一连疑了几日，就不觉生起病来。怕人猜忌他，又不好说得，只是自疼自苦，连丫环面前也不敢嗟叹一句。

不想过了几日，那个说亲的媒婆又来致意他道："瞿相公回来了。知道小姐有恙，特地叫我来问安，叫你保重身子，好做夫人。不要心烦意乱。"娴娴听见这句话，就吃了一大惊，心上思量道："我自己生病，只有我自己得知，连贴身服侍的人，都不晓得，他从远处回来，何由知道，竟着人问起安来？"踌躇了一会，就在媒婆面前再三掩饰说："我好好一个人，并没有半毫灾晦，为什么没原没故咒人生起病来？"媒婆道："小姐不要推调。他起先说你有病，我还不信；如今走进门来，看你这个模样，果然瘦了许多，才说他讲得不错。"娴娴道："就是果然有病，他何由得知？"媒婆道："不知什么缘故，你心上的事体，他件件晓得，就像同肠合肺的一般。不但心上如此，连你所行之事，没有一件瞒得他。他的面颜，你虽不曾见过；你的容貌，他却记得分明：对我说来，一毫不错。想是你们两个，前生前世原是一对夫妻，故此不曾会面就预先晓得。”

娴娴道：“我做的事，他既然知道，何不说出几件来？”媒婆道：“只消说一件，就够你吃惊了。他说自己有神眼，远近之事，无一毫不见。某月某日，你曾睡在房中，竟有许多女伴都脱光了身子，下水去采莲，被你走出来看见，每人打了几板。末后那一个，更打得凶。这一件事，可是真的么？”娴娴道：“这等讲来，都是我家内之人，口嘴不好，把没要紧的说话，都传将出去，所以他得知，哪里是什么夙缘？哪里有什么神眼？”媒婆道：“别样的话，传得出去，你如今自家生病，又不曾告诉别人，难道也是传出去的？况且那些女伴洗澡，他都亲眼见过，说十个之中有几个生得白，有几个生得黑，又有几个在黑白之间。还说有个披发女子，面貌肌肤，尽生得好，只可惜背脊上面，有个碗大的疮疤。这句说话，是真是假，合得着合不着，你去想就是了。”

娴娴听了这几句，就不觉口呆目定，慌做一团，心上思量道：“若说我家门户不谨，被人闪匿进来，他为什么只看丫环，不来调戏小姐？何所闻而来？何所见而去？况且我家门禁最严，十岁之童，都走进二门不得，他是何人，能够到此？若说他是巧语花言要骗我家的亲事，为什么信口讲来，不见有一字差错？这等看起来，定是有些夙缘。就未必亲眼看见，也定有梦魂到此，所谓‘精灵不隔，神气相通’的缘故了。”想到此处，就愈加亲热起来，对着媒婆道：“既然如此，为什么亲事不说，反叫你来见我？”

媒婆道：“一来为小姐有恙，他放心不下，恐怕耽搁迟了，你要加出病来。故此叫我安慰一声，省得小姐烦躁。二来说老爷的意思，定要选个富贵东床，他如今虽做孝廉，还怕不满老爷之意，说来未必就允。求小姐自做主张，念他有夙世姻缘，一点精灵，终日不离左右，也觉得可怜。万一老爷不允，倒许了别家，他少不得为你而死。说他这条魂灵，在生的时节尚且一刻不离，你做的事情，他件件知道；既死之后，岂肯把这条魂灵，倒收了转去？少不得死跟着你，只怕你与哪一位也过不出好日子来，不如死心塌地只是嫁他的好。”

娴娴的意思，原要嫁他，又听了那些怪异之事，得了这番激切之言，一发牢上加牢，固上加固，绝无一毫转念了。就回复媒婆道：“叫他放心，速速央人来说。老爷许了就罢，万一不许，叫他进京之后，见我们大爷、二爷。他两个是怜才的人，自然肯许。”媒婆得了这句话，就去回复吉人。吉人大喜，即便央人说合，但不知可能就允。

看官们看到此处，别样的事都且丢开，单想詹家的事情，吉人如何知道？是人是鬼，是梦是真，大家请猜一猜。且等猜不着时，再取下回来看。

第　二　回

冒神仙才郎不测　断诗句造物留情

吉人知道事情的缘故，料想列位看官都猜不着。如今听我说来：这个情节，也不是人，也不是鬼，也不全假，也不全真。都亏了一件东西，替他做了眼目。所以把个肉身男子假充了蜕骨神仙，不怕世人不信。这件东西的出处，虽然不在中国，却是好奇访异的人家都收藏得有，不是什么荒唐之物。但可惜世上的人，都拿来做了戏具，所以不觉其可宝。独有此人善藏其用，别处不敢劳他，直到遴娇选艳的时节，方才筑起坛来拜为上将，求他建立肤功：能使深闺艳质，不出户而罗列于前；别院奇葩，才着想而烂然于目。你道是件什么东西？有《西江月》一词为证：

非独公输炫巧，离娄画策相资。微光一隙仅如丝，能使瞳人生翅。

制体初无远近，全凭用法参差。休嫌独目把人嗤，眇者从来善视。

这件东西，名为千里镜，出在西洋，与显微、焚香、端容、取火诸镜，同是一种聪明，生出许多奇巧。附录诸镜之式于后：

显　微　镜

大似金钱，下有三足。以极微、极细之物，置于三足之中，从上视之，即变为极宏、极巨。虮虱之属，几类犬羊；蚊虻之形，有同鹳鹤：并虮虱身上之毛，蚊虻翼边之彩，都觉得根根可数，历历可观。所以叫做“显微”，以其能显至微之物，而使之光明较著也。

焚　香　镜

其大亦似金钱，有活架，架之可以运动，下有银盘。用香饼、香片之属，置于镜之下盘之上。一遇日光，无火自爇①。随日之东西，以镜相逆，使之运动，正为此耳。最可爱者：但有香气而无烟，一饼龙涎，可以竟日。此诸镜中之最适用者也。

端　容　镜

此镜较焚香、显微更小，取以鉴形，须眉毕备。更与游女相宜。悬之扇头，或系之帕上，可以沿途掠物，到处修容，不致有飞蓬不戢②之虑。

取　火　镜

此镜无甚奇特，仅可于日中取火，用以待燧。然迩来烟酒甚行，时时索醉，乞火之仆，不胜其烦。以此伴身，随取随得。又似于诸镜之中，更为适用。此世运使然。即西洋国创造之时，亦不料其当令至此也。

千　里　镜

此镜用大小数管，粗细不一，细者纳于粗者之中，欲使其可放可收，随伸随缩。所谓千里镜者，即嵌于管之两头，取以视远，无遐不到。“千里”二字，虽属过称，未必果能由吴视越，坐秦观楚。然试千百里之内，便自不觉其诬。至于十数里之中，千百步之外，取以观人鉴物，不但不觉其远，较对面相视者，便

---

① 爇（ruò）——点燃，烧。

② 飞蓬不戢（jí）——蓬，蓬草；戢，收敛。杂草乱飞，无法收藏。

觉分明。真可宝也。

以上诸镜，皆西洋国所产。二百年以前，不过贡使携来，偶尔一见，不易得也。自明朝至今，彼国之中有出类拔萃之士，不为员幅所限，偶来设教于中土，自能制造，取以赠人。故凡探奇好事者，皆得而有之。诸公欲广其传，常授人以制造之法。然而此种聪明，中国不如外国，得其传者甚少。数年以来，独有武陵诸曦庵讳囗者，系笔墨中知名之士，果能得其真传。所作显微、焚香、端容、取火及千里诸镜，皆不类寻常，与西洋上著者无异，而近视、远视诸眼镜更佳，得者皆珍为异宝。

这些都是闲话，讲他何用？只因说千里镜一节，推类至此，以见此事并不荒唐。看官们不信，请向现在之人，购而试之可也。

吉人的天资，最多奇慧，比之闻一知十则不足，较之闻一知二则有余。同是一事，别人所见在此，他之所见独在彼，人都说他矫情示异，及至做到后来，才知道众人所见之浅，不若他所见之深也。

一日，邀了几个朋友，到街上购买书籍。从古玩铺前经过，看见一种异样东西摆在架上，不识何所用之。及至取来观看，见着一条金笺，写者五个小字贴在上面道：

西洋千里镜。

众人问说：“要他何用？”店主道：“登高之时，取以眺远，数十里外的山川，可以一览而尽。”众人不信，都说：“哪有这般奇事？”店主道：“诸公不信，不妨小试其端。”就取一张废纸，乃是选落的时文，对了众人道：“这一篇文字，贴在对面人家的门首，诸公立在此处，可念得出么？”众人道：“字细而路远，哪里念得出！”店主人道：“既然如此，就把他试验一试验。”叫人取了过去，贴在对门，然后将此镜悬起。

众人一看，甚是惊骇，都说：“不但字字碧清，可以朗诵得出；连纸上的笔画，都粗壮了许多，一个竟有几个大。”店主道：“若还再远几步，他还要粗壮起来。到了百步之外，一里之内，这件异物才得尽其所长。只怕八咏楼上的牌匾，宝婺观前的对联，还没有这些字大哩。”

众人见说，都一起高兴起来，人人要买。吉人道：“这件东西诸公买了，只怕不得其用，不如让了小弟罢。”众人道：“不过是登高凭远，望望景致罢了，还有什么用处？”吉人道：“恐怕不止于此。等小弟买了回去，不上一年半载，就叫他建立奇功，替我做一件终身大事。一到建功之后，就用他不着了，然后送与诸兄，做了一件公器，何等不好。”众人不解其故，都说：“既然如此，就让兄买去，我们要用的时节，过来奉借就是了。”

吉人问过店主，酌中还价，兑足了银子，竟袖之而归，心上思量道：“这件东西，既可以登高望远，又能使远处的人物，比近处更觉分明，竟是一双千里眼，不是千里镜了。我如今年已弱冠，姻事未偕，要选个人间的绝色；只是仕宦人家的女子，都没得与人见面，低门小户，又不便联姻。近日做媒的人，开了许多名字，都说是宦家之女，所居的宅子，又都不出数里之外。我如今有了千里眼，何不寻一块最高之地，去登眺起来？料想大户人家的房屋，决不是在瓦上开窗、墙角之中立门户的，定有雕栏曲榭，虚户明窗。近处虽有遮拦，远观料无障蔽。待我携了这件东西，到高山寺浮屠宝塔之上，去眺望几番，未必不有所见。看是哪一位小姐，生得出类拔萃，把他看得明明白白，然后央人去

说，就没有错配姻缘之事了。”

定下这个主意，就到高山寺租了一间僧房，以读书登眺为名，终日去试千里镜。望见许多院落，看过无数佳人，都没有一个中意的。

不想到了那一日，也是他的姻缘凑巧，詹家小姐该当遇着假神仙；又有那些顽皮女伴一起脱去衣裳，露出光光的身体，惹人动起兴来。到了高兴勃然的时节，忽然走出一位女子，月貌花容，又在诸姬之上。分明是牡丹独立，不问而知为花王。况又端方镇静，起初不露威严，过后才施夏楚。即此一事，就知道他宽严得体，御下有方。娶进门来，自然是个绝好的内助。所以查着根蒂，知道姓名，就急急央人说亲。又怕詹公不许，预先拜在门下，做了南容、公冶之流，使岳翁鉴貌怜才，知其可妻。

及至到中后回家的时节，丢这小姐不下，行装未解，又去登高而望：只见他倚栏枯坐，大有病容，两靥上的香肌，竟减去了三分之一，就知道他为着自己。未免有怨望之心，所以央人去问候。问候还是小事，知道吃紧的关头，全在窥见底里。这一着，初次说亲，不好轻易露出；此时不讲，更待何时？故此假口于媒人，说出这种神奇不测之事，预先摄住芳魂，使他疑鬼疑神，将来转动不得。

及至媒人转来回复，便知道这段奇功，果然出在千里镜上，就一面央人作伐，一面携了这位功臣，又去登高而望。只见他倚了危栏，不住作点头之状。又有一副笔砚，一幅诗笺，摆在桌上，是个做诗的光景。料想：“在顷刻之间，就要写出来了。待我把这位神仙，索性假充到底，他一面写稿，我一面和将出来，即刻央人送去，不怕此女见了不惊断香魂，吐翻绛舌。这头亲事，就是真正神仙，也争夺不去了，何况世上的凡人。”想到此处，又怕媒婆脚散，卒急寻他不着，迟了一时三刻然后送去，虽则稀奇，还不见十分可骇；就预先叫人呼唤，使他在书房坐等，自己仍上宝塔去，去偷和新诗。

起先眺望，还在第四五层，只要平平望去，看得分明就罢了。此番道他写来的字，不过放在桌上，使云笺一幅仰面朝天；决不肯悬在壁间，使人得以窥觑。非置身天半，不能俯眺人间，窥见赤文绿字。就上了一层，又上一层，直到无可再上的去处，方才立定脚跟。摆定千里眼，对着夏宜楼，把娴娴小姐仔细一看，只见五条玉笋，捏着一管霜毫，正在那边誊写。其诗云：

重门深锁觉春迟，盼得花开蝶便知。

不使花魂沾蝶影，何来蝶梦到花枝？

誊写到此，不知为什么缘故，忽地张皇起来，把诗笺团做一把，塞入袖中，却像知道半空之中，有人偷觑的模样。倒把这位假神仙惊个半死，说：“我在这边偷觑，他何由知道，就忽然收拾起来？”

正在那边疑虑，只见一人步上危楼，葛巾野服，道貌森然，就是娴娴小姐之父。才知道他惊慌失色，把诗稿藏入袖中，就是为此。起先未到面前，听见父亲的脚步，所以预先收拾，省得败露于临时。

半天所立之人，相去甚远，止能见貌，不得闻声，所以错认至此，也是心虚胆怯的缘故。心上思量道：“看这光景，还是一首未了之诗，不像四句就歇的口气。我起先原要和韵，不想机缘凑巧，恰好有个人走来，打断他的诗兴，我何不代他之劳，就续成一首，把订婚的意思，寓在其中？往常是‘夫唱妇随’，如今倒翻一局，做个‘夫随妇唱’。只说见他吃了虚惊，把诗魂隔断，所以题完送去，替他联续起来，何等自然！何等诧异！不像次韵和去，虽然可骇，还觉得出于有心。”

想到此处，就手舞足蹈起来，如飞转到书房，拈起兔毫，一挥而就。其诗云：

只因蝶欠花前债，引得花生蝶后思。

好向东风酬夙愿，免教花蝶两参差。

写入花笺，就交付媒婆，叫他急急的送去，一步也不可迟缓。

怎奈走路之人倒急，做小说者偏要故意迟迟，分做一回另说。犹如詹小姐做诗，被人隔了一隔，然后联续起来，比一口气做成的，又好看多少。

第　三　回

赚奇缘新诗半首　圆妙谎密疏一篇

媒婆走到夏宜楼，只见詹公与小姐二人还坐在一处讲话。媒婆等了一会，直待詹公下楼，没人听见的时节，方才对着小姐道："瞿相公多多致意，说小姐方才做诗只写得一半，被老爷闯上楼来，吃了一个虚惊。小姐是抱恙的人，未免有伤贵体，叫我再来看看，不知今日的身子，比昨日略好些么？"

娴娴听见，吓得毛骨悚然，心上虽然服他，口里只是不认，说："我并不曾做诗。这几间楼上是老爷不时走动的，有什么虚惊吃得？"媒婆道："做诗不做诗，吃惊不吃惊，我都不知道。他叫这等讲，我就是这等讲。又说你后面半首不曾做得完，恐怕你才吃虚惊，又要劳神思索，特地续了半首叫我送来。但不知好与不好，还求你自家改正。"

娴娴听到此处，一发惊上加惊，九分说是神仙，只有一分不信了。就叫取出来看。及至见了四句新诗，惊出一身冷汗。果然不出吉人所料，竟把绛舌一条，吐出在朱唇之外；香魂半缕，直飞到碧汉之间。呆了半个时辰，不曾说话。

直到收魂定魄之后，方才对着媒婆讲出几句奇话道："这等看起来，竟是个真仙无疑了。丢了仙人不嫁，还嫁谁来？只是一件：恐怕他这个身子，还是偶然现出来的，未必是真形实像；不要等我许亲之后，他又飞上天去，叫人没处寻他，这就使不得了！”媒婆道：“决无此事。他原说是神仙转世，不曾说竟是神仙。或者替你做了夫妻，到百年以后，一同化了原身，飞上天去也未可知。”娴娴道：“既然如此，把我这半幅诗笺寄去与他，留下他的半幅：各人做个符验。叫他及早说亲，不可迟延时日。我这一生一世，若有二心到他，叫他自做阎罗王勾摄我的魂灵，任凭处治就是了。”

媒婆得了这些言语，就转身过去回复。又多了半幅诗笺，吉人得了，比前更加跳跃，只等同偕连理。

怎奈好事多磨，虽是“吉人”，不蒙“天相。”议亲的过来回复说：“詹公推托如初，要待京中信来，方才定议：分明是不嫁举人，要嫁进士的声口。”吉人要往都门会试，恐怕事有变更，又叫媒婆过去与小姐商量。只道是媒婆自家的主意，说：“瞿相公一到京师，自然去拜两位老爷，就一面央人作伐。只是一件，万一两位老爷，也像这般势利，要等春闱放榜；倘或榜上无名，竟许了别个新贵，却怎么处？须要想个诀窍，预先传授他才好。”

娴娴道：“不消虑得。一来他有必售之才，举人拿得定，进士也拿得定。二来又是神仙转世，凭着这样法术，有什么事体做不来？况且两位老爷又是极信仙佛的，叫他显些小小神通，使两位老爷知道。他要趋吉避凶，自然肯许。我之所以倾心服他，肯把终身相托者也，就是为此。难道做神仙的人，婚姻一事，都不能自保，倒被凡人夺了去不成？”媒婆道：“也说得是。”就把这些说话，回复了吉人。连媒婆也不知就里，只说他果是真仙。回复之后，他自有神通会显，不消忧虑。

吉人怕露马脚，也只得糊涂应他，心上思量道：“这桩亲事，有些不稳了。我与他两位令兄，都是一样的人，有什么神通显得？只好凭着人力，央人去说亲。他若许得更好；他若不许，我再凭着自己的力量，去争他一名进士来。料想这件东西，是他乔梓三人所好之物，见了纱帽，自然应允。若还时运不利，偶落孙山，这头婚姻，只好丢手了。难道还好充做假神仙，去赖人家亲事不成？”

立定主意，走到京中，拜过二詹之后，即便央人议婚。果然不出所料，只以榜后定议为词。吉人就去奋志青云。到了场屋之中，竭尽生平之力。真个是：“文章有用，天地无私。”挂出榜来，巍然中在二甲。此番再去说亲，料想是满口应承，万无一失的了。不想他还有回复，说：“这一榜之上，同乡未娶者共有三人，都在求亲之列。因有家严在堂，不敢擅定去取。已曾把三位的姓字都写在家报之中，请命家严，待他自己枚卜。”

吉人听了这句话，又重新害怕起来，说：“这三个之中，万一卜着了别个，却怎么处？我在家中，还好与小姐商议，设些机谋，以图万一之幸。如今隔在两处，如何照应得来？”就不等选馆，竟自告假还乡。《西厢记》上有两句曲子，正合着他的事情，求看官代唱一遍：

只为着翠眉红粉一佳人，误了他玉堂金马三学士。

去了翰林不做，赶回家去求亲，不过是为情所使，这头亲事自然该上手了。不想到了家中，又合着古语二句：

莫道君行早，更有早行人。

原来那两名新贵，都在未曾挂榜之先，就束装归里。因他临行之际，曾央人转达二詹，说："此番下第就罢，万一侥幸，望在宅报之中代为缓颊，求订朱陈之好。"所以吉人未到，他已先在家中。个个都央人死订，把娴娴小姐，惊得手忙脚乱。闻得吉人一到，就叫媒婆再三叮咛："求他速显神通，遂了初议。若被凡人占了去，使我莫知死所，然后来摄魄勾魂，也是不中用的事了。"吉人听在耳中，茫无主意，也只得央人力恳。知道此翁势利，即以势利动之，说："我现中二甲，即日补官。那两位不曾殿试，如非做起官来，也要迟我三年。若还同选京职，我比他多做一任；万一中在三甲，补了外官，只怕他做到白头，还赶我不上。"那两个新贵也有一番夸诞之词，说："殿试过了的人，虽未授官，品级已定。况又不曾选馆，极高也不过部属。我们不曾殿试，将来中了鼎甲，也未可知。况且有三年读书，不怕不是馆职，好歹要上他一乘。"

詹公听了，都不回言。只因家报之中。曾有"枚卜"二字，此老势利别人，又不如势利儿子。就拿来奉为号令。定了某时某日，把三个姓名都写做纸阄，叫女儿自家拈取，省得议论纷纷，难于决断。

娴娴闻得此信，欢笑不已，说："他是个仙人，我这边一举一动、一步一趋，他都有神眼照瞭；何况枚卜新郎，是他切己的大事：不来显些法术，使我拈着他人之理？"就一面使人知会，叫他快显神通；一面抖擞精神，好待临时阄取。

到了那一日，詹公把三个名字，上了纸阄，放在金瓶之内，就像朝廷卜相一般，对了天地祖宗，自己拜了三拜。又叫女儿也拜三拜，然后取一双玉箸，交付与他，叫他向瓶内揭取。娴娴是胆壮的人，到手就揭，绝无畏缩之形。

谁知事不凑巧，神仙拈不着，倒拈着一个凡人。就把这位小姐惊得柳眉直竖，星眼频睃，说他："往日的神通，都到哪里去了?"正在那边愁闷，詹公又道阄取已定，叫他去拜谢神阄。娴娴方怪神道无灵，怨恨不了，哪里还肯拜谢？亏得他自己聪明，有随机应变之略，就跪在詹公面前，正颜厉声的禀道："孩儿有句说话，要奉告爹爹，又不敢启齿；欲待不说，又怕误了终身。"詹公道："父母面前，有什么难说的话？快些讲来。"娴娴就立起道："孩儿昨夜得一梦，梦见亡过的母亲对孩儿说道：'闻得有三个贵人，来说亲事，内中只有一个，该是你的姻缘，其余并无干涉。'孩儿问是哪一个？母亲只道其姓，不道其名，说出一个'瞿'字，叫孩儿紧记在心，以待后验。不想到了如今，反阄着别个，不是此人。故此犹豫未决，不敢拜谢神明。"有个"期期不奉诏"之意。詹公想了一会道："岂有此理。既是母亲有灵，为什么不托梦与我，倒对你说起来？既有此说，到了这枚卜之时，就该显些神力，前来护祐他了，为何又拈着别人？这句邪话，我断然不信!"娴娴道："信与不信，但凭爹爹。只是孩儿以母命为重，除了姓瞿的，断然不嫁。"

詹公听了这一句，就大怒起来道："在生的父命倒不依从，反把亡过的母命来抵制我！况你这句说话，甚是荒唐，焉知不是另有私情，故意造为此说？既然如此，待我对着他的神座祷祝一番，问他果有此说否。若果有此说，速来托梦与我；倘若三夜无梦，就可见是捏造之词。不但不许瞿家，还要查访根由，究你那不端之罪。”说了这几句，头也不回，竟走开去了。

娴娴满肚惊疑，又受了这番凌辱，哪里愤激得了，就写一封密札，叫媒婆送与吉人。前半段是怨恨之词，后半段是永诀之意。吉人拆开一看，就大笑起来道：“这种情节，我早已知道了。烦你去回复小姐，说包他三日之内，老爷必定回心。这头亲事，断然归我。我也密札在此，烦你带去，叫小姐依计而行，决然不错就是了。”媒婆道：“你既有这样神通，为什么不早些显应，成就姻缘，又等他许着别个？”吉人道：“那是我的妙用。一来要试小姐之心，看他许着别人，改节不改节。二来气他的父亲不过，故意用些巧术，要愚弄他一番。三来神仙做事，全要变幻不测，若还一拈就着，又觉得过于平常，一些奇趣都没有了。”媒婆只说是真，就捏了这封密札，去回复娴娴。娴娴正在痛哭之际，忽然得了此书，拆开一看，不但破涕为笑，竟拜天谢地起来，说：“有了此法，何愁亲事不成！”媒婆问他：“什么法子？”他只是笑而不答。

到了三日之后，詹公把他叫到面前，厉言厉色的问道：“我已祷告母亲，问其来历，叫他托梦与我。如今已是三日，并无一毫影响，可见你的说话，都是诳言。既然捏此虚情，其中必有缘故，快些说来我听。”娴娴道：“爹爹所祈之梦，又是孩儿替做过了。母亲对孩儿说，爹爹与姬妾同眠，他不屑走来亲近，只是跟

着孩儿说：‘你爹爹既然不信，我有个凭据到他，只怕你说出口来，竟要把他吓倒。’故此孩儿不敢轻说，恐怕惊坏了爹爹。”詹公道：“什么情由，就说得这等厉害？既然如此，你就讲来。”

娴娴道：“母亲说爹爹祷告之时，不但口中问他，还有一道疏文烧去，可是真的么？”詹公点点头道：“这是真的。”娴娴道：“要问亲事的话确与不确，但看疏上的字差与不差。他说这篇疏文是爹爹瞒着孩儿做的，旋做旋烧，不曾有人看见。他亲口说与孩儿，叫孩儿记在心头。若还爹爹问及，也好念将出来，做个凭据。”詹公道：“不信有这等奇事，难道疏上的话，你竟念得出来？”娴娴道：“不但念得出，还可以一字不差。若差了一字，依旧是捏造之言，爹爹不信就是了。”说过这一句，就轻启朱唇，慢开玉齿，试梁间之燕语，学柳外之莺声，背将出来，果然不差一字。詹公听了，不怕他不毛骨悚然，惊诧了一番，就对娴娴道：“这等看来，鬼神之事，并不荒唐。百世姻缘，果由前定。这头亲事，竟许瞿家就是了。”

当日就吩咐媒婆，叫他不必行礼，择了吉日，竟过来赘亲。恰好成亲的时节，又遇着夏天，就把授徒的去处，做了洞房，与才子佳人，同偕伉俪。

娴娴初近新郎，还是一团畏敬之意，说他是个神仙，不敢十分亵狎。及至睡到半夜，见他欲心太重，道气全无，枕边所说的言语，都是些尤云殢雨之情，并没有餐霞吸露之意，就知道不是仙人，把以前那些事情，件件要查问到底。吉人骗了亲事上手，知道这位假神仙也做到功成行满的时候了，若不把直言告禀，等他试出破绽来，倒是桩没趣的事，就把从前的底里，和盘托出。

原来那一道疏文，是他得了枚卜之信，日夜忧煎，并无计策。终日对着千里镜长吁短叹，再三哀求，说："这个媒人，原是你做起的。如今弄得不上不下，如何是好？还求你再显威灵，做完了这桩奇事，庶不致半途而废，埋没了这段奇功，使人不知爱重你。"说了这几句，就拿来悬在中堂，志志诚诚拜了几拜。拜完之后，又携到浮屠之上，注目而观。只见詹老坐在中堂，研起墨来，正在那边写字。吉人只说也是做诗，要把骗小姐的法则，又拿去哄骗丈人，也等他疑鬼疑神，好许这头亲事。及至仔细一看，才晓得是篇疏文。聪明之人，不消传说，看见这篇文字，就知道那种情由。所以急急誊写出来，加上一封密札，正要央人转送；不想遇着便雁，就托他将去。谁料机缘凑巧，果然收了这段奇功。

娴娴待他说完之后，诧异了一番，就说："这些情节，虽是人谋，也原有几分天意，不要十分说假了。"明日起来，就把这件法宝，供在夏宜楼，做了家堂香火。夫妻二人，不时礼拜。后来凡有疑事，就去卜问他。取来一照，就觉得眼目之前，定有些奇奇怪怪；所见之物，就当了一首签诗；做出事来，无不奇验。可见精神所聚之处，泥土草木，皆能效灵。从来拜神拜佛，都是自拜其心，不是真有神仙，真有菩萨也。

他这一家之人，只有娴娴小姐的尊躯，直到做亲之后，才能畅览；其余那些女伴，都是当年现体之人，不须解带宽裳，尽可穷其底里。吉人瞒着小姐，与他们背后调情，说着下身的事，一毫不错。那些女伴都替他上个徽号，叫做“贼眼官人”。既已出乖露丑，少不得把灵犀一点托付与他。吉人既占花王，又收尽了群芳众艳。当初刻意求亲，也就为此，不是单羡牡丹，置水面荷花于不问也。

可见做妇人的，不但有人之处，露不得身体，就是空房冷室之中、邃阁幽居之内，那“袒裼裸裎”四个字，也断然是用不着的。古语云：“慢藏诲盗，冶容诲淫。”露了标致的面容，还可以完名全节；露了雪白的身体，就保不住玉洁冰清，终久要被人玷污也。

归正楼

第一回

发利市财食兼收　恃精详金银两失

诗云：

为人有志学山丘，莫作卑污水下流。
山到尽头犹返顾，水甘浊死不回头。
砥澜须用山为柱，载石难凭水作舟。
画幅单条悬壁上，好将山水助潜修。

这首新诗，要劝世上的人，个个自求上达，不可安于下流。上达之人，就如登山陟岭一般，步步求高，时时怕坠，这片勇往之心，自不可少。至于下流之人，当初偶然失足，堕在罪孽坑中，也要及早回头，想个自新之计。切不可以流水为心，高山作戒，说："我的身子，也已做了不肖之人，就像三峡的流泉，匡庐的瀑布，流出洞来，料想回不转去，索性等他流入深渊，卑污到底。"这点念头，作恶之人，虽未必个个都有，只是不想回头，少不得到这般地步。要晓得水流不返，还有沧海可归；人恶不悛①，只怕没有桃源可避。到了水穷山尽之处，恶又恶不去，善又善不来，才知道绿水误人，黄泉招客，悔不曾遇得正人君子，做个中流砥柱，早早激我回头也。

《四书》上有两句云：“虽有恶人，斋戒沐浴，亦可以事上帝。”“斋戒沐浴”四个字，就是说的回头。为什么恶人回头，就可以事上帝？我有个绝妙的比方，为善好似天晴，作恶就如下雨。譬如终日晴明，见了明星朗月，不见一毫可喜；及至苦雨连朝，落得人心厌倦，忽然见了日色，就与祥云瑞霭一般，人人快乐，个个欢欣，何曾怪他出得稍迟，把太阳推下海去。所以善人为善，倒不觉得稀奇。因他一向如此，只当是久晴的日色，虽然可喜，也还喜得平常。恶人为善，分外觉得奇特。因他一向不然，忽地如此，竟是积阴之后，陡遇太阳，不但可亲，又还亲得炎热。故此恶人回头，更为上帝所宠，得福最易。就像投诚纳款的盗贼，见面就要授官；比不得无罪之人，要求上进，不到选举之年，不能够飞黄腾达也。

近日有个杀猪屠狗的人，住在吃斋念佛的隔壁。忽然一日，遇了回禄之灾：把吃斋念佛的房产，烧得罄尽；单留下几间破屋，倒是杀猪屠狗的住房。众人都说：“天道无知，报应相反。”及至走去一看，那破屋里面，有几行小字，贴在家堂面前。其字云：

屠宰半生，罪孽深重。今特昭告神明，以某月某日为始，改从别业，誓不杀生。违戒者，天诛地灭。

---

① 不悛（quān）——不悔改。

众人替他算一算，那立誓的日子，比失火之期，只早得三日，就一起惊异道：“难道你一念回头，就有这般显应？既然如此，为什么吃斋念佛的人，修行了半世，反不如你?”那杀猪屠狗的应道：“也有些缘故。闻得此老近日得了个生财的妙方，三分银子，可以倾做一钱，竟与真纹无异。用惯了手，终日闭户倾煎，所以失起火来，把房产烧得罄尽。”众人听了，愈加警省。古语云：“一善可以盖百恶。”这等看来，一恶也可以掩百善了。可见“回头”二字，为善者切不可有，为恶者断不可无。善人回头就是恶，恶人回头就是善。东西南北，各是一方。走路的人，不必定要自东至西，由南抵北，方才叫做回头；只须掉过脸来，就不是从前之路了。

这回野史，说一个拐子回头，后来登了道岸，与世间不肖的人做个样子。省得他错了主意，只说罪深孽重，忏悔不来，索性往错处走也。

明朝永乐年间，出了个神奇不测的拐子，访不出他姓名，查不着他乡里，认不出他面貌。只见四方之人，东家又说被拐，西家又道着骗。才说这个神棍近日去在南方，不想那个奸人早已来到北路。百姓受了害，告张缉批拿他，搜不出一件真赃，就对面也不敢动手。官府吃了亏，差些捕快捉他，审不出一毫实据，就拿住也不好加刑。他又有个改头换面之法：今日被他骗了，明日相逢就认他不出。都说是个“搅世的魔王”，把一座清平世界，弄得鬼怕神愁。刻刻防奸，人人虑诈。越防得紧，他越要去打搅；偏虑得慌，他偏要来“照顾”。被他搅了三十余年，天下的人都没法处治。直到他贼星退命，驿马离宫，安心住在一处，改邪归正起来，自己说出姓名，叙出乡里，露出本来面目；又把生平所做之事，时常叙说一番，叫人以此为戒，不可学他。所以远近之人，把他无穷的恶迹，倒做了美谈，传到如今，方才知道来历。不然，叫编野史的人，从何处说起？

这个拐子，是广东肇庆府高安县人，姓贝，名喜。并无表字，只有一个别号，叫做贝去戎。为什么有这个别号？只因此人之父，原以偷摸治生，是穿窬中的名手；人见他来，就说个暗号道：“贝戎来了，大家谨慎。”“贝戎”二字，合来是个“贼”字，又与他姓氏相符，故此做了暗号。及至到他手里，忽然要改弦易辙，做起跨灶的事来，说：“大丈夫要弄银子，须是明取民财，想个光明正大的法子，弄些用用，为什么背明趋暗，夜起昼眠，做那鼠窃狗偷之事？”所以把“人俞”改做“马扁”，“才莫”翻为“才另”，暗施谲诈，明肆诙谐，做了这桩营业。人见他别创家声，不仍故辙，也算个亢宗之子，所以加他这个美称。其实也是褒中寓刺：上下两个字眼，究竟不曾离了“贝戎”。但与乃父较之，则有异耳。

做孩子的时节，父母劝他道：“拐子这碗饭，不是容易吃的：须有孙、庞之智，贲、育之勇，苏、张之辩；又要随机应变，料事如神，方才骗得钱财到手。一着不到，就要弄出事来。比不得我传家的勾当，是背着人做的，夜去明来，还可以藏拙。劝你不要更张，还是守旧的好。”他拿定主意，只是不肯，说：“我乃天

授之才，不加人力。随他什么好汉，少不得要堕入计中，还你不错就是。”

父母道：“既然如此，就试你一试。我如今立在楼上，你若骗得下来，就见手段。”贝去戎摇摇头道：“若在楼下，还骗得上去。立在上面，如何骗得下来？”父母道：“既然如此，我就下来，且看用什么骗法。”及至走到楼下，叫他骗上去，贝去戎道：“也已骗下来了，何须再骗！”这句旧话，传流至今，人人识得；但不辨是谁人所做的事，如今才揭出姓名。父母大喜，说他：“果然胜祖强宗，将来毕竟要恢弘旧业。”就选一个吉日，叫他出门，要发个小小利市，只不要落空就好。

谁想他走出门去，不及两三个时辰，竟领着两名脚夫，抬了一桌酒席，又有几两席仪，连台盏杯箸，色色俱全，都是金镶银造的。抬进大门，秤了几分脚钱，打发来人转去。父母大惊，问他得来的缘故。贝去戎道：“今日乃开市吉期，不比寻常日子。若但是腰里撒撒，口里不见嗒嗒，也还不为稀罕；连一家所吃的喜酒都出在别人身上，这个拐子才做得神奇。如今都请坐下，待我一面吃，一面说：还你们听了，都大笑一场就是。”父母欢喜不过，就坐下席来，捏着酒杯，听他细说。

原来这桌酒席，是两门至戚，初次会亲。吃到半席的时节，女家叫人撤了，送到男家去的。未经撤席之际，贝去戎随了众人，立在旁边看戏。见他吃桌之外，另有看桌。料想终席之后，定要撤去送他：少不得是家人引领，就想个计较出来。知道戏文热闹，两处的管家，都立在旁边看戏，绝不提防。又知道只会男

亲，不会女眷，连新妇也不曾回来。就装做男家的小厮，闯进女家的内室。丫环看见，问他是谁家孩子。他说："我是某姓家僮，跟老爷来赴席的。新娘有句说话，叫我瞒了众人，说与老安人知道，故此悄悄进来，烦你引我一见。"丫环只说是真，果然引见主母。

贝去戎道："新娘致意老安人，叫你自家保重，不要想念他。有一句说话，虽然没要紧，也关系府上的体面，料想母子之间，决不见笑，所以叫我来传言。他说我家的伴当，个个生得嘴馋，惯要偷酒偷食，少刻送桌面过去，路上决要抽分，每碗取出几块。虽然所值不多，我家老安人看见，只说酒席不齐整，要讥诮他。求你到换桌的时节，差两个的当用人，把食箩封好，瞒了我家伴当，预先挑送过门，省得他弄手脚。至于抬酒之人，不必太多，只消两个就有了。连帖子也交付与他，省得嘈嘈杂杂，不好款待。"

那位家主婆见他说得近情，就一一依从。瞒了家人，把酒席送去。临送的时节，贝去戎又立在旁边，与家主婆唧唧哝哝说了几句私语，使抬酒的看见，知道是男家得用之人。等酒席抬了出门，约去半里之地，就如飞赶上去道："你们且立住，老安人说，还有好些菜蔬，装满一替食箩，方才遗落了，不曾加在担上，叫我赶来看守，唤你们速速转去抬了出来。"家人听了，具说是真，一起赶了回去。贝去戎张得不见，另雇两名脚夫，抬了竟走。所以抬到家中，不但没人追赶，亦且永不败露。这是他初出茅庐，第一桩燥脾之事。

父母听见，称赞不停，说他是个神人。从此以后，今日拐东，明日骗西，开门七件事，样样不须钱买，都是些淌来之物①。把那位穿窬老子，竟封了太上皇，不许他出门偷摸。只靠一双快手，养活了八口之家。还终朝饮酒食肉，不但是无饥而已。

做上几年，声名大著，就有许多后辈慕他手段高强，都来及门授业。他有了帮手，又分外做得事来，远近数百里，没有一处的人不被他拐到骗到。家家门首贴了一行字云：

知会地方，协拿骗贼。

有个徽州当铺，开在府前。那管当的人，是个积年的老手，再不曾被人骗过。邻舍对他道："近来出个拐子，变幻异常，家家防备。以后所当之物，须要看仔细些，不要着他的手。"那管当的道："若还骗得我动，就算他是个神仙。只怕遇了区区，把机关识破，以后的拐子就做不成了。"说话的时节，恰好贝去戎有个徒弟立在面前，回来对他说了。贝去戎道："既然如此，就与他试试手段。"

偶然一日，那个管当的人，立在柜台之内。有人拿一锭金子，重十余两，要当五换。管当的仔细一看，知有十成，就兑银五十两，连当票交付与他。此人竟自去了。旁边立着一人，也拿了几件首饰要当银子。管当的看了又看，磨了又磨。那人见他仔细不过，就对他笑道："老朝奉，这几件首饰，所值不多，就当错了也有限。方才那锭金子，倒求你仔细看看，只怕有些蹊跷。"管当的道："那是一锭赤金，并无低假，何须看得。"那人道：

① 淌来之物——淌，往下流。喻指得来容易的东西。

“低假不低假，我虽不知道。只是来当的人，我却有些认得，是个有名的拐子，重来不做好事的。”

管当的听了，就疑心起来，取出那锭金子，重新看了一遍，就递与他道：“你看这样金子，有什么疑心?”那人接了，走到明亮之处，替他仔细一看，就大笑起来道：“好一锭‘赤金’，准准值八两银子。你拿去递与众人，大家验一验，且看我的眼力，比你的何如?”那店内之人，接了进去，磨的磨，看的看，果然试出破绽来。原来外面是真，里面是假。只有一膜金皮，约有八钱多重，里面的骨子都是精铜。

管当的着起忙来，要想追赶，又不知去向。那人道：“他的踪迹，瞒不得区区。若肯许我相酬，包你一寻就见。”管当的听了，连忙许他谢仪，就带了原金，同去追赶。

赶到一处，恰好那当金之人，同着几个朋友，在茶馆内吃茶。那人指了，叫他：“上前扭住，喊叫地方，自然有人来接应。只是一件，你是一个，他是几人，双拳不敌四手。万一这锭金子被他抢夺过去，把什么赃证弄他?”管当的道：“说得极是。”就把金子递与此人，叫他：“立在门外；待我喊叫地方，有了见证之后，你拿进来质对。”此人收了。管当的直闯进去，一把扭住当金之人，高声大叫起来。果然有许多地方走来接应，问他何故。管当的说出情由，众人就讨赃物来看。管当的连声呼唤，叫取赃物进来，并不见有人答应。及至出去抓寻，那典守赃物之人，又不知走到何方去了。

当金的道：“我好好一锭赤金，你倒遇了拐子被他拐去，反要弄起我来？如今没得说，当票现存，原银也未动，速速还我原物，省得经官动府。”倒把他交与地方，讨个下落。地方之人，都说他：“自不小心，被人骗去，少不得要赔还。不然，他岂有干休之理？”管当的听了，气得眼睛直竖，想了半日，无计脱身，只得认了赔还。同到店中，兑了一百两真纹，方才打发得去。

这个拐法，又是什么情由？只因他要显手段，一模一样做成两锭赤金，一真一假。起先所当，原是真的。预先叫个徒弟，带着那一锭，立在旁边，等他去后，故意说些巧话，好动他的疑心。及至取出原金，徒弟接上了手，就将假的换去，仍递与他。众人试验出来，自然央他追赶。后来那些关窍，一发是容易做的，不愁他不入局了。你说这些智谋，奇也不奇，巧也不巧？

起先还在近处掏摸，声名虽著，还不出东西两粤之间；及至父母俱亡，无有挂碍，就领了徒弟往各处横行。做来的事，一桩奇似一桩，一件巧似一件。索性把恶事讲尽，才好说他回头。做小说的本意，原在下面几回，以前所叙之事，示戒非示劝也。

第　二　回

敛众怨恶贯将盈　散多金善心陡发

贝去戎领了徒弟，周游四方，遇物即拐，逢人就骗。知道不义之财，岂能久聚，料想做不起人家，落得将来撒漫。凡是有名的妓妇，知趣的龙阳，没有一个不与他相处。赠人财物，动以百计，再没有论十的嫖钱，论两的表记。所以风月场中，要数他第一个大老。只是到了一处，就改换一次姓名，那些嫖过的婊子，枉害相思，再没有寻访之处。

贝去戎游了几年，十三个省城差不多被他走遍，所未到者，只是南北两京，心上想量道："若使辇毂之下，没有一位神出鬼没的拐子，也不成个京师地面，毕竟要去走走，替朝廷长些气概。况且，拐百姓的方法，都做厌了，只有官府不曾骗过，也不要便宜了他。就使京官没钱，出手不大，荐书也拐他几封，往各处走走，做个'马扁'游客，也使人耳目一新。"就收拾行李，雇了极大的浪船，先入燕都，后往白下。

有个湖州笔客，要搭船进京，徒弟见他背着空囊，并无可骗之物，不肯承揽。贝去戎道："世上没穷人，天下无弃物。就在叫化子身上骗得一件衲头，也好备逃难之用。只要招得下船，骗得上手，终有用着的去处。"就请笔客下舱，把好酒好食不时款待。

笔客问他："进京何事，寓在哪里？"贝去戎假借一位当道认做父亲，说："一到就进衙斋，不在外面停泊。"笔客道："原来是某公子。令尊大人是我定门主顾，他一向所用之笔都是我的，少不得要进衙卖笔，就带便相访。"贝去戎道："这等极好。既然如此，你的主顾决不止家父一人，想是五府六部，翰林科道诸官，都用你的宝货。此番进去，一定要送遍的了?"笔客道："那不待言。"贝去戎道："是哪些人?你说来我听。"笔客就向夹袋之中取出一个经折，凡是买笔的主顾，都开列姓名。又有一篇账目，写某人定做某笔几帖，议定价银若干。一项一项，开得清清楚楚，好待进京分送。

贝去戎看在肚里，过了一两日，又问他道："我看你进京一次，也费好些盘缠，有心置货，索性多置几箱，为什么不尴不尬，只带这些?"笔客道："限于资本，故此不能多置。"贝去戎道："可惜你会我迟了。若还在家，我有的是银子，就借你几百两，多置些货物，带到京师，卖出来还我，也不是什么难事。"

笔客听了此言，不觉利心大动，翻来覆去，想了一晚。第二日起来道："公子昨日之言，甚是有理。在下想来，此间去府上也还不远，公子若有盛意，何不写封书信，待我赶到贵乡，领了资本，再做几箱好笔，赶进来也未迟。这些货物，先烦公子带进去，借重一位尊使分与各家，待我来取账有何不可?"贝去戎见他说到此处，知道已入计中，就慨然应许，写下一张谕帖："着管事家人速付元宝若干锭，与某客置货进京，不得违误。"笔客领了，千称万谢而去。

贝去戎得了这些货，一到京师，就扮做笔客，照他单上的姓名，竟往各家分送，说："某人是嫡亲舍弟，因卧病在家，不能远出，恐怕老爷等笔用，特着我赍送前来，任凭作价。所该的账目，若在便中，就付些带去，以为养病之资；万一不便，等他自家来领。只有一句话，要禀上各位老爷，舍弟说：‘连年生意淡薄，靠不得北京一处，要往南京走走。凡是由南至北，经过的地方，或是贵门人，或是贵同年，或是令亲盛友，求赐几封书札。’荐人卖笔，是桩雅事，没有什么嫌疑，料想各位老爷，不惜齿颊之芬，自然应许。”那些当道，见他说得近情，料想没有他意，就一面写荐书，一面兑银子，当下交付与他。书中的话，不过首叙寒温，次谈衷曲；把卖笔之事，倒做了余文，随他买也得，不买也得。

哪里知道醉翁之意，原不在酒，单要看他柬帖上面，该用什么称呼；书启之中，当叙什么情节：知道这番委曲，就可以另写荐书。至于图书笔迹，都可以模仿得来，不是什么难事。出京数十里，就做游客起头，自北而南，没有一处的抽丰，不被他打到。只因书札上面，所叙的寒温，所谈的衷曲，一字不差，自然信杀无疑，用情唯恐不到。甚至有送事之外，又复捐囊；捐囊之外，又托他携带礼物，转致此公。所得的钱财，不止一项。至于经过的地方，凡有可做之事，可得之财，他又不肯放过一件，不单为抽丰而已。

一日，看见许多船只都贴了纸条，写着几行大字道：

某司、某道衙门吏书皂快人等，迎接新任老爷某上任。

他见了此字，就缩回数十里，即用本官的职衔，刻起封条印板，印上许多，把船舱外面及扶手、拜匣之类，各贴一张，对着来船，扬帆带纤而走。

那些衙役见了，都说就是本官，走上船来，一起谒见。贝去戎受之不辞，把属官赍到的文书，都拆开封筒，打了到日。少不得各有夫仪，接驾就送，预先上手，做了他的见面钱。

过上一两日，就把书吏唤进官舱，轻轻的吩咐道：“我老爷有句私话对你们讲，你们须要体心，不可负我相托之意。”书吏一起跪倒，问：“有什么吩咐？”贝去戎道：“我老爷出京之日，借一主急债用了。原说到任三日，就要凑还。他如今跟在身边，不离一刻。我想到任之初，哪里就有？况且此人跟到地方，一定要招摇生事。不如在未到之先设处起来，打发他转去，才是一个长策。自古道：‘众擎易举，独力难成。’烦你们众人，大家攒凑攒凑，替我担上一肩。我到任之后，就设处出来还你。”

那些书吏，巴不得要奉承新官，哪一个肯说没有？就如飞赶上前去，不上三日，都取了回来。个个争多，人人虑少，竟收上一主横财。到了夜深人静之后，把银子并做一箱，轻轻丢下水去，自己逃避上岸，不露踪影。躲上一两日，看见接官的船只，都去远了，就叫徒弟下水，把银子掏摸起来，又是一桩生意。

到了南京，将所得的财物估算起来，竟以万计。心上思量道：“财物到盈千满万之后，若不散些出去，就要作祸生灾。不若寻些好事做做，一来免他作祟，二来借此盖愆，三来也等世上的人受我些拐骗之福。俗语道得好：‘趁我十年运，有病早来医。’焉知我得意一生，没有个倒运的日子？万一贼星命退，拐骗不来，要做打劫修行之事也不能够了。”就立定主意，停了歹事不做，终日在大街小巷，走来走去，做个没事寻事的人。

一日，清晨起来，吃了些早饭，独自一个往街上闲走。忽然走到一处，遇着四五个大汉，一起围住了他，都说：“往常寻你不着，如今从哪里出来？今日相逢，料想不肯放过，一定要下顾下顾的了。”说完之后，扯了竟走。问他什么缘故，又不肯讲。

都说："你见了冤家，自然明白。"

贝去戎甚是惊慌，心上思量道："看这光景，一定是些捕快。所谓'冤家'者，就是受害之人。被他缉访出来，如今拿去送官的了。难道我一向作恶，反没有半毫灾晦？方才起了善念，倒把从前之事败露出来，拿我去了命不成？"正在疑惑之际，只见扯到一处，把他关在空屋之中，一起去号召冤家好来与他作对。贝去戎坐了一会，想出个不遁自遁之法，好拐骗脱身。

只见门环一响，拥进许多人来，不是受害之人，反是受恩之辈。原来都是嫖过的姊妹，从各处搬到南京，做了歌院中的名妓，终日思念他，各人吩咐苍头，叫在路上遇着之时，千万不可放过。故此一见了面，就拉他回来。

所谓"冤家"者，乃是"俏冤家"，并不是取命索债的冤家。"作对"的"对"字，乃是配对之对，不是抵对质对之对也。只见进门之际，大家堆着笑容，走近身来相见。及至一见之后，又惊疑错愕起来，大家走了开去，却像认不得的一般。三三两两立在一处，说上许多私话，绝不见有好意到他。

这是什么缘故？只因贝去戎身边，有的是奇方妙药，只消一时半刻，就可以改变容颜。起先被众人扯到，关在空房之中，只说是祸事到了，乘众人不在，正好变形，就把脸上眉间略加点缀，却像个杂脚戏子，在外、末、丑、净之间。不觉体态依然，容颜迥别。那些姊妹看见，自然疑惑起来。这个才说有些相似，那个又道什么相干。有的说："他面上无疤，为什么忽生紫印？"有的道："他眉边没痣，为什么陡起黑星？""当日的面皮，却像嫩中带老；此时的颜色，又在媸里生妍。"大家唧唧哝哝，猜不住口。

贝去戎口中不说，心上思量说：“我这桩生意，与为商做客的不同。为商做客，最怕人欺生，越要认得的多，方才立得脚住；我这桩生意，不怕欺生，倒怕欺熟。妓妇认得出，就要传播开来，岂是一桩好事？虽比受害的不同，也只是不认的好。”就别换一样声口，倒把他盘问起来，说：“扯进来者何心？避转去者何意？”那些妓妇道：“有一个故人，与你面貌相似，多年不见，甚是想念他，故此吩咐家人不时寻觅。方才扯你进来，只说与故人相会，不想又是初交，所以惊疑未定，不好遽然近身。”贝去戎道：“那人有什么好处，这等思念他？”妓妇道：“不但慷慨，又且温存，赠我们的东西，不一而足。如今看了一件，就想念他一番，故此丢撇不下。”

说话的时节，竟有个少年姊妹掉下泪来，知道不是情人，与他闲讲也无益，就掩着啼痕，别了众人先走。管教这数行情泪，哭出千载的奇闻。有诗为据：

从来妓女善装愁，不必伤心泪始流。
独有苏娘怀客泪，行行滴出自心头。

第　三　回

显神机字添一画　施妙术殿起双层

贝去戎嫖过的婊子，盈千累百，哪里记得许多？见了那少年姊妹，虽觉得有些面善，究竟不知姓名。见他掩着啼痕，别了众人先走，必非无故而然，就把他姓名居址与失身为妓的来历，细细问了一遍，才知道那些眼泪，是流得不错的。

这个姊妹，叫做苏一娘，原是苏州城内一个隐名接客的私窠子。只因丈夫不肖，习于下流，把家产荡尽，要硬逼他接人。头一次接着的，就是贝去戎。贝去戎见他体态端庄，不像私窠的举止，又且羞涩太甚，就问其来历，才知道为贫所使，不是出于本心。只嫖得一夜，竟以数百金赠之，叫他依旧关门，不可接客。谁想丈夫得了银子，未及两月，又赌得精光，竟把他卖入娼门，光明较著的接客，求为私窠子而不能。故此想念旧恩，不时流涕。起先见说是他，欢喜不了，故踊跃而来。如今看见不是，又觉得面貌相同，有个睹物伤情之意，故此掉下泪来。又怕立在面前愈加难忍，故此含泪而别。

贝去戎见了这些光景，不胜凄恻，就把几句巧话骗脱了身子，备下许多礼物，竟去拜访苏一娘。苏一娘才见了面，又重新哭起。贝去戎佯作不知，问其端的。苏一娘就把从前的话细述一番，述完之后，依旧啼哭起来，再也劝他不住。贝去戎道："你如今定要见他，是个什么意思？不妨对我讲一讲，难道普天下的好事，只许一个人做，就没有第二个畅汉，赶得他上不成?”

苏一娘道：“我要见他有两个意思：一来因他嫖得一夜，破费了许多银子，所得不偿所失，要与他尽情欢乐一番，以补从前之缺；二来因我堕落烟花，原非得已，因他是个仗义之人，或者替我赎出身来，早作从良之计也未见得。故此终日想念，再丢他不开。”贝去戎道：“你若要单补前情，倒未必能够；若要赎身从良，这不是什么难事，在下薄有钱财，尽可以担当得起。只是一件，区区是个东西南北之人，今日在此，明日在彼，没有一定的住居，不便娶妻买妾。只好替你赎身出来，送还原主，做个昆仑、押衙之辈，倒还使得。”

苏一娘道：“若是交还原主，少不得重落火坑，倒多了一番进退。若得随你终身，固所愿也。万一不能，倒寻个僻静的庵堂，使我祝发为尼，皈依三宝，倒是一桩美事。”

贝去戎道：“只怕你这些说话，还是托词。若果有急流勇退之心，要做这撒手登崖之事，还你今朝作妓，明日从良，后日就好剃度。不但你的衣食之费，香火之资，出在区区身上；连那如来打坐之室，伽蓝入定之乡，四大金刚护法之门，一十八尊罗汉参禅之地，也都是区区建造。只要你守得到头，不使他日还俗之心，背了今日从良之志，就是个好尼僧，真菩萨，不枉我一番救度也。你可能够如此么?”

苏一娘道：“你果能践得此言，我就从今日立誓：倘有为善不终，到出家之后再起凡心者，叫我身遭惨祸而死，堕落最深的地狱。”说了这一句，就走进房中，半晌不出。

贝去戎只说他去小解，等了一会，不想走出房来，将一位血性佳人已变做肉身菩萨。竟把一头黑发，两鬓乌云，剪得根根到底。又在桃腮香颊上刺了几刀，以示破釜焚舟，决不回头之意。

贝去戎见了，惊得毛骨悚然。正要与他说话，不想乌龟、鸨母一起喧嚷进来，说他诱人出家，希图拐骗，闭他生意之门，绝人糊口之计，揪住了贝去戎，竟要与他拼命。贝去戎道："你那生意之门，糊口之计，不过为'钱财'二字罢了。不是我夸嘴说，世上的财钱都聚在区区家里，随你论百论千，都取得出。若要结起讼来，只怕我处得你死，你弄我不穷。不如做桩好事，放他出家，待我取些银子，还你当日买身之费，倒是个本等。"

乌龟、鸨母听了，就问他索取身钱，还要偿还使费。贝去戎并不短少，一一算还，领了苏一娘权到寓中住下。当晚就分别嫌疑，并不同床宿歇，竟有"秉烛待旦"之风。

到了次日，央些房产中人，俗名叫做"白蚂蚁"，惯替人卖房买屋，趁些居间钱过活的，叫他各处抓寻，要买所极大的房子，改造庵堂，其价不拘多少。又要于一宅之中，可以分为两院，使彼此不相混杂的。过了三朝五日，就有几个中人走来回话说："一位世宦人家，有两座园亭，中分外合，极是幽雅。又有许多余地，可以建造庵堂，要五千金现物，方可成交，少一两也不卖。"

贝去戎随了中人走去一看，果然好一座园亭，就照数兑了五千，做成这主交易。把右边一所改了庵堂，塑上几尊佛像，叫苏一娘在里面修行；又替他取个法号，叫做"净莲"。因他由青楼出家，有出污泥而不染之意，故此把莲花相比。左边一所依旧做了园亭，好等自己往来，当个歇脚之地。里面有三间大楼，极深极邃。四面俱有夹墙，以后拐来的赃物，都好贮在其中，省得人来搜取，要做个聚宝盆的意思。楼上有个旧匾，题着"归止楼"

三字。因原主是个仕宦，当日解组归来，不想复出，故此题匾示意，见得他归止于此，永不出山。

谁想到了这一日，那件四方家伙，竟会作怪起来："止"字头上，忽然添了一画，变做"归正楼"。贝去戎看屋的时节，还是"归止"，及至选了吉日，搬进楼房，抬起头来一看，觉得毫厘之差，竟有霄壤之别，与当日命名之意，大不相同。心上思量道："'正'字与'邪'字相反，邪念不改，正路难归。莫非是神道有灵，见我做了一桩善事，要索性劝我回头，故此加上一画，要我改邪归正的意思么?"仔细看了一会，只见所添的笔迹又与原字不同。原字是凹下去的，这一画是凸起来的。黑又不黑，青又不青，另是一种颜色。

贝去戎取了梯子，爬上去仔细一看，原来是些湿土，乃燕子衔泥簇新垒上去的。贝去戎道："禽鸟无知，哪里会增添笔画；不消说，是天地神明，假手于他的了。"就从此断了邪念，也学苏一娘厌弃红尘，竟要逃之方外。因自己所行之事，绝类神仙，凡人不能测识。知道学仙容易，作佛艰难，要从他性之所近。就把左边的房子，改了道院，与净莲同修各业，要做个仙佛同归。就把"归正"二字，做了道号：只当神道替他命名，也好顾名思义，省得又起邪心。

一日，对净莲道："我们这座房子，有心改做道场，索性起他两层大殿，一边奉事三清，一边供养三宝，方才像个局面。不然，你那一边，只有观音阁、罗汉堂，没有如来释迦的生位，成个什么体统？我这边，道场狭窄，院宇萧条，又在改创之初，略而未备，一发不消说了。"净莲道："造殿之费，动以千计。你既然出家，就断了生财之路；纵有些须积蓄，也还要防备将来，岂

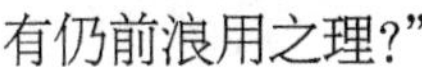

有仍前浪用之理?”

归正道:“不妨。待我用些法术感动世人,还你一年半载,定有人来捐造。不但不要我费钱,又且不要我费力,才见得法术高强。”净莲道:“你方才学仙起头,并不曾得道,有什么法术就能感动世人,使他捐得这般容易?”归正道:“你不要管。我如今回去葬亲,将有一年之别,来岁此时方能聚首。包你回来之日,大殿已成,连三清、三宝的法像,都塑得齐齐整整,只等我袖手而来,做个现成法主就是。”净莲不解其故,还说是诞妄之词。

过了几日,又说十八尊罗汉之中有一尊塑得不好,要乘他在家另唤名手塑过,才好出门。净莲劝他将就,他只是不肯,果然换了法身,方才出去。临去之际,止留一位高徒看守道院,其余弟子都带了随身。

净莲独守禅关,将近半载。忽有一位仕客、一位富商,两下不约而同一起来做善事。那位仕客说从湖广来的,带了一二千金,要替他起造大殿,安置三清。那位富商说从山西来的,也带了一二千金,要替他建造佛堂,供养三宝。

这两位檀越不知何所见闻,忽有此举?归正的法术,为什么这等高强?看到下回,自然了悟。

第　四　回

侥天幸拐子成功　堕人谋檀那得福

仕客、富商走到，净莲惊诧不已，问他什么来由，忽然举此善念。况且湖广、山西相距甚远，为什么不曾相约，恰好同日光临，其中必有缘故。那位仕客道："有一桩极奇的事，说来也觉得耳目一新。下官平日极好神仙，终日讲究的都是延年益寿之事。不想精诚之念，感格上清，竟有一位真仙下降，亲口对我讲道：'某处地方新建一所道院，规模已具，只少大殿一层。那位观主乃是真仙谪降，不久就要飞升。你既有慕道之心，速去做了这桩善事，后来使你长生者，未必不是此人之力。'下官敬信不过，就求他限了日期，要在今月某日起工，次月某日竖造，某月某日告成。告成之日，观主方来，与他见得一面，就是因缘，不怕后来不成正果。故此应期而来，不敢违了仙限。"

那位富商，虽然与他齐到，却是萍水相逢，不曾见面过的，听他说毕，甚是疑心，就盘问他道："神仙乃是虚幻之事，毕竟有些征验，才信得他，怎见得是真仙下降？焉知不是本观之人，要你替他造殿，假作这番诳语，也未可知。"仕客道："若没有征验，如何肯信服他？只因所见所闻，都是神奇不测之事，明明是个真仙，所以不敢不信。"富商道："何所见闻，可好略说一说？"

仕客道："他头一日来拜，说是天上的真人。小价不信，说他言语怪诞，不肯代传。他就在大门之上，写了四个字云：

回道人拜。

临行之际，又对小价道：‘我是他的故人，他见了拜帖，自然知道。我明日此时，依旧来拜访，你们就不传，他也会出来的了，不劳如此相拒。’小价等他去后，舀一盆热水，洗刷大门。谁想费尽气力，只是洗刷不去，方才说与下官知道。下官不信，及至看他洗刷，果如其言。只得唤个木匠，叫他用推刨刨去。谁想刨去一层，也是如此；刨去两层，也是如此。把两扇大门，都刨穿了，那几个字迹，依然还在。下官心上才有一二分信他。晓得‘回道人’三字，是吕纯阳的别号，就吩咐小价道：‘明日再来，不可拒绝，我定要见他。’及至第二日果来，下官连忙出接。见他脊背之上，负了一口宝剑，锋铓耀日，快不可当。腰间系个小小葫芦，约有三寸多长，一寸多大。下官隔了一段路，先对他道：‘你既是真仙，求把宝剑脱下，暂放在一边，才好相会。如今有利器在身，焉知不是刺客？就要接见，也不敢接见了。’他听了这句话，就不慌不忙，把宝剑脱下，也不放在桌上，也不付与别人，竟拿来对着葫芦，缓缓的插将进去。不消半刻，竟把三尺龙泉，归之乌有，只剩得一个剑把塞在葫芦口内，却像个壶顶盒盖一般。你说这种光景，叫我如何不信？况且所说的话，又没有一毫私心，钱财并不经手，叫下官自来起造，无非要安置三清。这是眼见的功德，为什么不肯依他？”说完之后，又问那位富商：“你是何所见而来，也有什么征验否？”

富商道：“在下并无征验。是本庵一个长老募缘募到敝乡，对着舍下的门终日参禅打坐，不言不语。只有一块粉板倒放在面前，写着几行字道：

募起大殿三间，不烦二位施主。钱粮并不经手，即求檀越就往监临，功德自在眼前，果报不须身后。

在下见他坐了许久，声色不动，知道是个禅僧，就问他宝山何处，他方才说出地方。在下颇有家资，并无子息。原有好善之名，又见他不化钱财，单求造殿，也知道是眼见的功德，故此写了缘簿，打发他先来。他临行的时节，也限一个日期，要在某日起工，某日建造，某日落成，与方才所说的不差一日。难道这个长老与神仙约会的不成？叫他出来一问就明白了。”

净莲道：“本庵并无僧人在外面抄化，或者他说的地方，不是这一处，老善人记错了。这一位宰官，既然遇了真仙，要他来做善事，此番盛事，自当乐从。至于老善人所带之物，原不是本庵募化来的，如何辄敢冒认？况且尼姑造殿，还该是尼姑募缘，岂有假手僧人之理？清净法门，不当有此嫌疑之事，尊意决不敢当。请善人赍了原金，往别处去访问。”

富商听了，甚是狐疑，道：“他所说的话，与本处印正起来，一毫不错，如何又说无干？”只得请教于仕客。仕客道：“既发善心，不当中止。即使募化之事，不出于他，就勉强做个檀越，那也不叫做烧香塑佛。”

富商道：“也说得是。”两个宿了一晚，到第二日起来，同往前后左右瞍了一会，要替他选择基址，估算材料，好兴土木之工。不想走到一个去处，见了一座法身，又取出一件东西，仔细看了一会，就惊天动地起来，把那位富商吓得毛发俱竖，口中不住的念道：

奉劝世人休碌碌，举头三尺有神明。

你说走到哪一处，看见那一座法身，取出一件什么东西，就这等骇异？原来罗汉堂中，十八尊法像里面，有一尊的面貌，竟与募化的僧人纤毫无异。富商远远望见，就吃了一惊。及至走到近处，又越看越像起来。怀中抱了一本簿子，与当日募缘之疏，又有些相同。取下来一看，虽然是泥做的，却有一条红纸，写了一行大字夹在其中，就是富商所题的亲笔。你说看到此处，叫他惊也不惊？骇也不骇？信服不信服？就对了仕客道："这等看起来，仙也是真仙，佛也是真佛，我们两个，喜得与仙佛有缘。只要造得殿成，将来的果报，竟不问可知了。"仕客见其所见，闻其所闻，一发敬信起来。

两个克日兴工，昼夜催督，果然不越限期。到了某月某日，同时告竣。连一应法像，都装塑起来。正在落成，忽有一位方士走到。富商、仕客见他飘飘欲仙，不像凡人的举动，就问："是哪一位道友？"净莲道："就是本观的观主，道号归正。回去葬了二亲，好来死心塌地做修真悟道之事的。"仕客见说是他，低倒头来，就是三拜，竟把他当了真仙。说话之间，一字也不敢亵狎，求他取个法名，收为弟子，好回去遥相顶戴。归正一一依从。富商也把净莲当做活佛顶礼，也求他："取个法名，备而不用；万一佛天保祐，生个儿子出来，就以此名相唤，只当是莲花座下之人，好使他增福延寿。"净莲也一一依从。两下备了素斋，把仕客、富商款待了几日，方才送他回去。

这一尼一道，从此以后，就认真修炼起来，不上十年，都成了气候。俗语道得好："浪子回头金不换。"但凡走过邪路的人，归到正经路上，更比自幼学好的不同，叫做大悟之后，永不再迷，哪里还肯回头，做那不端不正的事？净莲与归正隔了一墙，修行十载，还不知这位道友是个拐子出身。直等他悟道之后，不肯把诳语欺人，说出以前的丑态，才知道他素行不端，比青楼出身更加污秽。所幸回头得早，不曾犯出事来。改邪归正的去处，就是变祸为祥的去处。

净莲问归正道："你以前所做的事，都曾讲过，十件之中，我已知道八九，只是造殿一事，我至今不解。为什么半年之前，就拿定有人捐助，到后来果应其言？难道你学仙未成，就有这般的妙术？"归正道："不瞒贤弟讲，那些勾当，依然是拐子营生。只因贼星将退，还不曾离却命宫，正在交运接运之时，所以不知不觉，又做出两件事来，去拐骗施主。还喜得所拐所骗之人，都还拐骗得起，叫他做的，又都是作福之事，还不十分罪过。不然，竟做了个出乖露丑的冯妇，打虎不死，枉被人笑骂一生。"净莲道："那是什么骗法？难道一痕的字迹，写穿了两扇大门；寸许的葫芦，摄回了三尺宝剑；与那役鬼驱神、使罗汉带缘簿出门替人募化的事，也是拐子做得来的？"

归正道："都有缘故。那些事情，做来觉得奇异，说破不值半文。总是做贼的人，都有一番贼智，使人测度不来。又觉得我的聪明，比别人更胜几倍。只因要起大殿，舍不得破费己资，故此想出法来，去赚人作福。知道那位仕客平日极信神仙，又知道那位富商生来极肯施舍，所以做定圈套，带两个徒弟出门，一个乔扮神仙，一个假妆罗汉，遣他往湖广、山西，各行其道。自已回家葬亲，完了身背之事。不想神明呵护，到我转来之日，果应奇谋。这叫做‘人有善愿，天必从之’。天也助一半，人也助一半，不必尽是诓骗之功。”就把从前秘密之事，一起吐露出来，不觉使人绝倒。

原来门上所题之字，是龟溺写的。龟尿入木，直钻到底，随你水洗刀削，再弄他不去。背上所负之剑，是铅锡造的，又是空心之物。葫芦里面预先贮了水银，水银遇着铅锡，能使立刻销融。所以插入葫芦，登时不见。至于罗汉的法身，就是徒弟的小像，临行之际，定要改塑一尊，就是为此。写了缘簿，就寄转来，叫守院之人裹上些泥土，塞在胸前。所以富商一见，信杀无疑，做了这桩善事。

净莲听到此处，就张眼吐舌，惊羡不已，说他：“有如此聪明，为什么不做正事？若把这些妙计，用在兵机将略之中，分明是陈平再出，诸葛复生，怕不替朝廷建功立业？为什么将来误用了？”可见国家用人，不可拘限资格。穿窬草窃之内，尽有英雄；鸡鸣狗盗之中，不无义士。恶人回头，不但是恶人之福，也是朝廷当世之福也。

后来归正、净莲一起成了正果，飞升的飞升，坐化的坐化。但不知东西二天，把他安插何处，做了第几等的神仙，第几尊的菩萨？想来也在不上不下之间。最可怪者：山西那位富商，自从

造殿之后，回到家中，就连生三子。湖广那位仕客，果然得了养生之术，直活到九十余岁，才终天年。穷究起来，竟不知是什么缘故。

可见做善事的，只要自尽其心，终须得福，不必问他是真是假，果有果无。不但受欺受骗，原有装聋作哑的阴功；就是被劫被偷，也有失财得福的好处。世间没有温饱之家，何处养活饥寒之辈？失盗与施舍，总是一般，不过有心无心之别耳。

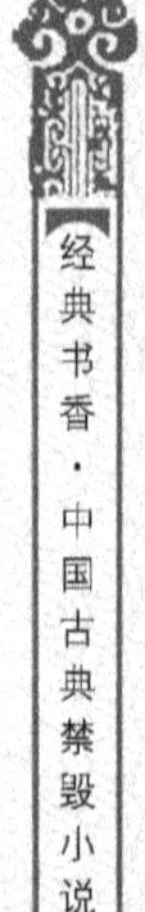

萃雅楼

第　一　回

卖花郎不卖后庭花　买货人惯买无钱货

诗云：

岂是河阳县，还疑碎锦坊。
贩来常带蕊，卖去尚余香。
价逐蜂丛踊，人随蝶翅忙。
王孙休惜费，难买是春光。

这首诗，乃觉世稗官二十年前所作。因到虎丘山下卖花市中，看见五彩陆离，众香芬馥，低回留之不能去。有个不居奇货、喜得名言的老叟，取出笔砚来索诗，所以就他粉壁之上，题此一律。市廛①乃极俗之地，花卉有至雅之名。“雅俗”二字，从来不得相兼。不想被卖花之人，趁了这主肥钱，又享了这段清福。所以诗中的意思极赞羡他。生意之可羡者，不止这一桩，还有两件贸易与他相似。那两件？书铺，香铺。这几种贸易，合而

① 市廛（chán）——廛，古代指一户平民所住的房屋。市廛，指店铺集中的市区。

言之，叫做“俗中三雅”。开这些铺面的人，前世都有些因果。只因是些飞虫走兽托生，所以如此，不是偶然学就的营业。是哪些飞虫走兽？

开花铺者，乃蜜蜂化身。

开书铺者，乃蠹鱼转世。

开香铺者，乃香麝投胎。

还有一件生意最雅，为什么不列在其中？开古董铺的，叫做“市廛清客”，帽子文人，岂不在三种之上？只因古董铺中，也有古书，也有名花，也有沉檀、速降，说此三件，古董就在其中，不肯以高文典册、异卉名香作时物观也。说便这等说，生意之雅俗，也要存乎其人。尽有生意最雅，其人极俗：在书史花香里面过了一生，不但不得其趣，倒厌花香之触鼻，书史之闷人者，岂不为书史花香之累哉？这样人的前身，一般也是飞虫走兽，只因他只变形骸，不变性格，所以如此。蜜蜂但知采花，不识花中之趣，劳碌一生，徒为他人辛苦。蠹鱼但知蚀书，不得书中之味，老死其中，只为残编殉葬。香麝满身是香，自己闻来不觉，虽有芬脐馥卵，可以媚人，究竟是他累身之具。这样的人，不是“俗中三雅”，还该叫他做“雅中三俗”。

如今说几个变得完全、能得此中之趣的，只当替斯文交易挂个招牌，好等人去下顾。只是一件，另有个美色招牌，切不可挂；若还一挂，就要惹出事来。奉劝世间标致店官，全要以谨慎为主。

明朝嘉靖年间，北京顺天府宛平县有两个少年：一姓金，字仲雨；一姓刘，字敏叔。两人同学攻书，最相契厚。只因把杂技分心，不肯专心举业，所以读不成功。到二十岁外，都出了学门，要做贸易之事。又有个少而更少的朋友，是扬州人，姓权字汝修，生得面似何郎，腰同沈约，虽是男子，还赛过美貌的妇人。与金、刘二君，都有后庭之好。金、刘二君，只以交情为重，略去一切嫌疑。两个朋友合着一个龙阳，不但醋念不生，反借他为联络形骸之具。

人只说他两个增为三个，却不知道三人并作一人。大家商议道："我们都是读书朋友，虽然弃了举业，也还要择术而行，寻些斯文交易做做，才不失文人之体。"就把三十六行的生意，件件都想到，没有几样中意的。只有书铺、香铺、花铺、古董铺四种，个个说通，人人道好，就要兼并而为之。竟到西河沿上，赁了三间店面，打通了并做一间。中间开书铺，是金仲雨掌管；左边开香铺，是权汝修掌管；右边开花铺，又搭着古董，是刘敏叔掌管。后面有进大楼，题上一个匾额，叫做"萃雅楼"。结构之精，铺设之雅，自不待说。每到风清月朗之夜，一同聚啸其中，弹的弹，吹的吹，唱的唱，都是绝顶的技艺，闻者无不消魂。没有一部奇书，不是他看起；没有一种异香，不是他烧起；没有一本奇花异卉，不是他赏玩起。手中摩弄的，没有秦汉以下之物；壁间悬挂的，尽是宋唐以上之人。受用过了，又还卖出钱来。越用得旧，越卖得多。只当普天下人出了银子，买他这三位清客在那边受享。

金、刘二人各有家小，都另在一处。独有权汝修未娶，常宿店中，当了两人的家小，各人轮伴一夜，名为守店，实是赏玩后庭花。日间趁钱，夜间行乐。你说普天之下，哪有这两位神仙？合京师的少年，没有一个不慕，没有一个不妒。慕者慕其清福，妒者妒其奇欢。

他做生意之法，又与别个不同。虽然为着钱财，却处处存些雅道。收贩的时节，有三不买；出脱的时节，有三不卖。哪三不买？低货不买，假货不买，来历不明之货不买。他说："这几桩生意，都是雅事。若还收了低假之货，不但卖坏名头，还使人退上门来，有多少没趣。至于来历不明之货，或是盗贼劫来，或是家人窃出，贪贱收了，所趁之利不多，弄出官府口舌，不但折本，还把体面丧尽。麻绳套颈之事，岂是雅人清客所为？"所以把这三不买，塞了忍气受辱之源。

哪三不卖？太贱不卖，太贵不卖，买主信不过不卖。"货真价实"四个字，原是开店的虚文，他竟当了实事做。所讲的数目，虽不是一口价，十分之内，也只虚得一二分。莫说还到七分，他断然不肯。就有托熟的主顾，见他说这些，就还这些：他接到手内，也秤出一二分还他，以见自家的信行。或有不曾交易过的，认货不确，疑真作假，就兑足了银子，他也不肯发货，说："将钱买疑惑，有什么要紧？不如别家去看。"他立定这些规矩，始终不变。

初开店的时节，也觉得生意寥寥，及至做到后来，三间铺面的人，都挨挤不去。由平民以至仕宦，由仕宦以至官僚，没有一种人不来下顾。就是皇帝身边的宫女，要买名花异香，都吩咐太监，叫到萃雅楼上去：其驰名一至于此。

凡有官僚仕宦往来，都请他楼上坐了，待茶已毕，然后取货上去，待他评选。那些官僚仕宦见他楼房精雅，店主是文人，都肯破格相待。也有叫他立谈的，也有与他对坐的。大约金、刘二人立谈得多，对坐得少；独有权汝修一个，虽是平民，却像有职份的一般，次次与贵人同坐。这是什么缘故？只因他年纪幼少，面庞生得可爱，上门买货的仕宦，料想没有迂腐之人，个个有龙阳之好。见他走到面前，恨不得把膝头做了交椅，搂在怀中说话，岂忍叫他侧身而立，与自己漠不相关？所以对坐得多，立谈得少。

彼时，有严嵩相国之子严世蕃，别号东楼者，官居太史，威权赫奕①。偶然坐在朝房，与同僚之人说起书画古董的事。那些同僚之人，都说萃雅楼上的货物，件件都精，不但货好，卖货之人也不俗。又有几个道："最可爱者，是那小店官，生得冰清玉润。只消他坐在面前，就是名香，就是异卉，就是古董书籍了，何须看什么货！"东楼道："莲子胡同里面少了标致龙阳，要到柜台里面去取？不信市井之中，竟有这般的尤物。"讲话的道："口说无凭，你若有兴，同去看就是了。"东楼道："既然如此，等退朝之后，大家同去走一遭。"

只因东楼口中说了这一句，那些讲话的人，一来要趋奉要津，使自己说好的他也说好，才见得气味相投；二来要在铺面上

① 赫奕——赫，显著；奕，盛大。赫奕，形容盛大显著的样子。

讨好，使他知道权贵上门，预先料理；若还奉承得到这一位主顾，就抵得几十个贵人，将来的生意不小。自己再去买货，不怕不让些价钱。所以都吩咐家人，预先走去知会，说：“严老爷要来看货，你可预先料理。这位仕宦不比别个，是轻慢不得的。莫说茶汤要好，就是送茶陪坐的人，也要收拾收拾，把身材面貌打扮齐整些。他若肯说个‘好’字，就是你的时运到了。难道一个严府，抵不得半个朝廷？莫说趁钱，就要做官做吏也容易。”

金、刘二人听到这句说话，甚是惊骇，说“叫我准备茶汤，这是本等；为什么说到陪坐之人，也叫他收拾起来？他又不是跟官的门子，献曲的小唱，不过因官府上楼，没人陪话，叫点点货物，说说价钱。谁知习以成风，竟要看觑他起来？照他方才的话，不是看货，分明是看人了。想是那些仕宦在老严面前极口形容，所以引他上门，要做‘借花献佛’之事。此老不比别个，最是敢作敢为。他若看得中意，不是隔靴搔痒、夹被摩疼，就可以了得事的，毕竟要认真舞弄。难道我们两个家醋不吃，连野醋也不吃不成？”私自商议了一会，又把汝修唤到面前，叫他自定主意。汝修道：“这有何难。待我预先走了出去，等他进门，只说不在就是了。做官的人只好逢场作戏，在同僚面前逞逞高兴罢了，难道好认真做事，来追拿访缉我不成？”金、刘二人道：“也说得是。”就把他藏过一边，准备茶汤伺候。

不上一刻，就有三四个仕宦随着东楼进来。仆从多人，个个如狼似虎。东楼跨进大门，就一眼觑着店内，不见有个小官，只说他上楼去了。及至走到楼上，又不见面，就对众人道：“小店官在哪里?”众人道:“少不得就来。没有我辈到此,尚且出来陪话,天上掉下一位福星,倒避了开去之理?”

东楼是个奸雄,分外有些诡智:就晓得未到之先,有人走漏消息,预先打发开去了。对着众人道:“据小弟看来,此人今日决不出来见我。”众人心上都说:“知会过的,又不是无心走到,他巴不得招揽生意,岂肯避人?”哪里知道,市井之中,一般有奇人怪士,倒比纱帽不同:势利有时而轻,交情有时而重。宁可得罪权要,不肯得罪朋友的。众人因为拿得稳,所以个个肯包,都说:“此人不来,我们愿输东道,请赌一赌。”东楼就与众人赌下,只等他送茶上来。

谁想送茶之人,不是小店官,却是个驼背的老仆。问他:“小主人在哪里?”老仆回话道:“不知众位老爷按临,预先走出去了。”众人听见,个个失色起来,说:“严老爷不比别位,难得见面的,快去寻他回来,不可误事。”老仆答应一声,走了下去。不多一会,金、刘二人走上楼来,见过了礼,就问:“严老爷要看的是哪几种货物?好取上来。”东楼道:“是货都要看,不论那一种。只把价高难得、别人买不起的,取来看就是了。”二人得了这句话,就如飞赶下楼去,把一应奇珍宝玩、异卉名香,连几本书目,一起搬了上来,摆在面前,任凭他取阅。

东楼意在看人,买货原是末着。如今见人不在,虽有满怀怒气,却不放一毫上脸。只把值钱的货物,都拣在一边,连声赞好,绝口不提“小店官”三字。拣完之后,就说:“这些货物,我件件要买。闻得你铺中所说之价,不十分虚诬。待我取回去,

你开个实价送来，我照数给还就是了。”金、刘二人只怕他为人而来，决不肯舍人而去，定有几时坐守，守到长久的时节，自家不好意思。谁想他起身得快，又一毫不恼，反买了许多货物，心上十分感激他，就连声答应道：“只愁老爷不用，若用得着，只管取去就是了。”东楼吩咐管家，收取货物，入袖的入袖，上肩的上肩，都随了主人，一起搬着出去。东楼上轿之际，还说几声“打搅”，欢欢喜喜而去。

只有那些陪客，甚觉无味，不愁输了东道，只怕东楼不喜。因这小事料不着，连以后的大事都不肯信任他。这是患得患失的常态。

作者说到此处，不得不停一停，因后面话长，一时讲不断也。

第　二　回

保后件失去前件　结恩人遇着仇人

金、刘二人等东楼起身之后，把取去的货物，开出一篇账来，总算一算，恰好有千金之数。第二三日不好就去领价，直到五日之后，才送货单上门。管家传了进去，不多一会，就出来回复说："老爷知道了。"金、刘二人晓得官府的心性比众人不同，取货取得急，发价发得缓，不是一次就有的，只得走了回去。过上三五日，又来领价，他回复的话仍照前番。

从此以后，伙计二人，轮班来取，或是三日一至，或是五日一来，莫说银子不见一两，清茶没有一杯，连回复的说话，也贵重不过：除"知道了"三字之外，不曾增出半句话来。心上思量道："小钱不去，大钱不来。领官府的银子，就像烧丹炼汞一般，毕竟得些银母，才变化得出，没有空烧白炼之理。门上不用个纸包，他如何肯替你着力？"就秤出五两银子，送与管事家人，叫他："用心传禀；领出之后，还许抽分，只要数目不亏，就是加一扣除也情愿。"

家人见他知窍，就露出本心话来说："这主银子，不是二位领得出的。闻得另有一位店官，生得又小又好，老爷但闻其名，未识其面。要把这宗货物做了当头，引他上门来相见的。只消此人一到，银子就会出来。你们二位都是有窍的人，为什么丢了钥匙不拿来开锁，倒用铁丝去捵①？万一捵撌了簧，却怎么处？"

① 捵（tiàn）——拨动。

二人听了这些话，犹如大梦初醒，倒惊出一身汗来，走到旁边去商议说："我们两个反是弄巧成拙了。那日等他见一面，倒未必取货回来。谁知道'货'者，祸也：如今得了货，就要丢了人；得了人，就要丢了货。少不得有一样要丢，还是丢货的是，丢人的是？"想了一会，又发起狠来道："千金易得，美色难求，还是丢货的是。"定了主意，过去回复管家说："那位敝伙计，还是个小孩子，乃旧家子弟。送在店中学生意的，从来不放出门，恐怕他父母计较。如今这主银子，随老爷发也得，不发也得，决不把别人家儿女，拿来换银子用。况且又是将本求利，应该得的。我们自今以后，再不来了。万一有意外之事，偶然发了出来，只求你知会一声，好待我们来取。"

管家笑一笑道："请问二位，你这银子不领，宝店还要开么？"二人道："怎么不开？"管家道："何如！既在京师开店，如何恶识得当路之人？古语道得好：'穷不与富敌，贱不与贵争。'你若不来领价，明明是仇恨他，羞辱他了。这个主子可是仇恨得、羞辱得的？他若要睡人妻子，这就怪你不得，自然拼了性命要拒绝他；如今所说的，不过是一位朋友，就送上门来与他赏鉴赏鉴，也像古董、书画一般，弄坏了些，也不十分减价，为什么丢了上千银子，去换一杯醋吃？况且丢去之后，还有别事出来，决不使你安稳。这样有损无益的事，我劝你莫做。"二人听到此处，就幡然自悔起来，道他讲得极是。

回到家中，先对汝修哭了一场，然后说出伤心之语，要他同去领价。汝修断然不肯，说："烈女不更二夫，贞男岂易三主？除你二位之外，决不再去滥交一人。宁可把这些货物算在我账里，决不去做无耻之事。"金、刘二人又把利害谏他，说："你若

不去，不但生意折本，连这店也难开，将来定有不测之祸。”汝修立意虽坚，当不得二人苦劝，只得勉强依从，随了二人同去。

管门的见了，喜欢不过，如飞进去传禀。东楼就叫快传进来。金、刘二友送进仪门，方才转去。

东楼见了汝修，把他浑身上下仔细一看，果然是北京城内第一个美童，心上十分欢喜，就问他道：“你是个韵友，我也是个趣人，为什么别官都肯见，单单要回避我？”汝修道：“实是无心偶出，怎么敢回避老爷。”东楼道：“我闻得你提琴箫管，样样都精，又会葺理花木，收拾古董。至于烧香制茗之事，一发是你的本行，不消试验的了。我在这书房里面，少一个做伴的人，要屈你常住此间，当做一房外妾，又省得我别请陪堂。极是一桩便事，你心上可情愿么？”

汝修道：“父母年老，家计贫寒，要觅些微利养亲，恐怕不能久离膝下。”东楼道：“我闻得你是孤身，并无父母，为什么骗起我来？你的意思，不过同那两个光棍相与熟了，一时撇他不下，所以托故推辞。难道我做官的人，反不如两个铺户？他请得你起，我倒没有束脩么？”汝修道：“那两个是结义的朋友，同事的伙计，并没有一毫苟且。老爷不要多疑。”

东楼听了这些话，明晓得是掩饰之词，耳朵虽听，心上一毫不理。还说与他未曾到手，情义甚疏，他如何肯撇了旧人来亲热我？就把他留在书房，一连宿了三夜。

东楼素有男风之癖。北京城内，不但有姿色的龙阳，不曾漏网一个；就是下僚里面，顶冠束带之人，若是青年有貌，肯以身事上台的，他也要破格垂青，留在后庭相见。阅历既多，自然知道好歹。看见汝修肌滑如油，豚白于雪，虽是两夫之妇，竟与处子一般，所以心上爱他不过，定要相留。这三夜之中，不知费了几许调停，指望把“温柔软款”四个字，买他的身子过来。不想这位少年，竟老辣不过，自恃心如铁石，不怕你口坠天花。这般讲来，他这般回复；那样说去，他那样推辞。东楼见说他不转，只得权时打发。

到第四日上，就把一应货物取到面前，又从头细阅一遍，拣最好的留下几件，不中意的尽数发还。除货价之外，又封十二两银子，送他做遮羞钱。汝修不好辞得，暂放袖中，到出门之际，就送与他的家人，以见“耻食周粟”之意。

回到店中，见了金、刘二友，满面羞惭，只想要去寻死。金、刘再三劝慰，才得瓦全。从此以后，看见东楼的轿子从店前经过，就趋避不遑，唯恐他进来缠扰。有时严府差人呼唤，只以病辞。等他唤过多遭，难以峻绝，就拣他出门的日子，去空走一遭，好等门簿上记个名字。瞰亡往拜，分明以“阳虎”待之。

东楼恨他不过，心上思量道：“我这样一位显者，心腹满朝，何求不得，就是千金小姐，绝世佳人，我要娶他，也不敢回个‘不’字。何况百姓里面，一个孤身无靠的龙阳，我要亲热他，他偏要冷落我；虽是光棍不好，预先勾搭住他，所以不肯改适，却也气恨不过，少不得生个法子弄他进来。只是一件，这样标致后生放在家里，使姬妾们看见未免动心；就不做出事来，也要彼此相形，愈加见得我老丑。除非得个两全之法，只受其益，不受其损，然后招他进来，始为长便。”想了一会，并没有半点计谋。

彼时有个用事的太监，姓沙，名玉成，一向与严氏父子表里为奸，势同狼狈的，甚得官家之宠。因他有痰湿病，早间入宫侍驾，一到巳刻，就回私宅调理。虽有内相之名，其实与外官无异。原是个清客出身，最喜栽培花竹，收藏古董。东楼虽务虚名，其实是个假清客，反不如他实实在行。

一日，东楼过去相访，见他收拾器玩，浇溉花卉，虽不是自家动手，却不住的呼僮叱仆，口不绝声，自家不以为烦。东楼听了，倒替他吃力，就说："这些事情，原为取乐而设，若像如此费心，反是一桩苦事了。"沙太监道："孩子没用，不由你不费心。我寻了一世馆僮，不曾遇着一个。严老爷府上若有勤力孩子，知道这些事的，肯见惠一个也好。"

东楼听了这句话，就触起心头之事。想个计较出来，回复他道："敝衙的人，比府上更加不济。近来北京城里出了个清客少年，不但这些事情件件晓得，连琴棋箫管之类都是精妙不过的。有许多仕宦，要图在身边做孩子，只是弄他不去。除非公公呼唤，他或者肯来。只是一件，此人情窦已开，他一心要弄妇人，就勉强留他，也不能长久。须是与公公一样，也替他净了下身，使他只想进来，不想出去，才是个长久之计。"沙太监道："这有何难。待我弄个法子，去哄他进来，若肯净身就罢，万一不肯，待我把几杯药酒灌醉了他，轻轻割去此道，到醒来知觉的时节，他就不肯做太监，也长不出人道来了。"

东楼大喜，叫他及早图之，不要被人弄了去。临行之际，又叮嘱一句道："公公自己用他，不消说得；万一到百年以后用不着的时节，求你交还荐主，切不可送与别人。"沙太监道："那何待说。我是个残疾之人，知道有几年过？做内相的，料想没有儿子，你竟来领去就是。"

东楼设计之意，原是为此，料他是个残疾之人，没有三年五载，身后自然归我，落得假手于他。一来报了见却之仇，二来做了可常之计。见他说着心事，就大笑起来。两个弄盏传杯，尽欢而别。

到了次日，沙太监着人去唤汝修，说："旧时买些盆景，原是你铺中的，一向没人剪剔，渐渐长繁冗了，央你这位小店官过去修葺修葺。宫里的人，又开出一篇账来，大半是云油香皂之类，要当面交付与你，好带出来点货。"金、刘二人听了这句话，就连声招揽，叫汝修快些进去。一来因他是个太监，就留汝修过宿，也没有什么疑心；二来因为得罪东楼，怕他有怀恨之意，知道沙太监与他相好，万一有事，也好做一枝救兵。所以招接不遑，唯恐服侍不到。

汝修跟进内府，见过沙太监，少不得叙叙寒暄，然后问他有何使令。沙太监道："修理花卉与点货入宫的话都是小事。只因一向慕你高名，不曾识面，要借此盘桓一番，以为后日相与之地。闻得你清课里面极是留心，又且长于音律，是京师里面第一个雅人，今日到此，件件都要相烦，切不可吝教。"汝修正有纳交之意，巴不得借此进身，求他护法。不但不肯谦逊，又且极力夸张，唯恐说了一件不能，要塞他后来召见之路。沙太监闻之甚喜，就吩咐孩子把琵琶、弦管、笙箫、鼓板之属，件件取到面前，摆下席来，叫他一面饮酒，一面敷陈技艺。汝修一一遵从，都竭尽生平之力。

沙太监耳中听了，心上思量说："小严的言语果然不错。这样孩子，若不替他净身，如何肯服侍我？与他明说，料想不肯，不若便宜行事的是。"就对侍从之人眨一眨眼。侍从的换上药酒，斟在他杯中。汝修吃了下去，不上一刻，渐渐的绵软起来，垂头欹颈，靠在交椅之上，做了个大睡不醒的陈抟。沙太监大笑一

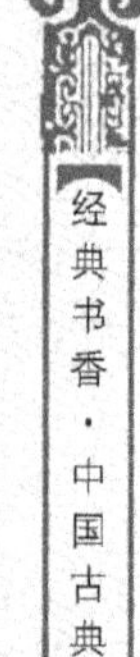

声，就叫：“孩子们！快些动手。”

原来未饮之先，把阉割的人都埋伏在假山背后，此时一唤，就到面前。先替他脱去裩衣，把人道捏在手上，轻轻一割，就丢下地来，与獬犼狗儿吃了。等他流去些红水，就把止血的末药带热捂上，然后替他抹去猩红，依旧穿上裤子，竟像不曾动掸的一般。

汝修睡了半个时辰，忽然惊醒，还在药气未尽之时，但觉得身上有些痛楚，却不知在哪一处。睁开眼来，把沙太监相了一相，倒说：“晚生贪杯太过，放肆得紧，得罪于公公了。”沙太监道：“看你这光景，身子有些困乏，不若请到书房安歇了罢。”汝修道：“正要如此。”沙太监就唤侍从之人，扶他进去。汝修才上牙床，倒了就睡，总是药气未尽的缘故。

正不知这个长觉，睡到几时才醒，醒后可觉无聊？看官们看到此时，可能够硬了心肠，不替小店官疼痛否？

第　三　回

权贵失便宜弃头颅而换卵　阉人图报复遗尿溺以酬涎

汝修倒在牙床，又昏昏的睡去。直睡到半夜之后，药气散尽，方才疼痛起来，从梦中喊叫而醒。举手一摸，竟少了一件东西。摸着的地方，又分外疼痛不过。再把日间之事，追想一追想，就豁然大悟：才晓得结识的恩人，倒做了仇家敌国；昨日那番卖弄，就是取祸之由。思想到此，不由他不号啕痛哭。从四更哭起，直哭到天明，不曾住口。

只见到巳牌时候，有两个小内相，走进来替他道喜说："从今以后，就是朝廷家里的人了。还有什么官儿管得你着？还有什么男人敢来戏弄得你?"汝修听到此处，愈觉伤心。不但今生今世，不能够娶妻，连两位尊夫，都要生离死别，不能够再效鸾凤了。正在恓惶之际，又有一个小内相走进来唤他说："公公起来了，快出去参见。"汝修道："我和他是宾主，为什么参见起来?"那些内相道："昨日净了身，今日就在他管下，怕你不参!"说过这一声，大家都走了开去。

汝修思量道："我就不参见，少不得要辞他一辞，才好出去。难道不偢不睬，他就肯放你出门?"只得爬下床来，一步一步的挣将出去。挣到沙太监面前，将要行礼，他就正颜厉色吩咐起来。既不是昨日的面容，也不像以前的声口说："你如今刀疮未

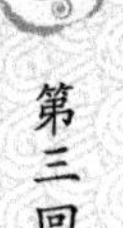

好，且免了磕头。到五日之后，出来参见。从今以后，派你看守书房，一应古董书籍，都是你掌管。再拨两个孩子，帮你葺理①花木。若肯体心服侍，我自然另眼相看；稍有不到之处，莫怪我没有面情。割去膫子的人，除了我内相家中，不怕你走上天去！”

汝修听了这些话，甚觉寒心，就曲着身子禀道：“既然净过身，自然要服侍公公。只是眼下刀疮未好，难以服役，求公公暂时宽假，放回去将养几日。待收口之后，进来服侍也未迟。”沙太监道：“既然如此，许你去将养十日。”叫：“孩子们，领他出去，交与萃雅楼主人。叫他好生调理，若还死了这一个，就把那两名伙计割去膫子来赔我，我也未必要他。”几个小内相一齐答应过了，就扶他出门。

却说金、刘二人，见他被沙公唤去，庆幸不了，巴不得他多住几日，多显些本事出来，等沙公赏鉴赏鉴，好借他的大树遮阴。故此放心落意，再不去接他。比不得在东楼府中，睡了三夜，使他三夜不曾合眼，等不到天明，就鞴了头口去接；到不得日暮，就点着火把相迎。只因沙府无射猎之资，严家有攻伐之具。谁料常拚有事，止不过后队消亡；到如今自恃无虞，反使前军覆没。

只见几名内相扶着汝修进门，满面俱是愁容，偏体皆无血色。只说他酒量不济，既经隔宿，还倩人扶醉而归。谁知他色运告终，未及新婚，早已作无聊之叹。说出被阉的情节，就放声大哭起来。引得这两位情哥泪雨盆倾，几乎把全身淹没。送来的内

---

① 葺（qì）理——修理。

相等不得他哭完，就催促金、刘二人："快写一张领状，好带去回复公公。若有半点差池，少不得是苦主偿命。"

金、刘二人怕有干系，不肯就写。众人就拉了汝修，要依旧押他转去。二人出于无奈，只得具张甘结①与他："倘有疏虞，愿将身抵。"金、刘打发众人去后，又从头哭了一场。遍访神医替他疗治，方才医得收口。

这十日之内，只以救命为主，料想图不得欢娱。直等收口之后，正要叙叙旧情，以为永别之计，不想许多内相拥进门来，都说："限期已满，快些进去服役。若迟一刻，连具甘结的人，都要拿进府去，照他一般阉割也未可知。"二人吓得魂飞魄散，各人含了眼泪，送他出门。

汝修进府之后，知道身已被阉，料想别无去路，落得输心服意，替他做事。或者命里该做中贵，将来还有个进身。凡是分所当为，没有一件不尽心竭力。沙太监甚是得意，竟当做嫡亲儿子看待他。

汝修起初被阉，还不知来历，后来细问同伴之人，才晓得是奸雄所使。从此以后，就切齿腐心，力图报复。只恐怕机心一露，被他觉察出来，不但自身难保，还带累那两位情哥，必有丧家亡命之事。所以装聋作哑，只当不知。但见东楼走到，就竭力奉承，说："以前为生意穷忙，不能够常来陪伴，如今身在此处，就像在老爷府上一般，凡有用着之处，就差

① 甘结——旧时交给官署的一种画押字据，表示愿意承担某种义务或对某事负责，如果不能履行承诺，甘愿接受处罚。

人来呼唤。只要公公肯放，就是三日之中过来两日，也是情愿的。”东楼听了此言，十分欢喜，常借修花移竹为名，接他过去相伴。沙太监是无膫之人，日里使得他着，夜间无所用之，落得公诸同好。

汝修一到他家，就留心伺察。把他所行的事、所说的话，凡有不利朝廷、妨碍军国者，都记在一本经摺之上，以备不时之需。沙太监自从阉割汝修，不曾用得半载，就被痰湿交攻，日甚一日，到经年之后，就沉顿而死。临死之际，少不得要践生前之约，把汝修赠与东楼。汝修专事仇人，反加得意，不上一年，把他父子二人一生所做之事，访得明明白白，不曾漏了一桩。也是他恶贯满盈，该当败露，到奸迹访完之日，恰好就弄出事来。

自从杨继盛出疏劾奏严嵩十罪五奸，皇上不听，倒把继盛处斩。从此以后，忠臣不服，求去的求去，复参的复参，弄得皇上没有主意，只得暂示威严，吩咐叫严嵩致仕，其子严世蕃、孙严鹄等，俱发烟瘴充军。这些法度，原是被群臣聒絮不过，权且疏他一疏，待人言稍息之后，依旧召还，仍前宠用的意思。不想倒被个小小忠臣塞住了这番私念，不但不用，还把他肆诸市朝，做了一桩痛快人心之事。

东楼被遣之后，少不得把他随从之人，都发在府县衙门，讨一个收管；好待事定之后，或是入官，或是发还原主。汝修到唱名之际，就高声喊叫起来，说：“我不是严姓家僮，乃沙府中的内监。沙公公既死，自然该献与朝廷，岂有转发私家之理？求老爷速备文书申报，待我到皇爷面前自去分理。若还隐匿不申，只怕查检出来，连该管衙门，都有些不便。”府县官听了，自然不敢隐蔽，就把他申报上司。上司又转文达部，直到奏过朝廷，收他入宫之后，才结了这宗公案。

汝修入禁之后，看见宫娥彩女所用的云油香皂，及腰间佩带之物，都有“萃雅楼”三字，就对宫人道：“此我家物也。物到此处，人也归到此处，可谓有缘。”那些宫女道：“既然如此，你就是萃雅楼的店官了，为什么好好一个男人，不去娶妻生子，倒反阉割起来?”汝修道：“其中有故，如今不便细讲。恐怕传出禁外，又为奸党所知，我这种冤情，就不能够申雪了。直等皇爷问我，我方才好说。”那些宫人听了，个个走到世宗面前，搬嘴学舌，说：“新进来的内监，乃是个生意之人，因被权奸所害，逼他至此。有什么冤情要诉，不肯对人乱讲，直要到万岁跟前方才肯说。”

世宗皇帝听了这句话，就叫近身侍御把他传到面前，再三询问。汝修把被阉的情节，从头至尾备细说来，一句也不增，一字也不减。说得世宗皇帝大怒起来，就对汝修道：“人说他倚势虐民，所行之事没有一件在情理之中，朕还不信；这等看来，竟是个真正权奸，一毫不谬的了。既然如此，你在他家立脚多时，他平日所作所为，定然知道几件，除此一事之外，还有什么奸款，将来不利于朝廷，有误于军国的么?”

汝修叩头不已，连呼万岁，说：“陛下垂问及此，乃四海苍生之福，祖宗社稷之灵也。此人奸迹多端，擢发莫数。奴辈也曾系念朝廷，留心伺察。他所行的事，虽记不全，却也十件之中，知道他三两件。有个小小经摺在此：都是亲眼所见，亲耳所闻，才敢记在上面。若有一字不确，就不敢妄渎听闻，以蹈欺君之罪。”

世宗皇帝取来一看，就不觉大震雷霆，重开天日，把御案一拍，高叫起来道：“好一个杨继盛，真是比干复出，箕子再生。所奏之事，果然一字不差。寡人误杀忠臣，贻讥万世，真亡国之主也。朕起先的意思，还要暂震雷霆，终加雨露，待人心稍懈之后，还要用他。这等看来，‘遣配’二字，不足以尽其辜，定该取他回来，戮于市朝之上，才足以雪忠臣之愤，快苍生赤子之心。若还一日不死，就放他在烟瘴地方，也还要替朝廷造祸。焉知他不号召蛮夷，思想谋叛！”

正在踌躇之际，也是他命该惨死，又有人在“火上添油”，忽有几位忠臣封了密疏进来，说：“倭夷入寇，乃严世蕃所使。贿赂交通者，已非一日，朝野无不尽知。只因他势焰熏天，不敢启口。自蒙发遣之后，民间首发者纷纷而起，乞陛下早正国法，以绝祸萌。”世宗见了，正合着悔恨之意，就传下密旨，差校尉速拿进京，依拟正法。

汝修等他拿到京师，将斩未斩的时节，自己走到法场之上，指定了他，痛骂一顿。又做一首好诗赠他，一来发泄胸中的垒块；二来使世上闻之，知道为恶之报其速如此，凡有势焰者切不可学他。既杀之后，又把他的头颅制做溺器。因他当日垂涎自己，做了这桩恶事，后来取乐的时节，唾沫又用得多，故此偿以小便，使他不致亏本。

临死所赠之诗，是一首长短句的古风，大有益于风教。其诗云：

汝割我卵，我去汝头。

以上易下，死有余羞。

汝戏我豚，我溺汝口。

以净易秽，死多遗臭。

奉劝世间人，莫施刻毒心；

刻毒后来终有报，八两机谋换一觔。

拂云楼

第　一　回

洗脂粉娇女增娇　弄娉婷丑妻出丑

诗云：

闺中隐祸自谁萌？狡婢从来易惹情。
代送秋波留去客，惯传春信学流莺。
只因出阁梅香细，引得窥园蝶翅轻。
不是红娘通线索，莺莺何处觅张生？

这首诗与这回小说，都极道婢子之刁顽，梅香之狡狯。要使治家的人，知道这种利害，好去提防觉察他，庶不致内外交通，闺门受玷，乃维持风教之书，并不是宣淫败化之论也。从古及今，都把“梅香”二字，做了丫环的通号。习而不察者，都说是个美称；殊不知这两个字眼，古人原有深意：梅者，媒也；香者，向也。梅传春信，香惹游蜂。春信在内，游蜂在外。若不是他向里向外牵合拢来，如何得在一处？以此相呼，全要人顾名思义，刻刻防闲。一有不察，就要做出事来，及至玷污清名，梅“香”而主臭矣！若不是这种意思，丫环的名目甚多，哪一种花卉，哪一件器皿，不曾取过唤过？为何别样不传，独有“梅香”二字，千古相因而不变也？

明朝有个嫠妇①，从二八之年守寡，守到四十余岁，通族迫之不嫁，父母劝之不转，真是心如铁石！还做出许多激烈事来。忽然一夜在睡梦之中，受了奸人的玷污，将醒未醒之际，觉得身上有个男子，只说还在良人未死之时，搂了自己尽情欢悦。直到事毕之后，忽然警醒，才晓得男子是个奸人，自家是个寡妇。问他："何人引进，忽然到此？"奸夫见他身已受染，料无他意，就把真情说出来。原来是此妇之婢，一向与他私通，进房宿歇者，已非一次，诚恐主母知觉要难为他，故此教导奸夫，索性一网打尽，好图个长久欢娱，说："主母平日喜睡，非大呼不醒。乘他春梦未醒，悄悄过去行奸，只要三寸落肉，大事已成，就醒转来，也不好喊叫地方再来捉获你了。"奸夫听了此话，不觉色胆如天，故此爬上床来，做了这桩歹事。此妇乍闻此言，虽然懊恨，还要顾惜名声，不敢发作。及至奸夫去后，思想二十余年的苦节，一旦坏于丫环之手，岂肯甘心？忍又忍不住，说又说不出，只把丫环叫到面前，咬上几口，自己长叹数声，自缢而毙。后来家人知觉，告到官司，将奸夫处斩，丫环问了凌迟。那爰书②上面有四句云：

仇恨虽雪于死后，声名已玷于生前。

难免守身不固之愆，可为御下不严之戒。

另有一个梅香，做出许多奇事，成就了一对佳人才子费尽死力撮不拢的姻缘，与一味贪淫坏事者有别。看官们见了，一定要侈为美谈，说："与前面之人，不该同日而语。"却不知做小说

---

① 嫠（lí）妇——寡妇。

② 爰（yuán）书——古时记录犯人供词的文书。

者，颇谙《春秋》之义，世上的月老人人做得，独有丫环做不得。丫环做媒，送小姐出阁，就如奸臣卖国，以君父予人，同是一种道理。故此这回小说，原为垂戒而作，非示劝也。

宋朝元祐年间，有个青年秀士，姓裴，名远，字子到。因他排行第七，人都唤做“裴七郎”。住在临安城内，生得俊雅不凡，又且才高学富，常以一第自许。早年娶妻封氏，乃本郡富室子女，奁丰而貌啬，行卑而性高，七郎深以为耻。未聘封氏之先，七郎之父曾与韦姓有约，许结婚姻。彼时七郎幼小，声名未著。及至到弱冠之岁，才名大噪于里中，素封之家，人人欲得以为婿。封氏之父，就央媒妁来议亲。裴翁见说他的妆奁较韦家不止十倍，狃①于世俗之见，决不肯取少而弃多，所以撇却韦家，定了封氏。

七郎做亲之后，见他状貌稀奇，又不自知其丑，偏要艳妆丽服，在人前卖弄，说他是临安城内数得着的佳人。一月之中，定要约了女伴到西湖上游玩几次。只因自幼娇养，习惯嬉游，不肯为人所制。七郎是个风流少年，未娶之先，曾对朋友说了大话，定要娶了绝世佳人，不然，宁可终身独处。谁想弄到其间，得了东施、嫫姆，恐怕为人耻笑，任他妻子游玩，自己再不相陪，连朋友认得的家僮，也不许他跟随出去。贴身服侍者，俱以内家之人，要使朋友遇见，认不出是谁家之女，哪姓之妻。就使他笑骂几声，批评几句，也说不到自己身上。

一日，偶值端阳佳节，阖郡的男女，都到湖上看竞龙舟。七

① 狃（niǔ）——拘泥。

郎也随了众人，夹在男子里面。正看到热闹之处，不想飓风大作，浪声如雷，竟把五月五日的西湖水，变做八月十八日的钱塘江，潮头准有五尺多高，盈舟满载的游女，都打得浑身透湿。摇船之人把捺不定，都叫他及早上岸，再迟一刻，就要翻下水了。那些女眷们听见，哪一个不想逃生？几百船的妇人，一起走上岸去，竟把苏堤立满，几乎踏沉了六桥。

男子里面，有几个轻薄少年，倡为一说道："看这光景，今日的风潮，是断然不住的了。这些内客，料想不得上船，只好步行回去。我们立在总路头上，大家领略一番，且看这一郡之中，有几名国色。从来有句旧话说：'杭州城内，有脂粉而无佳人。'今日这场大雨，分明是天公好事，要我们考试真才，特地降此甘霖，替他们洗脂涤粉，露出本来面目，好待我辈文人，品题高下的意思，不可负了天心，大家赶上前去。"众人听了，都道他是不易之论①，连平日说过大话、不能应嘴的裴七郎，也说眼力甚高，竟以总裁自命。大家一起赶去，立在西泠桥，又各人取些石块垫了脚跟，才好居高而临下。

方才站立得定，只见那些女眷如蜂似蚁而来，也有擎伞的，也有遮扇的，也有摘张荷叶，盖在头上，像一朵落水芙蕖，随风吹倒的。又有伞也不擎，扇也不遮，荷叶也不盖，像一树雨打梨花，没人遮蔽的。众人细观容貌，都是些中下之材，并没有殊姿绝色。看过几百队，都是如此。大家叹息几声，各念四书一句道："才难，不其然乎。"

---

① 不易之论——易，改变。不易之论，意为变更的言论。形容论断或见解非常正确。

正在嗟叹之际，只见一个朋友从后面赶来，对着众人道："有个绝世佳人来了，大家请看！"众人睁着眼睛，一起观望，只见许多婢仆簇拥着一个妇人，走到面前，果然不是寻常姿色，莫说他自己一笑，可以倾国倾城；就是众人见了，也都要一笑倾城，再笑倾国起来。有《西江月》一词为证：

面似退光黑漆，肌生冰裂玄纹。腮边颊上有奇痕，仿佛湘妃泪印。

指露几条碧玉，牙开两片乌银。秋波一转更消魂，惊得才郎倒退！

你道这妇人是谁？原来不是别个，就是封员外的嫡亲小姐，裴七郎的结发夫人。一向怕人知道，丈夫不敢追随，任亲戚朋友在背后批评，自家以眼不见为净的。谁想到了今日，竟要当场出丑！回避不及起来。起先那人看见，知道是个丑妇，故意走向前来，把左话右说，要使人辨眼看神仙，忽地逢魑魅，好吃惊发笑的意思。及至走到面前，人人掩口，个个低头，都说："青天白日见了鬼，不是一桩好事。"大家闭了眼睛，待他过去。

裴七郎听见，羞得满面通红，措身无地。还亏得预先识窍，远远望见他来，就躲在众人背后，又缩短了几寸，使他从面前走过，认不出自己丈夫，省得叫唤出来，被人识破。走到的时节，巴不得他脚底腾云，快快的走将过去，省得延捱时刻，多听许多恶声。

谁想那三寸金莲有些驼背，勉强曲在其中，到急忙要走的时节，被弓鞋束缚住了，一时伸他不直，要快也快不来的。若还信意走去，虽然不快，还只消半刻时辰。当不得他卖弄妖娆，但是人多的去处，就要扭捏扭捏，弄些态度出来，要使人赞好。任你大雨盆倾，他决不肯疾趋而过。谁想脚下的烂泥与桥边的石块，都是些冤家对头，不替他长艳助娇，偏使人出乖露丑。正在扭捏之际，被石块撞了脚尖，烂泥糊住高底，一跤跌倒，不免四体朝天。到这仓皇失措的时节，自然扭捏不来，少不得抢地呼天，倩人扶救，没有一般丑态不露在众人面前，几乎把上百个少年一起笑死。起先的裴七郎，虽然缩了身子，还只短得几寸；及至到了此时，竟把头脑手足，缩做一团，假妆个原壤夷俟玩世不恭的光景，好掩饰耳目。

正在哗噪之时，又有一队妇人走到，看见封氏吃跌，个个走来相扶。内中有好有歹，媸妍不一。独有两位佳人，年纪在二八上下，生得奇娇异艳，光彩夺人。被几层湿透的罗衫粘在玉体之上，把两个丰似多肌、柔若无骨的身子，透露得明明白白，连那酥胸玉乳，也不在若隐若现之间。

众人见了，就齐声赞叹，都说："状元有了，榜眼也有了，只可惜没有探花，凑不完鼎甲，只好虚席以待，等明岁端阳，再来收录遗才罢了。"裴七郎听见这句话，就渐渐伸出头来，又怕妻子看见，带累自家出丑，取出一把扇子，遮住面容，只从扇骨中间露出一双饿眼，把那两位佳人，细细的领略一遍，果然是天下无双、世间少二的女子。看了一会，众人已把封氏扶起。随身的伴当，见他衣裳污秽，不便行走，只得送入寺中，暂坐一会，去唤轿子来接他。

这一班轻薄少年，遇了绝色，竟像饿鹰见兔，饥犬闻腥，哪里还丢得下他？就成群结队，尾着女伴而行。裴七郎怕露行藏，只得丢了妻子，随着众人同去。只见那两位佳人，合擎着一把雨盖，缓行几步，急行几步，缓又缓得可爱，急又急得可怜，虽在张惶急遽之时，不见一毫丑态，可见纯是天姿，绝无粉饰。若不是飓风狂雨，怎显得出绝世佳人？及至走过断桥，那些女伴都借人家躲雨，好等轿子出来迎接。这帮少年，跟不到人家里面去，只得割爱而行。

那两位佳人虽中了状元、榜眼，究竟不知姓名。曾否许配，后来归与何人？奉屈看官，权且朦胧一刻，待下回细访。

第　二　回

温旧好数致殷勤　失新欢三遭叱辱

裴七郎自从端阳之日，见妻子在众人面前露出许多丑态，令自己无处藏身，刻刻羞惭欲死。众人都说："这样丑妇，在家里坐上罢了，为什么也来游湖，弄出这般笑话？总是男子不是，不肯替妇人藏拙，以致如此。可惜不知姓名，若还知道姓名，倒有几出戏文好做。妇人是丑，少不得男子是净，这两个花面，自然是拆不开的。况且有两位佳人做了旦脚，没有东施、嫫姆，显不出西子、王嫱，借重这位功臣点缀点缀也好。"内中有几个道："有了正旦、小旦，少不得要用正生、小生，拼得费些心机，去查访姓字，兼问他所许之人。我们肯做戏文，不愁他的丈夫不来润笔！这桩有兴的事，是落得做的。"又有一个道："若要查访，连花面的名字，也要查访出来，好等流芳者流芳，贻臭者贻臭。"

七郎闻了此言，不但羞惭，又且惊怕，唯恐两笔水粉要送上脸来，所以百般掩饰，不但不露羞容，倒反随了众人，也说他丈夫不是。被众人笑骂不足为奇，连自己也笑骂自己。及至回到家中，思想起来，终日痛恨。对了封氏，虽然不好说出，却怀了一点异心，时时默祷神明，但愿他早生早化。

不想丑到极处的妇人，一般也犯造物之忌，不消丈夫咒得，那些魑魅魍魉，要寻他去做伴侣，早已送下邀帖了。只因游湖之日，遇了疾风暴雨，激出个感寒症来。况且平日喜妆标致，惯弄

妖娆，只说遇见的男子，没有一个不称羡他，要使美丽之名，扬于通国。谁想无心吃跌，听见许多恶声，才晓得自己的尊容原不十分美丽：“我在急遽之中，露出本相；别人也在仓促之顷，吐出真言。”平日那些扭捏工夫，都用在无益之地。所以郁闷填胸，病上加病，不曾睡得几日，就呜呼了。起先要为悦己者容，不意反为憎己者死。

七郎殁了丑妻，只当眼中去屑，那里畅快得了，少不得把以前的大话又重新说起。思想：“这一次续弦，定要娶个倾城绝色，使通国之人赞美，方才洗得前羞。通国所赞者，只有那两位女子。料想不能全得，只要娶他一位，也就可以夸示众人。不但应了如今的口，连以前的大话都不至落空。那戏文上面的正生，自然要让我做，岂止不填花面而已哉！”

算计定了，就随着朋友去查访佳人的姓字。访了几日，并无音耗。不想在无心之际，遇着一个轿夫，是那日抬他回去的，方才说出姓名。原来不是别个，就是裴七郎未娶之先与他许过婚议的。一个是韦家小姐，一个是侍妾能红，都还不曾许嫁。

说话的，你以前叙事，都叙得入情，独有这句说话，讲脱节了！既是梅香、小姐，那日湖边相遇，众人都有眼睛，就该识出来了；为何彼时不觉，都说是一班游女、两位佳人，直到此时，方才查访得出？

看官有所不知。那一日湖边遇雨，都在张惶急遽之时，论不得尊卑上下，总是并肩而行。况且两双玉手，同执了一把雨盖，你靠着我，我挨着你，竟像一朵并头莲，辨不出谁花谁叶。所以众人看了，竟像同行姊妹一般。及至查问起来，那说话的人决不肯朦胧答应，自然要分别尊卑，说明就里。众人知道，就愈加赞羡起来，都说：“一户人家，生出这两件至宝，况是一主一婢，可谓奇而又奇!”

这个梅香，反大小姐二岁。小姐二八，他已二九，原名叫做桃花。因与小姐同学读书，先生见他资颖出众，相貌可观，将来必有良遇，恐怕以“桃花”二字见轻于人，说他是个婢子；故此告过主人，替他改了名字，叫做能红，依旧不失桃花之意，所谓“桃花能红李能白”也。

七郎访着根蒂就不觉颠狂起来说：“我这头亲事，若做得成，不但娶了娇妻，又且得了美妾。图一得二，何等便宜！这头亲事，又不是劈空说起，当日原有成议的。如今要复前约，料想没甚疑难。”就对父母说知，叫他重温旧好。

裴翁因前面的媳妇娶得不妥，大伤儿子之心；这番续弦，但凭他自家做主，并不相拗，原央旧时的媒妁过去说亲。

韦翁听见个“裴”字，就高声发作起来，说：“他当日爱富嫌贫，背了前议。这样负心之辈，我恨不得立斩其头，剜出心肝五脏，拿来下酒，还肯把亲事许他！他有财主做了亲翁，佳人做了媳妇，这一生一世用不着贫贱之交、糟糠之妇了，为什么又来寻我？莫说我这样女儿，不愁没有嫁处；就是折脚烂腿、耳聋眼瞎，没有人要的，我也拼得养他一世，决不肯折了饿气，嫁与仇人！落得不要讲起。”媒人见他所说的话是一团道理，没有半句回他，只得赔罪出门，转到裴家，以前言奉复。

裴翁知道不可挽回，就劝儿子别娶。七郎道：“今生今世若不得与韦小姐成亲，宁可守义而死！就是守义而死，也不敢尽其天年，只好等一年半载，若还执意到底，不肯许诺，就当死于非命，以赎前愆。”父母听了此言，激得口呆目定，又向媒人下跪，

求他勉力周全。媒人无可奈何，只得又去传说。

韦翁不见，只叫妻子回复他。妇人的口气更比男子不同，竟带讲带骂，说："从来慕富嫌贫，是女家所做之事。哪一本戏文小说，不是男家守义，女家背盟？他如今倒做转来，却像他家儿子是天下没有的人，我家女儿是世间无用之物。如今做亲几年，也不曾见他带挈丈人、丈母做了皇亲国戚！我这个没用女儿，倒常有举人进士央人来说亲，只因年貌不对，我不肯就许。像他这样才郎，还选得出。叫他醒一醒春梦，不要思量！"说过这些话，就指名道姓咒骂起来，比王婆骂鸡更加热闹。媒人不好意思，只得告别而行，就绝口回复裴翁，叫他断却痴想。

七郎听了这些话，一发愁闷不已，反复思量道："难道眼见的佳人，许过的亲事，就肯罢了不成！照媒人说来，他父母的主意是立定不移了，但不知小姐心上喜怒若何？或者父母不曾读书，但拘小忿，不顾大体，所以这般决裂。他是个读书明理之人，知道从一而终是妇人家一定之理。当初许过一番，就有夫妻之义。矢节不嫁，要归原夫，也未可料。待我用心打听，看有什么妇人常在他家走动，拼得办些礼物去结识他，求他在小姐跟前探一探动静。若不十分见绝，就把'节义'二字去歆动他。小姐肯许，不怕父母不从。死灰复燃，也是或有之事。"

主意定了，就终日出门打听。闻得有个女工师父叫做俞阿妈，韦小姐与能红的绣作，是他自小教会的，住在相近之处，不时往来。其夫乃学中门斗。七郎入泮①之年，恰好派着他管路，一向原是相熟的。七郎问着此人，就说有三分机会了，即时备下

① 泮（pàn）——泮宫，古代学宫。清代称考中秀才为"入泮"。

盛礼，因其夫而谒其妻，求他收了礼物，方才启齿，把当日改娶的苦衷，与此时求亲的至意，备细陈述一番，要他瞒了二人，达之闺阁。

俞阿妈道："韦家小姐是端庄不过的人，非礼之言，无由入耳。别样的话，我断然不敢代传；独有'节义'二字，是喜闻乐听的，待我就去传说。"七郎甚喜，当日不肯回家，只在就近之处，坐了半日，好听回音。

俞阿妈走入韦家，见了小姐，先说几句闲言，然后引归正路。照依七郎的话，一字不改；只把图谋之意，变做撺掇之词。小姐回复道："阿妈说错了。'节义'二字，原是分拆不开的。有了义夫，才有节妇。没有男子不义，责妇人以守节之礼。他既然立心娶我，就不该慕富嫌贫，悔了前议；既悔前议，就是恩断义绝之人了，还有什么瓜葛！他这些说话，都是支离矫强之词，没有一分道理。阿妈是个正人，也不该替他传说。"俞阿妈道："悔盟别娶之事，是父母逼他做的，不干自己之事，也该原谅他一分。"韦小姐道："父母相逼，也要他肯从。同是一样天伦，难道他的父母，就该遵依；我的父母，就该违拗不成？四德三从之礼，原为女子而设，不曾说及男人。如今做男子的，倒要在家从父；难道叫我做妇人的，反要未嫁从夫不成？一发说得好笑！"俞阿妈道："婚姻之事，执不得古板，要随缘法转的。他起初原要娶你，后来惑于媒妁之言，改娶封氏。如今成亲不久，依旧做了鳏夫。你又在闺中待字，不曾许嫁别姓。可见封家女子与他无缘，裴姓郎君该你有份的了。况且这位郎君，又有绝美的姿貌，是临安城内数一数二的才子。我家男人现在学里做斋夫，难道不知秀才好歉？我这番撺掇，原为你终身起见，不是图他的谢礼。"

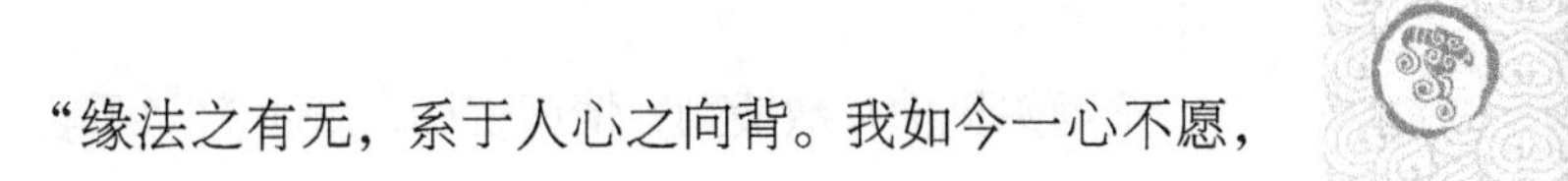

韦小姐道："缘法之有无，系于人心之向背。我如今一心不愿，就是与他无缘了，如何强得？人生一世，贵贱穷通，都有一定之数，不是强得来的。总是听天由命，但凭父母主张罢了。"

俞阿妈见他坚执不允，就改转口来，倒把他称赞一番，方才出去。走到自己门前，恰好遇着七郎来讨回复。俞阿妈留到家中，把小姐的话对他细述一番，说："这头亲事是断门绝路的了。及早他图，不可误了婚姻大事。"

七郎呆想一会，又对他道："既然如此，我另有一桩心事，望你周全。小姐自己不愿，也不敢再强。闻得他家有个侍妾，唤做能红，姿貌才情不在小姐之下。如今小姐没份，只得想到梅香，求你劝他主人，把能红当了小姐，嫁与卑人续弦。一来践他前言；二来绝我痴想；三来使别人知道，说他志气高强，不屑以亲生之女嫁与有隙之人，但以梅香塞责。只当羞辱我一场，岂不是一桩便事？若还他依旧执意，不肯通融，求你瞒了主人，把这番情节，传与能红知道，说我在湖边一见，蓦地销魂，不意芝草无根，竟出在平原下土。求他鉴我这点诚心，想出一条门路，与我同效鸾凰，岂不是桩美事？"说了这些话，又具一副厚礼，亲献与他：不是钱财，也不是币帛。有诗为证：

钱媒薄酒不堪斟，别有程仪表寸心。

非是手头无白镪①，爱从膝下献黄金。

七郎一边说话，一边把七尺多长的身子，渐渐的矮将下去。说到话完的时节，不知不觉就跪在此妇面前，等他伸手相扶，已做矮人一会了。

① 镪（qiǎng）——古代称成串的钱。后多指银子。

俞阿妈见他礼数殷勤，情词哀切，就不觉动了婆心，回复他道："小姐的事，我决不敢应承，在他主人面前也不好说得。他既不许小姐，如何又许梅香？说起梅香，倒要愈增其怒了。独有能红这个女子，是乖巧不过的人。算计又多，口嘴又来得，竟把一家之人，都放不在眼里，只有小姐一个，他还忌惮几分。若还看得你上，他自有妙计出来，或者会驾驭主人，做了这头亲事也未见得。你如今且别，待我缓缓的说他，一有好音，就遣人来相复。"

七郎听到此处，真个是死灰复燃，不觉眉欢眼笑起来，感谢不已。起先丢了小姐，只想梅香，还怕图不到手。如今未曾"得陇"，已先"望蜀"，依旧要藉能红之力，希冀两全。只是讲不出口，恐怕俞阿妈说他志愿太奢，不肯任事。只唱几个肥喏，叮咛致谢而去。但不知后事如何，略止清谈，再擎麈尾①。

---

① 麈（zhǔ）尾——用麈的尾毛制成的拂尘。魏晋人清谈时经常执这种拂子。

第　三　回

破疑人片言成二美　痴情客一跪得双娇

俞阿妈受托之后，把七郎这桩心事，刻刻放在心头。一日，走到韦家，背了小姐，正要与能红说话，不想这个妮子，竟有先见之明，不等他开口，就预先阻住道："师父今日到此，莫非替人做说客么？只怕能红的耳朵比小姐还硬几分，不肯听非礼之言，替人做暧昧之事。你落得不要开口。受人一跪，少不得要加利还他。我笑你这桩生意做折本了。"俞阿妈听见这些话，吓得毛骨悚然，说："他就是神仙，也没有这等灵异！为什么我家的事，他件件得知？连受人一跪，也瞒他不得，难道是有千里眼、顺风耳的不成？"

既被他识破机关，倒不好支吾掩饰，就回他道："我果然来做说客，要使你这位佳人，配个绝世的才子。我受他一跪，原是真的，但不知你坐在家中，何由知道？"能红道："岂不闻：'人间私语，天闻若雷；暗室亏心，神目如电？'我是个神仙转世，你与他商议的事，我哪一件不知？只拣要紧的话，说几句罢了。只说一件：他托你图谋，原是为着小姐；如今丢了小姐不说，反说到我身上来，却是为何？莫非借我为由，好做'假途灭虢①'

① 假途灭虢（guó）——假途，借路；虢，春秋时诸侯国名。后用以泛指以向对方借路为名，而行灭亡对方之实。

之事么?”俞阿妈道:“起先的话,句句被你讲着;独有这一句,却是乱猜。他下跪之意,原是为你,并不曾讲起‘小姐’二字,为什么屈起人来?”能红听了这句话,就低头不语,想了一会,又问他道:“既然如此,他为我这般人,尚且下跪;起先为着小姐,还不知怎么样哀求。不是磕碎头皮,就是跪伤脚骨了。”俞阿妈道:“这样看起来,你还是个假神仙。起先那些说话,并没有真知灼见,都是偶然撞着的。他说小姐的时节,不但不曾下跪,连喏也不唱一声。后来因小姐不许,绝了指望,就想到你身上来。要央我作伐,又怕我畏难不许,故此深深屈了一膝。这段真切的意思,你也负不得他。”

能红听到此处,方才说出真情。原来韦家的宅子,就在俞阿妈前面。两家相对,只隔一墙。韦宅后园之中,有危楼一座,名曰“拂云楼”。楼窗外面,又有一座露台,原为晒衣而设,四面有笆篱围着,里面看见外面,外面之人,却看不见里面的。那日俞阿妈过去说亲,早被能红所料,知道俞家门内定有裴姓之人,就预先走上露台,等他回去,好看来人的动静。不想俞阿妈走到,果然同着男子进门,裴七郎的相貌丰姿,已被他一览而尽。及至看到后来,见七郎忽然下跪,只说还是为小姐,要他设计图谋,不但求亲,还有希图苟合之意,就时时刻刻防备他。这一日见他走来,特地背着小姐,要与自己讲话,只说这个老狗自己受人之托,反要我代做红娘,哪有这等便宜事!所以不等开口,就预先说破他。正言厉色之中,原带了三分醋意,如今知道那番屈膝,全是为着自己,就不觉改酸为甜,酿醋成蜜,要与他亲热起来,好商量做事。

既把真情说了一遍,又对他道:“这位郎君,果然生得俊雅。

他既肯俯就，我做侍妾的人，岂不愿仰攀？只是一件：恐怕他醉翁之意终不在酒，要预先娶了梅香，好招致小姐的意思。招致得去，未免得鱼忘筌①，‘宠爱’二字，轮我不着。若还招致不去，一发以废物相看，不但无恩，又且生怨，如何使得？你如今对我直说，他跪求之意，还是真为能红，还是要图小姐？”

俞阿妈道：“青天在上，不可冤屈了人！他实实为你自己。你若肯许，他少不得央媒说合，用花灯四轿抬你过门。岂有把梅香做了正妻，再娶小姐为妾之理！”

能红听了这一句，就大笑起来道：“被你这一句话，破了我满肚疑心。这等看来，他是个情种无疑了。做名士的人，哪里寻不出妻子？千金小姐也易得，何况梅香？竟肯下跪起来！你去对他说，他若单为小姐，连能红也不得进门；既然要娶能红，只怕连小姐也不曾绝望。我与小姐其势相连，没有我东他西，我前他后之理。这两姓之人，已做了仇家敌国，若要仗媒人之力，从外面说进里面来，这是必无之事，终身不得的了。亏得一家之人，知道我平日有些见识，做事的时节，虽不服气问我，却常在无意之中，探听我的口气。我说该做，他就去做；我说不该做，就是议定之事，也到底做不成。莫说别样，就是他家这头亲事，也吃亏我平日之间替小姐气忿不过，说他许多不是。所以一家三口，都听了先入之言，恨他入骨。故此媒人见不得面，亲事开不得口。若还这句说话，讲在下跪之先，我肯替他做个内应，只怕此时的亲事，都好娶过门了。如今叫我改口说好，劝他去做，其实

① 得鱼忘筌（quán）——筌，捕鱼用的竹器。得鱼忘筌，比喻达到目的后就忘了原来的凭借。

有些犯难。若要丢了小姐，替自己说话，一发是难上加难，神仙做不来的事了。只好随机应变，生出个法子来，依旧把小姐为名，只当替他划策。公事若做得就，连私事也会成，岂不是一举两得？"

俞阿妈听了这些话，喜欢不了。问他计将安出？能红道："这个计较，不是一时三刻想得来的。叫他安心等待。一有机会，我就叫人请你。等你去知会他，大家商议做事。不是我夸嘴说，这头亲事，只怕能红不许；若还许出了口，莫说平等人家图我们不去，就是皇帝要选妃，地方报了名字，抬到官府堂上，凭着我一张利嘴，也骗得脱身，何况别样的事！"俞阿妈道："但愿如此，且看你的手段。"

当日别了回去，把七郎请到家中，将能红所说的话，细细述了一遍。七郎惊喜欲狂，知道这番好事，都由屈膝而来，就索性谦恭到底，对着拂云楼深深拜了三拜，做个"望阙谢恩"。

能红见了，一发怜上加怜，惜中添惜。恨不得寅时说亲，卯时就许，辰时就偕花烛。把入门的好事，就像官府摆头踏一般，各役在先，本官在后，先从二夫人做起，才是他的心事。当不得事势艰难，卒急不能到手，就终日在主人面前窥察动静。心上思量道："说坏的事，要从新说他好来，容易开不得口。毕竟要使旁边的人忽然挑动，然后乘机而入，方才有些头脑。"

怎奈一家之人，绝口不提"裴"字，又当不得说亲的媒人，接踵而至，一日里面极少也有三四起，所说的才郎，家声门第，都在七郎之上；又有许多缙绅大老愿出重聘，要娶能红做小，都不肯羁延时日，说过之后，到别处转一转，就来坐索回音，却像迟了一刻，就轮不着自己，要被人抢去的一般。

为什么这一主一婢都长到及笄①之年，以前除了七郎，并无一家说起；到这时候，两个的婚姻，就一起发动起来？要晓得韦翁夫妇，是一户老实人家，家中藏着窈窕女儿、娉婷侍妾，不肯使人见面。这两位佳人，就像璞中的美玉、蚌内的明珠，外面之人，何从知道？就是端阳这一日，偶然出去游湖，夹在那脂粉丛中、绮罗队里，人人面白，个个唇红。那些喜看妇人的男子，料想不得拢身，即便近的，也在十步之外，纵有倾城美色，哪里辨得出来！亏了那几阵怪风，一天狂雨，替这两位女子，做了个大大媒人，所以倾国的才郎都动了求婚之念。知道裴七郎以前没福，坐失良缘，所谓“秦失其鹿”，非高才捷足者不能得之。故此急急相求，不肯错过机会。

能红见了这些光景，不但不怕，倒说裴七郎的机会就在此中。知道一家三口，都是极信命的，故意在韦翁夫妇面前假传圣旨，说：“小姐有句隐情，不好对爷娘说得，只在我面前讲。他说婚姻是桩大事，切不可轻易许人，定要把年纪生月预先讨来，请个有意思的先生推算一推算，推算得好的，然后与他合婚。合得着的，就许；若有一毫合不着，就要回绝他。不可又像裴家的故事，当初只因不曾推合，开口便许，那里知道不是婚姻！还亏得在未娶之先，就变了卦，万一娶过门去，两下不和，又要更变起来，怎么了得？”

韦翁夫妇道：“婚姻大事，岂有不去推合之理！我在外面推合，他哪里得知？”能红道：“小姐也曾说过，婚姻是他的婚姻，

---

① 及笄（jī）——笄，古代束发用的簪子。及笄，意为成年，也指女子到了适婚的年龄。

外面人说好，他耳朵不曾听见，哪里知道？以后推算，都要请到家里来；就是他自己害羞，不好出来听得，也好叫能红代职，做个过耳过目的人。”又说：“推算的先生，不要东请西请，只要认定一个，随他判定，不必改移。省得推算的多，说话不一，倒要疑惑起来。”韦翁夫妇道：“这个不难。我平日极信服的是个江右先生，叫做张铁嘴，以后推算，只去请他就是。”

能红得了这一句，就叫俞阿妈传语七郎：“叫他去见张铁嘴，广行贿赂，一托了他。须是如此如此，这般这般，方才说到七郎身上。有我在里面，不怕不倒央媒人过去说合。初说的时节，也不可就许，还要他如此如此，这般这般，方才可以允诺。”七郎得了此信，不但奉为圣旨，又且敬若神言，一一遵从，不敢违了一字。

能红在小姐面前又说：“两位高堂恐蹈覆辙，今后只以听命为主。推命合婚的时节，要小姐自家过耳，省得后来埋怨。”小姐甚喜，再不疑是能红愚弄他。

且等推命合婚的时节，看张铁嘴怎生开口，用什么过文，才转到七郎身上。这番情节虽是相连的事，也要略断一断，说来分外好听，就如讲谜一般，若还信口说出，不等人猜，反觉得索然无味也。

第　四　回

图私事设计赚高堂　假公言谋差相佳婿

韦翁夫妇听了能红的说话，只道果然出自女儿之口，从此以后，凡有人说亲，就讨他年庚来合。聚上几十张，就把张铁嘴请来，先叫他推算。推算之后，然后合婚。张铁嘴见了一个，就说不好；配做一对，就说不合。一连来上五、六次，一次判上几十张，不曾说出一个“好”字。韦翁道：“岂有此理，难道许多八字里面，就没有一个看得的？这等说起来，小女这一生一世，竟嫁不成了。还求你细看一看，只要夫星略透几分，没有刑伤相克，与妻宫无碍的，就等我许他罢了。”张铁嘴道：“男命里面不是没有看得的。倒因他刑伤不重，不曾克过妻子，恐于令爱有妨，故此不敢轻许。若还只求命好，不论刑克，这些八字里面，哪一个配合不来？”韦翁道：“刑伤不重，就是一桩好事了，怎么倒要求他克妻？”

张铁嘴道：“你莫怪我说。令爱的八字，只带得半点夫星，不该做人家长妇；倒是娶过一房，头妻没了，要求他去续弦的，这样八字才合得着。若还是头婚初娶，不曾克过长妻，就说成之后，也要反悔；若还嫁过门去，不消三朝五日，就有灾晦出来，保不得百年长寿。续弦虽是好事，也不便独操箕帚，定要寻一房姬妾，帮助一帮助，才可以白发相守；若还独自一个坐在中宫，合不着半点夫星，倒犯了几重关煞，就是寿算极长，也过不到二十之外。这是倾心唾胆的话，除了我这张铁嘴，没有第二个人敢说的。”

韦翁听了，惊得眉毛直竖，半句不言。把张铁嘴权送出门，夫妻两口自家商议。韦翁道：“照他讲来，竟是个续弦的命了。娶了续弦的男子，年纪决然不小。难道这等一个女儿，肯嫁个半老不少的女婿，又是重婚再娶的不成？”韦母道：“便是如此。方才听见他说，若还是头婚初娶、不曾克过长妻的，就说成之后也要翻悔。这一句话，竟被他讲着了！当初裴家说亲，岂不是头婚初娶？谁想说成之后，忽然中变起来！我们只说那边不是，哪里知道是命中所招。”韦翁道：“这等说起来，他如今娶过一房，新近死了，恰好是克过头妻的人。年纪又不甚大，与女儿正配得来。早知如此，前日央人来议亲，不该拒绝他才是。”韦母道：“只怕我家不允。若还主意定了，放些口风出去，怕他不来再求？”韦翁道：“也说得是，待我在原媒面前微示其意，且看他来也不来？”

说到此处，恰好能红走到面前，韦翁对了妻子做一个眼势，故意走开，好等妻子同他商议。韦母就把从前的话，对他述了一番道：“丫头，你是晓事的人，替我想一想看，还是该许他，不该许他？”能红变下脸来，假装个不喜的模样说：“有了女儿，怕没人许，定要嫁与仇人？据我看来，除了此人不嫁，就配个三四十岁的男人，也不折这口恶气！只是这句说话，使小姐听见不得。他听见了，一定要伤心。还该到少年里面去取，若有小似他的便好。若还没有，也要讨他八字过来，与张铁嘴推合一推合。若有十分好处，便折了恶气嫁他；若还是个秀才，终身没有什么出息，只是另嫁的好。”韦母道：“也说得是。”就与韦翁相议，

叫他吩咐媒人，但有续娶之家、才郎不满二十者，就送八字来看，只是不可假借。若还以老作少，就是推合得好，查问出来，依旧不许，枉费了他的心机。又说："一面也使裴家知道，好等他送八字过来。"

韦翁依计而行。不上几日，那些做媒的人，写上许多年庚，走来回复道："二十以内的人，其实没有；只有二十之外、三十之内的。这些八字送不送由他，合不合由你。"韦翁取来一看，共有二十多张，只是裴七郎的不见，倒去问原媒取讨。原媒回复道："自从你家回绝之后，他已断了念头，不想这门亲事，所以不发庚帖。况且许亲的人家又多不过，他还要拣精拣肥，不肯就做，哪里还来想着旧人。我说'八字借看一看，没有什么折本。'他说：'数年之前，曾写过一次，送在你家。比小姐大得三岁，同月同日，只不同时。一个是午末未初，一个是申初未末。'叫你想就是了。"

韦翁听了这句话，回来说与妻子。韦母道："讲得不差，果然大女儿三岁，只早一个时辰。去请张铁嘴来，说与他算就是了。"韦翁又虑口中讲出，怕他说有成心，也把七郎的年庚记忆出来，写在纸上，杂在众八字之中；又去把张铁嘴请来，央他推合。

张铁嘴也像前番，见一个，就说一个不好，才捡着七郎八字，就惊骇起来道："这个八字，是我烂熟的！已替人合过几次婚姻，他是有主儿的了，为什么又来在这边？"韦翁道："是那几姓人家求你推合，如今就了哪一门？看他这个年庚，将来可有些好处？求你细讲一讲。"张铁嘴道："有好几姓人家，都是名门阀阅，讨了他的八字送与我推。我说这样年庚，生平不曾多见，过了二十岁就留他不住，一定要飞黄腾达，去做官上之官、人上之人了。那些女命里面，也有合得着的，也有合不着的。莫说合得着的，见了这样八字不肯放手；连那合不着的，都说只要命好，就参差些也不妨。我只说这个男子被人家招去多时了，难道还不曾说妥，又把这个八字送到府上来不成？”

韦翁道：“先生这话果然说得不差。闻得有许多乡绅大老，要招他为婿，他想是眼睛忒高，不肯娶将就的女子，所以延挨至今，还不曾定议。不瞒先生说，这个男子，当初原是我女婿。只因他爱富嫌贫，悔了前议，又另娶一家，不上一二年，那妇人就死了，后面依旧来说亲。我怪他背盟，坚执不许。只因先生前日指教，说小女命该续弦，故此想到此人身上。这个八字，是我自家记出来的，他并不曾写来送我。”张铁嘴道：“这就是了。我说他议亲的人，争夺不过，哪里肯送八字上门！”韦翁道：“据先生说来，这个八字是极好的了？但不知小女的年庚，与他合与不合？若嫁了此人，果然有些好处么？”张铁嘴道：“令爱的贵造，与他正配得来！若嫁了此人，将来的富贵，享用不尽。只是一件，恐怕要他的多，轮不到府上。待我再看令爱的八字，目下气运如何，婚姻动与不动，就知道了。”说过这一句，又取八字放在面前，仔细一看，就笑起来道：“恭喜！恭喜！这头亲事决成。只是挨延不得，因有个恩星在命，照着红鸾，一讲便就；若到三日之后，恩星出宫，就有些不稳了。”说完之后，就告别起身。

韦翁夫妇听了这些说话，就慌张踊跃起来，把往常的气性，丢过一边，倒去央人说合。连韦小姐心上也担了一把干系，料他决装身份，不是一句说话讲得来的，恨不得留住恩星，等他多住几日。

独有能红一个，倒宽着肚皮，劝小姐不要着慌。说："该是你的姻缘，随你什么人家抢夺不去。照我的意思，八字虽好，也要相貌合得着。论起理来，还该男子约在一处，等小姐过过眼睛。果然生得齐整，然后央人说合，就折些恶气与他，也还值得。万一人不像人，鬼不像鬼，倒把个如花似玉的女子掗[①]上门去，送与那丑驴受用，有什么甘心？"韦小姐道："他那边装作不过，上门去说尚且未必就许，哪里还肯与人相？"能红道："不妨，我有个妙法。俞阿妈的丈夫是学中一个门斗，做秀才的，他个个认得。托他做个引头，只说请到家中说话，我和你预先过去，躲在暗室之中，细看一看就是了。"小姐道："哄他过来容易，我和你出去犯难。你是做丫环的，邻舍人家还可以走动；我是闺中的处子，如何出的大门？除非你去替我，还说得通。"能红道："小姐既不肯去，我只得代劳。只是一件，恐怕我说得好，你又未必中意，到后面埋怨起来，却怎么处？"小姐道："你是识货的人，你的眼睛，料想不低似我，竟去就是。"

看官，你说七郎的面貌，是能红细看过的，如今事已垂成，只该急急赶人去做，为什么倒宽胸大肚，做起没要紧的事来？要晓得此番举动，全是为着自己。二夫人的题目，虽然出过在先，七郎虽然口具遵依，却不曾亲投认状。焉知他事成之后，不妄自尊大起来？屈膝求亲之事，不是簇新的家主肯对着梅香做的，万一把别人所传的话，不肯承认起来，依旧以梅香看待，却怎么处？所以又生出这段波澜，拿定小姐不好出门，定是央他代相，故此设为此法，好脱身去见他，要与他当面订过，省得后来翻

① 掗（yà）——硬把东西送给人或卖给人。

悔。这是他一丝不漏的去处。虽是私情，又当了光明正大的事做，连韦翁夫妇都与他说明，方才来对俞阿妈去约七郎相见。

此番相见，定有好戏做出来，不但把婚姻订牢，连韦小姐的头筹，都被他占了去，也未可知。各洗尊眸，看演这出“无声戏”。

第　五　回

未嫁夫先施号令　防失事面具遵依

能红约七郎相见，俞阿妈许便许了，却担着许多干系，说："干柴烈火，岂是见得面的？若还是空口调情，弄些眉来眼去的光景；背人遣兴，做些捏手捏脚的工夫，这还使得。万一弄到兴高之处，两边不顾廉耻，要认真做起事来，我是图吉利的人家，如何使得？"所以到相见的时节，夫妻两口，着意提防，唯恐他要瞒人做事。

哪里知道，这个作怪女子，另是一种心肠。你料他如此，他偏不如此。不但不起淫心，亦且并无笑面，反做起道学先生的事来。七郎一到，就要拜谢恩人。能红正言厉色止住他道："男子汉的脚膝头，只好跪上两次；若跪到第三次，就不值钱了。如今好事将成，亏了哪一个？我前日吩咐的话，你还记得么？"七郎道："娘子口中的话，我奉作纶音密旨，朝夕拿来温颂的，哪一个字不记得？"能红道："若还记得，须要逐句背来！倘有一字差讹，就可见是假意奉承，没有真心向我。这两头亲事，依旧撒开，劝你不要痴想。"

七郎听见这句话，又重新害怕起来。只说他有别样心肠，故意寻事来难我，就把俞阿妈所传的言语，先在腹中温理一遍，然后背将出来。果然一字不增，一字不减，连助语词的字眼，都不曾说差一个。

能红道："这等看起来，你前半截的心肠，是真心向我的了；只怕后面半截还有些不稳，到过门之后，要改变起来。我如今有三桩事情，要同你当面订过，叫做'约法三章'。你遵与不遵，不妨直说，省得后来反悔。"

七郎问是那三件。能红道："第一件，一进你家门，就不许唤'能红'二字。无论上下，都要称我二夫人。若还失口唤出一次，罚你自家掌嘴一遭，就是家人犯法，也要罪坐家主，一般与你算账。第二件，我看你举止风流，不是个正经子弟，偷香窃玉之事，一定是做惯了的。从我进门之后，不许你擅偷一人，妄嫖一妓。我若查出踪迹，与你不得开交。你这付脚膝头跪过了我，不许再跪别人。除日后做官做吏，叩拜朝廷、参谒上司之外，擅自下人一跪者，罚你自敲脚骨一次，只除小姐一位，不在所禁之中。第三件，你这一生一世，只好娶我两个妇人，自我之下，不许妄添蛇足。任你中了举人进士，做到尚书阁老，总用不着第三个妇人。如有擅生邪念，说出'娶小'二字者，罚你自己撞头，直撞到皮破血流才住。万一我们两个都不会生子，有碍宗祧，且到四十以后，别开方便之门，也只许纳婢，不容娶小。"

七郎初次相逢，就见有这许多严政，心上颇觉胆寒。因见他姿容态度，不是个寻常女子，真可谓之奇娇绝艳；况且又有拨乱反正之才，移天换日之手。这样妇人，就是得他一个，也足以歌舞终身；何况自他而上，还有人间之至美。就对他满口招承，不作一毫难色。

俞阿妈夫妇道："他亲口承认过了，料想没有改移；如今望你及早收功，成就了这桩事罢。"能红道："翻云覆雨之事，他曾做过一遭，亲尚悔得，何况其他？口里说来的话，作不得准。要我收功完事，须是亲笔写一张遵依，着了画押，再屈你公婆二口做两位保人。日后倘有一差二错，替他讲起话来，也还有些见证。”俞阿妈夫妇道：“讲得极是。”就取一副笔砚，一张绵纸，放在七郎面前，叫他自具供状。

七郎并不推辞，就提起笔来写道：

具遵依人裴远，今因自不输心，误受庸媒之惑，弃前妻而不娶，致物议之纷然。犹幸篡位者夭亡，待年者未字。重敦旧好，虽经屡致媒言，为易初盟，遂尔频逢岳怒。赖有如妻某氏，造福闺中，出巧计以回天，能使旭轮西上；造奇谋而缩地，忽教断壁中连。是用设计酬功，剖肝示信。不止分茅锡土，允宜并位于中宫；行将道寡称孤，岂得同名于臣妾？虞帝心头无别宠，三妃难并双妃；男儿膝下有黄金，一屈岂堪再屈？悬三章而示罚，虽云有挟之求；秉四德以防微，实系无私之奉。永宜恪守，不敢故违。倘有跳梁，任从执朴！

能红看了一遍，甚赞其才，只嫌他开手一句，写得糊涂，律以《春秋》正名之义，殊为不合。叫把“具遵依人”的“人”字加上两画，改为“夫”字。又叫俞阿妈夫妇二人着了画押，方才收了。

七郎又问他道：“娘子吩咐的话，不敢一字不依。只是一件：我家的人，我便制得他服，不敢呼你的尊名；小姐是新来的人，急切制他不得，万一我要称你二夫人，小姐倒不肯起来，偏要呼名道姓，却怎么处？这也叫做家人犯法，难道也好罪及我家主不成？”能红道：“那都在我身上，与你无干。只怕他要我做二夫人，我还不情愿做，要等他求上几次，才肯承受着哩。”说过这一句，就别了七郎起身，并没有流连顾盼之态。

回到家中，见了韦翁夫妇与小姐三人，极口称赞其才貌，说："这样女婿，真个少有！怪不得人人要他。及早央人去说，就赔些下贱，也是不折本的。"韦翁听了，欢喜不过，就去央人说亲。

韦母对了能红，又问他道："我还有一句话，一向要问你，不曾说得，如今迟不去了。有许多仕宦人家要娶你做小，日日央人来说。我因小姐的亲事还不曾着落，要留你在家做伴。如今他的亲事央人去说，早晚就要成了。他出门之后，少不得要说着你；但不知做小的事，你情愿不情愿？"能红道："不要提起。我虽是下贱之人，也还略有些志气，莫说做小的事，断断不从，就是贫贱人家要娶我作正，我也不情愿去！宁可迟些日子，要等个像样的人家。不是我夸嘴说，有了这三分人才、七分本事，不怕不做个家主婆。老安人不信，辨了眼睛看就是了。"韦母道："既然如此，小姐嫁出门，你还是随去不随去？"能红道："但凭小姐。他若怕新到夫家，没有人商量行事，要我做个陪伴的人，我就随他过去暂住几时，看看人家的动静，也不叫做无益于他。若还说他有新郎做伴，不须用得别人，我就住在家中，也没有什么不好。只有一件事，我替他甚不放心，也要在未去之先，定下个主意才好。"

说话的时节，恰好小姐也在面前，见他说了这一句，甚是疑心，就同了母亲，问是哪一件事。能红道："张铁嘴的话，你们记不得么？他说小姐的八字，止带得半点夫星，定要寻人帮助；不然，恐怕三朝五日之内，就有灾晦出来。他嫁将过去，若不叫丈夫娶小，又怕于身命有关。若还竟叫他娶，又是一桩难事。世上有几个做小的人，肯替大娘一心一意？你不吃他的醋，他要拈

你的酸！两下争闹起来，未免要喁些小气。可怜这位小姐，又是慈善不过的人，我同他过了半生，重话也不曾说我一句。如今没气喁的时节，倒有我在身边，替他消愁解闷；明日有了个喁气的，偏生没人解劝，他这个娇怯身子，岂不弄出病来？”说到此处，就做出一种惨然之态，竟像要啼哭的一般，引得他母子二人悲悲切切，哭个不了。能红说过这一遍，从此以后就绝口不提。

却说韦翁央人说合，裴家故意相难，不肯就许。等他说到至再至三，方才践了原议，选定吉日，要迎娶过门。韦家母子被能红几句说话触动了心，就时时刻刻以半点夫星为虑。又说能红痛痒相关，这个女子断断离他不得。就不能够常相倚傍，也权且带在身边。过了三朝五日，且看张铁嘴的说话验与不验，再做区处。故此母子二人，定下主意，要带他过门。

能红又说：“我在这边，自然该做梅香的事。随到那边去，只与小姐一个有主婢之分；其余之人，我与他并无统属，‘能红’二字，是不许别人唤的。至于礼数之间，也不肯十分卑贱，将来也要嫁好人做好事的，要求小姐全些体面。至于抬我的轿子，虽比小姐不同，也要与梅香有别。我原不是赠嫁的人，要加上二名轿夫，只当送亲的一样，这才是个道理。不然，我断断不去！”韦氏母子见他讲得入情，又且难于抛撇，只得件件依从。

到了这一日，两乘轿子一起过门，拜堂合卺的虚文，虽让小姐先做，倚翠偎红的实事，到底是他筋节不过，毕竟占了头筹。这是什么缘故？只因七郎心上原把他当了新人，未曾进门的时节，就另设一间洞房，另做一副铺陈伺候。又说良时吉日，不好使他独守空房，只说叫母亲陪伴他，分做两处歇宿。原要同小姐睡了半夜，到三更以后托故起身，再与二夫人做好事的。不想这位小姐执定成亲的古板，不肯趋时脱套，认真做起新妇来，随七郎劝了又劝、扯了又扯，只是不肯上床。哪里知道这位新郎是被丑妇惹厌惯的，从不曾亲近佳人，忽然遇见这般绝色，就像饿鹰看了睡鸡，馋猫对着美食，哪里发极得了？若还没有退步，也只得耐心忍性，坐在那边守他。当不得肥鸡之旁现有壮鸭，美食之外另放佳肴，为什么不去先易而后难，倒反先难而后易？就借个定省爷娘的名色，托故抽身，把三更以后的事情，挪在二更以前的来做。

能红见他来得早，就知道这位小姐毕竟以虚文误事，决不肯蹈人的覆辙，使他见所见而来者，又闻所闻而往。一见七郎走到，就以和蔼相加，口里便说好看话儿，叫他转去，念出《诗经》两句道：

雨我公田，遂及我私。

心上又怕他当真转去，随即用个挽回之法，又念出《四书》二句道：

既来之，则安之。

七郎正在急头上，又怕耽搁工夫，一句话也不说，对着牙床扯了就走，所谓忙中不及写大“壹”字。能红也肯托熟，随他解带宽衣，并无推阻，同入鸳衾，做了第一番好事。

据能红说起来，依旧是尊崇小姐，把他当做本官，自己只当是胥役，向前替他摆了个头踏。殊不知尊崇里面，却失了大大的便宜。世有务虚名而不顾实害者，皆当以韦小姐为前车。

第　六　回

弄巧生疑假梦变为真梦　移奸作荩①亏人改作完人

七郎完事之后，即便转身，走到新人房内，就与他雍容揖逊起来。那一个要做古时新人，这一个也做古时新郎，暂且落套违时，以待精还力复。直陪他坐到三更，这两位古人都做得不耐烦了，方才变为时局，两个笑嘻嘻的上床，做了几次江河日下之事。做完之后，两个搂在一处，呼呼的睡着了。

不想睡到天明，七郎在将醒未醒之际，忽然大哭起来。越哭得凶，把新人越搂得紧。被小姐唤了十数次，才惊醒转来，啐了一声道："原来是个恶梦！"小姐问他："什么恶梦？"七郎只不肯讲。望见天明，就起身出去。小姐看见新郎不在，就把能红唤进房来，替自己梳头刷鬓。

妆饰已完，两个坐了一会，只见有个丫环走进来问道："不知新娘昨夜做个什么好梦，梦见些什么东西？可好对我们说说。"小姐道："我一夜醒到天明，并不曾合眼，哪有什么好梦？"那丫环道："既然如此，相公为什么缘故清早就叫人出去，请那圆梦的先生？"小姐道："是了，他自己做个恶梦，睡得好好的，忽然哭醒。及至问他又不肯说，去请圆梦先生，想来就是为此。这等那圆梦先生可曾请到？"丫环道："去请好一会了，想必就来。"

---

① 荩（jìn）——通"进"。善。

小姐道："既然如此，等他请到的时节，你进来通知一声，引我到说话的近边去听他一听，且看什么要紧，就这等不放心，走下床来就请人圆梦。"

丫环应了出去，不上一刻，就赶进房来说："圆梦先生已到，相公怕人听见，同他坐在一间房内，把门都关了，还在那边说闲话，不曾讲起梦来。新娘要听，就趁此时出去。"小姐一心要听恶梦，把不到三朝不出绣房的旧例全不遵守，自己扶了能红，走到近边去窃听。

原来夜间所做的梦甚是不祥，说七郎搂着新人同睡，忽有许多恶鬼拥进门来，把铁索锁了新人，竟要拖他出去。七郎扯住不放说："我百年夫妇，方才做起，为什么缘故就捉起他来？"那些恶鬼道："他只有半夫之份，为什么搂了个完全丈夫。况且你前面的妻子又在阴间等他，故此央了我们前来捉获。"说过这几句，又要拽他同去。七郎心痛不过，对了众鬼，再三哀告道："宁可拿我，不要捉他。"不想那几个恶鬼，拔出刀来，竟从七郎脑门劈起，劈到脚跟，把一个身子分为两块。正在疼痛之际，亏得新人叫喊，才醒转来。你说这般的恶梦，叫人惊也不惊，怕也不怕？况又是做亲头一夜，比不得往常，定然有些干系，所以接他来详。

七郎说完之后，又问他道："这样梦兆，自然凶多吉少，但不知应在几时？"那详梦的道："凶便极凶，还亏得有个'半'字，可以释解。想是这位令正，命里该有个帮身，不该做专房独阃，所以有这个梦兆。起先即说有半夫之份，后来又把你的尊躯剖为两块，又合着一个'半'字。叫把这个身子一半与人，就不带他去了。这样明明白白的梦，有什么难解？"七郎道："这样好妻子，怎忍得另娶一房，分他的宠爱，宁可怎么样，这是断然使不得的！”那人道：“你若不娶，他就要丧身；疼他的去处，反是害他的去处，不如再娶一房的好。你若不信，不妨再请个算命先生，看看他的八字，且看寿算如何，该有帮助不该有帮助？同我的说话再合一就是了。”七郎道：“也说得是。”就取一封银子，谢了详梦先生，送他出去。

小姐听过之后，就与能红两个悄悄归房，并不使一人知道，只与能红商议道：“这个梦兆，正合着张铁嘴之言，一毫也不错，还要请什么先生，看什么八字！这等说起来，半点夫星的话，是一毫不错的了。倒不如自家开口，等他再娶一房，一来保全性命，二来也做个人情，省得他自已发心，娶了人来，又不知感激我。”能红道：“虽则如此，也还要商量。恐怕娶来的人未必十分服帖，只是捱着的好。”小姐听了这句话，果然捱过一宵，并不开口。

不想天公凑巧，又有催帖送来。古语二句说得不错：

阴阳无耳，不提不起。

鬼神祸福之事，从来是提起不得的。一经提起，不必在暗处寻鬼神，明中观祸福，就在本人心上生出鬼神祸福来。一举一动，亦步亦趋，无非是可疑可怪之事。韦小姐未嫁以前，已为先入之言所惑。到了这一日，又被许多恶话触动了疑根。做女儿的人，有多少胆量，少不得要怕神怕鬼起来。又有俗语二句道得好：

日之所思，夜之所梦

裴七郎那些说话，原是成亲之夜与能红睡在一处，到完事之后，教道他说的。第二日请人详梦，预先吩咐丫环，引他出去窃听，都是做成的圈套。这叫做巧妇勾魄，并不是痴人说梦。一到韦小姐耳中，竟把假梦变作真魂，耳闻幻为目击，连他自己睡去，也做起极凶极险的梦来：不是恶鬼要他做替身，倒说前妻等他做伴侣。做了鬼梦，少不得就有鬼病上身，恹恹缠缠，口中只说要死。

一日，把能红叫到面前，与他商议道："如今捱不去了，我有句要紧的说话，不但同你商量，只怕还要用着你，但不知肯依不肯依?"能红道："我与小姐，分有尊卑，情无尔我。只要做得的事，有什么不依。"小姐道："我如今现要娶小，你目下就要嫁人，何不把两桩事情并做一件做了。我也不消娶，你也不必嫁，竟住在这边，做了我家第二房，有什么不好?"

能红故意回复道："这个断使不得！我服侍小姐半生，原要想个出头日子；若肯替人做小，早早就出去了，为什么等到如今？他有了银子，哪里寻不出人来，定要苦我一世！还是别娶的好。"小姐道："你与我相处半生，我的性格，就是你的性格。虽然增了一个，还是同心合胆的人；就是分些宠爱与你，也不是别人。你若生出儿子来，与我自生的一样，何等甘心。若叫他外面去寻，就合着你的说话，我不吃他的醋，他要拈我的酸，嗰起气来，有些什么好处？求你看十六年相与之情，不要推辞，成就我这桩心事罢！"

能红见他求告不过，方才应许。应许之后，少不得又有题目出来，要小姐件件依他，方才肯做。小姐要救性命，有什么不依？议妥之后，方才说与七郎知道。七郎受过能红的教诲，少不得初说之际，定要学王莽之虚谦，曹瞒之固逊，有许多欺世盗名的话说将出来，不到黄袍加身，决不肯轻易即位。

小姐与七郎说过，又叫人知会爷娘。韦翁夫妇闻之，一发欢喜不了，又办一付嫁妆送来，与他择日成亲，做了第二番好事。

能红初次成亲，并不装作；到了这一夜，反从头做起新妇来，狠推硬扯，再不肯解带宽衣。不知为什么缘故，直到一更之后，方才说出真情：要他也像初次一般，先到小姐房中假宿一会，等他催迫几次，然后过来。名为尽情，其实是还他欠账。能红所做之事，大概类此。

成亲之后，韦小姐疑心既释，灾晦自然不生。日间饮食照常，夜里全无恶梦，与能红的身子一起粗大起来，未及一年，各生一子。夫妻三口，恩爱异常。

后来七郎联掇高魁，由县令起家，屡迁至京兆之职。受了能红约束，终身不敢娶小。

能红之待小姐，虽有欺诳在先，一到成亲之后，就输心服意，畏若严君，爱同慈母，不敢以半字相欺，做了一世功臣，替他任怨任劳，不费主母纤毫气力。

世固有以操、莽之才，而行伊、周之事者，但观其晚节何如耳！

十卺楼

第　一　回
不糊涂醉仙题额　难摆布快婿完姻

词云：

寡女临妆怨苦，孤男对影嗟穷。孟光难得遇梁鸿，只为婚姻不动。

久旷才知妻好，多欢反觉夫庸。甘霖不向旱时逢，怎得农人歌颂？

——右调《西江月》

世上人的好事，件件该迟，却又人人愿早。更有“富贵婚姻”四个字，又比别样不同，愈加望得急切。照世上人的心性，竟该在未曾出世之际，先等父母发财；未经读书之先，便使朝廷授职；拣世上绝标致的妇人，极聪明的男子，都要在未曾出幼之时，取来放在一处，等他欲心一动，就合拢来，连做亲的日子，都不消拣得，才合着他的初心：却一件也不能够如此。陶朱公到弃官泛湖之后，才发得几注大财。姜太公到发白齿动之年，方受得一番显职。想他两个，少年时节，也不曾丢了钱财不要，弃了官职不取。总是因他财星不旺，禄运未交，所以得来的银钱，散而不聚，做出的事业，塞而不通，以致淹淹缠缠，直等到该富该

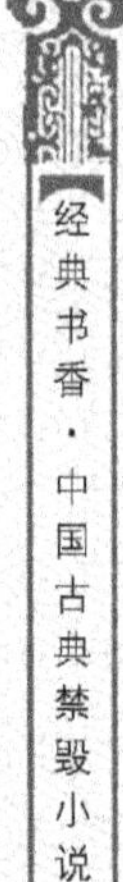

贵之年，就像火起水发的一般，要止也止他不住。

梁鸿是个迟钝男子，孟光是个偃蹇①妇人，这边说亲也不成，那边缔好也不就。不想这一男一女，都等到许大年纪，方才说合拢来，迟钝遇着偃蹇，恰好凑成一对。两个举案齐眉，十分恩爱，做了千古上下第一对和合的夫妻。虽是有德之人，原该如此，却也因他等得心烦，望得意躁，一旦遂了心愿，所以分外有情。

世上反目的夫妻，大半都是早婚易娶，内中没有几个是艰难迟钝而得的。古语云："若将容易得，便作等闲看。"事事如此，不独婚姻一节为然也。冒头说完，如今说到正话。

明朝永乐初年，浙江温州府永嘉县，有个不识字的愚民，叫做郭酒痴，每到大醉之后，就能请仙判事，其应如响。最可怪者，他生平不能举笔，到了请仙判事的时节，那悬笔写来的字，比法帖更强几分。只因请到之仙，都是些书颠草圣，所以如此。从不曾请着一位是《淳化帖》上没有名字的。因此合郡之人，略有疑事，就办几壶美酒，请他吃醉了请仙。一来判定吉凶，以便趋避；二来裱做单条册页，供在家中，取名叫做"仙帖"。还有起房造屋的人家，置了对联匾额，或求大仙命名，或望真人留句。他题出来的字眼，不但合于人心，切着景致，连后来的吉凶祸福，都寓在其中。当时不觉，到应验之后，始赞神奇。

彼时学中有个秀才，姓姚名戬，字子穀。髫龄入泮，大有才名。父亲是本县的库吏，发了数千金，极是心高志大。见儿子是

① 偃（yǎn）蹇——骄傲，骄横。

个名士，不肯容易就婚，定要娶个天姿国色。直到十八岁上，才替他定了婚姻，系屠姓之女。闻得众人传说，是温州城内第一个美貌佳人。下聘之后，簇新造起三间大楼，好待儿子婚娶。造完之后，又置一座堂匾，办下簇席，去请郭酒痴来，要求他降仙题咏，一来壮观，二来好卜休咎①。郭酒痴来到席上，手也不拱，箸也不拈，只叫取大碗斟酒："真仙已降，等不得多时，快些吃醉了好写。"姚家父子听见，知道请来的神仙，就附在他身上，巴不得替神仙润笔，就亲手执壶，一连斟上数十碗，与郭酒痴吃下肚去。他一醉之后，就扪口不言，悬起笔来，竟像拂尘扫地一般，在匾额之上题了三个大字、六个小字。其大字云：

十卺②楼。

小字云：

九日道人醉笔。

席间有几个陪客，都是子縠的社友，知道"九日"二字，合来是个"旭"字，方才知道是张旭降乩。只是一件，"十卺"的"卺"字，该是景致的"景"。或者说此楼造得空旷，上有明窗，可以眺远，看见十样景致，故此名为"十景楼"，为何写做"合卺"之"卺"？又有人说："'合卺'的'卺'字，倒切着新婚，或者是十字错了，也不可知。凡人到酒醉之后，作事定有讹舛，仙凡总是一理。或者见主人劝得殷勤，方才多用了几碗，故此有些颠倒错乱，也未可知。何不问他一问？"姚姓父子就虔诚拜祷

---

① 休咎——吉凶，福祸。

② 卺（jǐn）——古代结婚时用作酒器的一种瓢。把一匏瓜刮成两个瓢，新婚夫妇各取一个瓢饮酒，称"合卺"，是旧时成婚时的一种仪式。

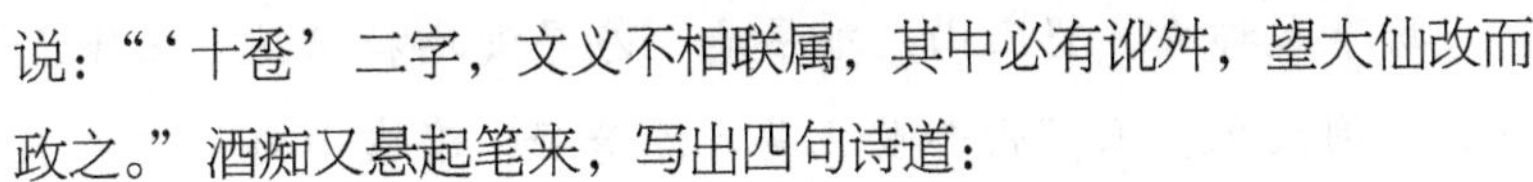

说："'十卺'二字，文义不相联属，其中必有讹舛，望大仙改而政之。"酒痴又悬起笔来，写出四句诗道：

十卺原非错，诸公枉见疑。

他年虚一度，便是醉人迷。

众人见了，才知道他文义艰深，非浅人可解，就对着姚姓父子一起拱手称贺道："恭喜，恭喜！这等看来，令郎必有一位夫人，九房姬妾。合算起来，共有十次合卺，所以名为'十卺楼'。庶民之家，哪得有此乐事！其为仕宦无疑了。子为仕宦，父即封翁，岂不是个极美之兆！"姚姓父子原以封翁仕宦自期，见众人说到此处，口虽谦让，心实欢然。说："将来这个验法，是一定无疑的了。"当晚留住众人，预先吃了喜酒，个个尽欢而别。

及至选了吉期，把新人娶进门来，揭起纱笼一看，果然是温州城内第一个美貌佳人！只见他：

月挂双眉，霞蒸两靥，肤凝瑞雪，髻挽祥云。轻盈绰约不为奇，妙在无心入画；袅娜端庄皆可咏，绝非有意成诗。地下拾金莲，误认作两条笔管；樽前擎玉腕，错呼为一盏玻璃。诚哉绝世佳人，允矣出尘仙子！

姚子穀见了，惊喜欲狂，巴不得早散华筵，急归绣幕，好去亲炙温柔。当不得贺客缠绵，只顾自己贪杯，不管他人好色。直吃到三更以后，方才撤了筵席，放他进去成亲。

子穀一入绣房，就劝新人就寝，少不得内致温存，外施强暴，以绿林豪客之气概，遂绿衣才子之心情，替他脱去衣裳，拉归衽席。正要做颠鸾倒凤之事，不意变出非常，事多莫测！忽以人生之至乐，变为千古之奇惊！这是什么缘故？有新小令一阕，单写他昔日的情形，一观便晓：

好事太稀奇，望巫山，路早迷。遍寻没块携云地。玉峰太巍，玉沟欠低。五丁惜却些儿费。漫惊疑，磨盘山好，何事不生脐？

——右调《黄莺儿》

原来这位新妇面貌虽佳，却是一个石女！子穀一团高兴，谁想弄到其间，不但无门可入，亦且无缝可钻。伸手一摸，就吃惊吃怪起来，捧住他问道："为什么好好一个妇人，竟有这般的痼疾？"屠氏道："不知什么缘故，生出来就是如此。"姚子穀叹息一声，就掉过脸来，半晌不言语。

新妇对他道："你这等一位少年，娶着我这个怪物，自然要烦恼。这是前生种下的冤孽，叫我也没奈何。求你将错就错，把我当个废物看承，留在身边，做一只看家之狗。另娶几房姬妾，与他们生儿育女。省得送我还家，出了爷娘的丑，连你家的体面也不好看相。"姚子穀听了这句话，又掉过脸来道："我看你这副面容，真是人间少有，就是无用，也舍不得休了你。少不得留在身边，做一匹看马。只是看了这样的容貌，就像美食在前不能入口，叫我如何熬得住？"新妇道："不但你如此，连我心上也爱你不过，当不得眼饱肚饥，没福承受，活活的气死。"说到此处，不觉掉下泪来。

姚子穀正在兴发之时，又听了这些可怜的话，一发爱惜起来，只得与他搂做一团，多方排遣。到那排遣不去的时节，少不得寻条门路出来，发舒狂兴。那舍前趋后之事，自然是理所必有、势不能无的了。新妇要得其欢心，巴不得穿门凿户，弄些空隙出来，以为容纳之地，怎肯爱惜此豚，不为阳货之献？这一夜的好事，虽不叫做全然落空，究竟是勉强塞责而已。

第二日起来，姚子穀见了爷娘，自然要说明就里。爷娘怕恼坏儿子，一面托几个朋友，请他出去游山解闷；一面把媒人唤来，要究他欺骗之罪。少不得把衙门声势装在面上，官府的威风挂在口头，要逼他过去传说。欺负那位亲翁是个小户人家，又忠厚不过，从来怕见官府，最好拿捏。说："他所生三女，除了这个孽障，还有两女未嫁，速抬一个来换，万事都休。不然，叫他吃了官司，还要破家荡产！"

媒人依了此言，过去传说。不想那位亲翁，先有这个主意，因他是个衙门领袖，颇有威权，料想敌他不过，所以留下二女，不敢许亲，预先做个退步。他若看容貌分上，不求退亲，便是一桩好事。万一说起话来，就把二女之中，拣一个去替换。见媒人说到此处，正合着自己之心，就满口应承，并无难色。只要他或长或幼，自选一人，省得不中意起来，又要反悔。

姚子穀的父亲，怕他长女年纪太大，未免过时。幼女只小次女一岁，就是幼女罢了。订过之后，就乘儿子未归，密唤一乘轿子，把新妇唤出房来，呵斥一顿，逼他上轿。新妇哭哭啼啼，要等丈夫回来，面别一别了去。公婆不许，立刻打发起身，不容少待。

可怜一个如花似玉的人，又不犯七出之条，只因裤裆里面少了一件东西，到后来三摈于乡，五黜于里，做了天下的弃物。可见世上怜香惜玉之人，大概都是好淫，非好色也。

第　二　回

逞雄威檀郎施毒手　忍奇痛石女破天荒

却说姚家的轿子，送了一个回去，就抬了一个转来。两家都顾惜名声，不肯使人知道。只见这个女子与前面那位新人，虽是一母所生，却有妍媸粗细之别，面容举止，总与阿姊不同。只有一件放心，料想一门之中，生不出两个石女。姚子瑴回家的时节，已是一更多天，又吃得酕醄①烂醉，倒在牙床，就昏昏的睡去。睡到半夜还不醒，那女子坐不过，也只得和衣睡倒。

姚子瑴到酒醒之后，少不得要动弹起来，还只说这位新人就是昨夜的石女，替他脱了衣裳，就去抓寻旧路。当不得这个女子只管掉过身来，一味舍前而顾后。姚子瑴伸手一摸，又惊又喜：喜则喜其原该如是，惊则惊其昨夜不然！酒醒兴发之际，不暇问其所以然，且做一会楚襄王，只当在梦里交欢，不管他是真是假。

及至到云收雨散之后，问他这混沌之物，忽然开辟的来由。那女子说明就里，方才知道换了一个。夜深灯灭之后，不知面容好歹，只把他肌肤一摸，觉得粗糙异常，早有三分不中意了。及至天明之后，再把面庞一看，就愈加憎恶起来，说：“昨日那一个虽是废人，还尽有看相；另娶一房生子，把他留在家中，当作

① 酕醄（máotáo）——形容大醉的样子。

个画中之人，不时看看也好。为什么丢了至美，换了个至恶的回来，用又不中用，看又不中看，岂不令人悔死！”终日抱怨父母，聒絮不了。

不想这位女子，过了几日，又露出一桩破相来，更使人容纳他不得！姚子穀成亲之后，觉得锦衾绣幔之中，不时有些秽气。初到那几夜，亏他爇麝熏兰，还掩饰过了，到后来日甚一日，不能禁止。原来这个女子，是有小遗病的，醒时再不小解，一到睡去之后，就要撒起溺来。这虽是妇人的贱相，却也是天意使然，与石女赋形、不开混沌者无异。姚子穀睡到半夜，不觉陆地生波，枕席之上，忽然长起潮汛来：由浅而深，几乎有中原陆沉之惧。直到他盈科而进，将入鼻孔，闻香泉而溯其源，才晓得是脏山腹海中所出，就狂呼大叫走下床来，唤醒爷娘，埋怨个不了，逼他速速遣回：“依旧取石女来还我。”

爷娘气愤不过，等到天明，又唤媒人来商议。媒人道：“早说几日也好，那个石女早有人要他，因与府上联姻，所以不敢别许。自你发回之后，不上一二日，就打发出门去了。如今还有个长的在家，与石女的面容大同小异。两个并在一处，一时辨不出来。你前日只该换长，不该换幼。如今换过一次，难道又好再换不成？”姚子穀的父亲道：“那也顾他不得，一锄头也是动土，两锄头也是动土，有心行一番霸道，不怕他不依！他若推三阻四，我就除了状词不告，也有别样法子处他，只怕他承当不起！”媒人没奈何，只得又去传说。那家再三不肯，说：他“换去之后，少不得又要退来，不如不换的好。”媒人说以利害，又说：“事不过三，哪有再退之理！”那家执拗不过，只得应许。

姚子穀的父母，因儿子立定主意只要石女，不要别人。又闻得他面貌相似，就在儿子面前不说长女代换的缘故，使他初见的时节认出来；直到上床之后，才知就里，自然喜出望外。

不想果应其言。姚子穀一见此女，只道与故人相会，快乐非常。这位女子，又喜得不怕新郎，与他一见如故。所以未寝之先，一毫也认不出来。直到解带宽裳之后，粘肌贴肉之时，摸着那件东西，又不似从前混沌，方才惊骇起来，问他所以然的缘故。此女说出情由，才晓得不是本人，又换了一付形体。就喜欢不过，与他颠鸾倒凤起来，竭尽生平之乐。

此女肌体之温柔，性情之妩媚，与石女纤毫无异，尽多了一件至宝。只是行乐的时节，两下搂抱起来，觉得那副杨柳腰肢，比初次的新人大了一倍；而所御之下体，又与第二番的幼女不同，竟像轻车熟路一般，毫不费力。只说他体随年长，量逐时宽，所以如此。谁想做女儿的时节，就被人破了元身，不但含苞尽裂，葳锁重开，连那风流种子，已下在女腹之中：进门的时节，已有五个月的私孕了。

但凡女子怀胎，五月之前还看不出，交到六个月上，就渐渐的粗壮起来，一日大似一日，哪里瞒得到底！姚子穀知觉之后，一家之人也都看出破绽来。再过几时，连邻里乡党之中，都传播开去。

姚氏父子，都是极做体面的人，平日要开口说人，怎肯留个孽障在家，做了终身的话柄？以前暗中兑换，如今倒要明做出来，使人知道，好洗去这段羞惭。就写下休书，唤了轿子，将此女发回母家，替儿子别行择配。

谁想他姻缘蹭蹬①，命运乖张，娶来的女子不是前生的孽障，就是今世的冤家，容颜丑陋，性体愚顽，都不必讲起。又且一来就病，一病就死，极长寿的也过不到半年之外。

只有一位佳人，生得极聪明、极艳丽，是个财主的偏房，大娘吃醋不过，硬遣出门。正在交杯合卺之后，两个将要上床，不想媒人领着卖主，带了原聘上门，要取他回去。只因此女出门之后，那财主不能割舍，竟与妻子拼命，被众人苦劝，许他赎取回去，各宅而居，所以赍聘上门，取回原妾。不然，定要经官告理，说他倚了衙门的势，强占民间妻小。姚家无可奈何，只得受了聘金，把原妾交还他去。姚子穀的衣裳已脱，裤带已解，正要打点行房，不想新人夺了去，急得他欲火如焚，只要寻死。

等到三年之后，已做了九次新郎，不曾有一番着实。他父子二人，无所归咎，只说这座楼房起得不好，被工匠使了暗计，所以如此。要拆去十卺楼，重新造过。姚子穀有个母舅，叫做郭从古，是个积年的老吏，与他父亲同在衙门。一日，商量及此，郭从古道："请问'十卺楼'三字，是何人题写，你难道忘记了么？仙人取名之意，眼见得验在下遭。十次合卺，如今做过九次，再做一次，就完了匾上的数目，自然夫妻偕老，再无意外之事了。"

姚氏父子听了这句说话，不觉豁然大悟说："本处的亲事都做厌了，这番做亲，须要他州外县去娶。"郭从古道："我如今奉差下省，西子湖头，必多美色。何不叫外甥随我下去，选个中意的回来。"姚子穀道："此时宗师按临，正要岁考，做秀才的出去不得。母舅最有眼力，何不替我选择一个，便船带回，与我成亲

① 蹭蹬——遭遇挫折；困顿不顺利。

就是。”郭从古道：“也说得是。”姚氏父子就备了聘礼与钗钏衣服之类，与他带了随身。自去之后，就终日盼望佳人，祈求好事。

姚子穀到了此时，也是饿得肠枯、急得火出的时候了。无论娶来的新人才貌俱佳，德容兼美；就遇着个将就女子，只要胯间有缝，肚里无胎，下得人种进去，生得儿子出来，夜间不遗小便，过得几年才死，就是一桩好事了。不想郭从古未曾到家，先有书来报喜，说替他娶了一个，竟是天下无双、人间少二的女子。姚子穀得了此信，惊喜欲狂。及至仙舟已到，把新人抬上岸来，到拜堂合卺之后，揭起纱笼一看，又是一桩诧事！

原来这位新人不是别个，就是开手成亲的石女！只因少了那件东西，被人推来攮去，没有一家肯要，直从温州卖到杭城，换了一二十次的售主。郭从古虽系至亲，当日不曾见过。所以看了面容，极其赞赏，替他娶回来；又不曾做爬灰老子，如何知道下面的虚实？

姚子穀见了，一喜一忧：喜则喜其得遇故人，不负从前之约；忧则忧其有名无实，究竟于正事无干。姚氏父子与郭从古坐在一处，大家议论道：“这等看起来，醉仙所题之字，依旧不验了。第十次做亲，又遇着这个女子，少不得还要另娶。无论娶来的人好与不好，就使白发齐眉，也做了十一次新郎，与‘十卺’二字不相合了。叫做什么神仙？使人那般敬信！”大家猜疑了一会，并无分解。

却说姚子穀当夜入房，虽然心事不佳，少不得搂了新人，与他重温旧好。一连过了几夜，两下情浓，都有个开交不得之意。男子兴发的时节，虽不能大畅怀来，还亏他有条后路，可以暂行

宽解。妇人动了欲心，无由发泄，真是求死不得，欲活不能，说不出那种苦楚。不想把满身的欲火，合来聚在一处，竟在两胯之间，生起一个大毒，名为“骑马痈”，其实是情兴变成的脓血。肿了几日，忽然溃烂起来，任你神方妙药，再医不好。

一夜，夫妻两口，搂做一团，恰好男子的情根，对着妇人的患处，两下忘其所以，竟把偶然的缺陷，认做生就的空虚，就在毒疮里面，摩疼擦痒起来。在男子心上，一向见他无门可入，如今喜得天假以缘。况他这场疾病，原是由此而起，要把玉杵当了刀圭，做个以毒攻毒！在女子心上，一向爱他情性风流，自愧茅塞不开，使英雄无用武之地，也巴不得以窦①为门，使他乘虚而入。与其熬痒而生，倒不若忍痛而死。所以任他冲突，并不阻挠。不想这番奇苦，倒受得有功：一痛之后，就觉得苦尽甘来；焦头烂额之中，一般有肆意销魂之乐。

这夫妻两口，得了这一次甜头，就想时时取乐、刻刻追欢。知道这番举动，是瞒着造物做的，好事无多，佳期有限。一到毒疮收口之后，依旧闭了元关，阴自阴而阳自阳，再要想做坎离交姤之事，就不能够了。两下各许愿心，只保祐这个毒疮多害几时，急切不要收口。却也古怪，又不知是天从人愿，又不知是人合天心，这个知趣的毒疮，竟替他害了一生，到底不曾合缝。

这是什么缘故？要晓得：这个女子，原是有人道的，想是因他孽障未消，该受这几年的磨劫。所以造物弄巧，使他虚其中而实其外，将这件妙物隐在皮肉之中，不能够出头露面。到此时，魔星将退，忽然生起毒来，只当替他揭去封皮，现出人间的至

① 窦（dòu）——孔穴，洞。

宝：比世上不求而得，与一求即得的，更稀罕十倍。

这一男一女，只因受尽艰难，历尽困苦，直到心灰意死之后，方才凑合起来。所以夫妇之情，真个是如胶似漆，不但男子画眉，妇人举案，到了疾病忧愁的时节，竟把夫妻变为父母，连那割股尝药、斑衣戏彩①的事都做出来。可见天下好事只宜迟得，不宜早得。只该难得，不该易得。古时的人，男子三十而始娶，女子二十而始嫁，不是故意要迟，也只愁他容易到手，把好事看得平常，不能尽琴瑟之欢，效于飞之乐②也。

① 斑衣戏彩——穿着五色斑斓的衣服嬉戏来娱乐双亲，用以形容对父母的孝敬。

② 琴瑟之欢、于飞之乐——比喻夫妻间亲密和谐。

鹤归楼

第　一　回

安恬退反致高科　忌风流偏来绝色

诗云：

天河盈盈一水隔，河东美人河西客。耕云织雾两相望，一树绸缪在今夕。双龙引车鹊作桥，风回桂渚秋叶飘。抛梭投杼整环珮，金童玉女行相要。两情好合美如旧，复恐天鸡催晓漏。倚屏犹有断肠言，东方未明少停候。欲渡不渡河之湄，君亦但恨生别离。明年七夕还当期，不见人间死别离。朱颜一去难再归！

这首古风，是元人所作，形容女牛相会①之时，缠绵不已的情状。这个题目，好诗最多，为何单举这一首？只因别人的诗，都讲他别离之苦；独有这一首，偏叙他别离之乐，有个知足守分的意思，与这回小说相近，所以借他发端。

骨肉分离，是人间最惨的事，有何好处，倒以“乐”字加之？要晓得“别离”二字，虽不足乐；但从别离之下，又深入一层，想到那别无可别、离不能离的苦处，就觉得天涯海角，胜似同堂；枕冷衾寒，反为清福。第十八层地狱之人，羡慕十七层的

① 女牛相会——民间传说，每年农历七月七日为牛郎、织女相会之期。

受用；就像三十二天的活佛，向往着三十三天，总是一种道理。

近日有个富民，出门作客，歇在饭店之中。时当酷夏，蚊声如雷。自己悬了纱帐，卧在其中，但闻轰轰之声，不见嗷嗷之状。回想在家的乐处：丫环打扇，伴当驱蚊，连这种恶声也无由入耳，就不觉怨怅起来。另有一个穷人，与他同房宿歇，不但没有纱帐，连单被也不见一条。睡到半夜，被蚊虻叮不过，只得起来行走，在他纱帐外面跑来跑去，竟像被人赶逐的一般，要使浑身的肌肉动而不静，省得蚊虻着体。

富民看见此状，甚有怜悯之心，不想那个穷人，不但不叫苦，还自己称赞说他是个福人，把"快活"二字，叫不绝口。富民惊诧不已，问他："劳苦异常，哪有快乐？"那穷人道："我起先也曾怨苦，忽然想到一处，就不觉快活起来。"富民问他："想到哪一处？"穷人道："想到牢狱之中，罪人受苦的形状，此时上了柙①床，浑身的肢体动弹不得，就被蚊虻叮死，也只好做露筋娘娘，要学我这舒展自由、往来无碍的光景，怎得能够？所以身虽劳碌，心境一毫不苦，不知不觉，就自家得意起来。"富人听了，不觉通身汗下，才晓得睡在帐里思念家中的不是。

若还世上的苦人都用了这个法子，把地狱认做天堂，逆旅翻为顺境，黄连树下也好弹琴，陋巷之中尽堪行乐。不但容颜不老，须鬓难皤，连那祸患休嘉，也会潜消暗长。

方才那首古风，是说天上的生离，胜似人间的死别。我这回野史，又说人间的死别，胜似天上的生离。总合着一句《四书》，

---

① 柙（xiá）——旧时用于押解、拘禁罪重犯人的木笼。

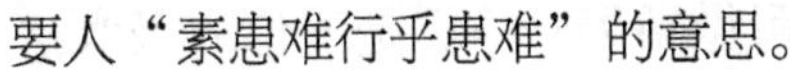
要人“素患难行乎患难”的意思。

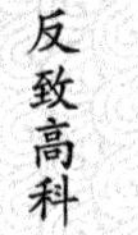

宋朝政和年间，汴京城中有个旧家之子，姓段名璞，字玉初。自幼聪明，曾噪神童之誉。九岁入学，直到十九岁，做了十年秀才，再不出来应试。人问他何故，他说：“少年登科，是人生不幸之事。万一考中了，一些世情不谙，一毫艰苦不知，任了痴顽的性子，鲁莽做去，不但上误朝廷，下误当世，连自家的性命也要被功名误了，未必能够善终。不如多做几年秀才，迟中几科进士，学些才术在胸中，这日生月大的利息，也还有在里面。所以安心读书，不肯躁进。”

他不但功名如此，连婚姻之事也是这般，唯恐早完一年，早生一年的子嗣，说：“自家还是孩童，岂可便为人父？”又因自幼丧亲，不曾尽得子道，早受他人之奉养，觉得于心不安。故此年将二十，还不肯定亲。总是他性体安恬，事事存了惜福之心，刻刻怀了凶终之虑，所以得一日过一日，再不希冀将来。

他有个同学的朋友，姓郁，讳廷言，字子昌，也是个才识兼得之人，与他的性格件件俱同，只有一事相反。他于功名富贵看得更淡，连那日生月大的利息，也并不思量。觉得做官一年，不如做秀才一日，把焚香挥麈的受用，与簿书鞭扑的情形比并起来，只是不中的好。独把婚姻一事，认得极真，看得极重。他说：“人生在世，事事可以忘情，只有妻妾之乐、枕席之欢，这是名教中的乐地，比别样嗜好不同，断断忘情不得。我辈为纲常所束，未免情兴索然，不见一毫生趣。所以开天立极的圣人，明开这条道路，放在伦理之中，使人散拘化腐。况且三纲之内，没有夫妻一纲，安所得君臣父子？五伦之中，少了夫妇一伦，何处尽孝友忠良？可见婚娶一条，是五伦中极大之事，不但不可不早，亦且不可不好。美妾易得，美妻难求。毕竟得了美妻，才是名教中最乐之事；若到正妻不美，不得已而娶妾，也就叫做无聊之思。身在名教之中，这点念头也就越于名教之外了。”

他存了这片心肠，所以择婚的念头甚是急切。只是一件，“要早要好”四个字，再不能够相兼：要早就不能好，要好又不能早。自垂髫之际，就说亲事起头，说到弱冠之年，还与段玉初一样，依旧是个孤身。要早要好的，也是如此，不要早不要好的，也是如此。倒不如安分守己的人，还享了五六七年衾寒枕冷的清福，不像他扒起扒倒，怨怅天公；赶去赶来，央求媒妁，受了许多熬炼奔波之苦。

一日，徽宗皇帝下诏求贤：凡是学中的秀才，不许遗漏一名，都要出来应试；有规避不到者，即以观望论。这是什么缘故？只因宋朝的气运，一日衰似一日；金人的势焰，一年盛似一年。又与辽、夏相持，三面皆为敌国。一年之内，定有几次告警。近边的官吏，死难者多，要人铨补。恐怕学中士子把功名视作畏途，不肯以身殉国，所以先下这个旨意，好驱逐他出山。段、郁二人迫于时势，遂不得初心，只得出来应举。作文的时节，唯恐得了功名，违了志愿，都是草草完事，不过要使广文先生免开规避而已。不想文章的造诣，与棋力酒量一般，低的要高也高不来，高的要低也低不去。乡会两榜，都巍然高列！段玉初的名次，又在郁子昌之前。

却说世间的好事，再不肯单行，毕竟要相应而至：郁子昌未发之先，到处求婚，再不见有天姿国色。竟像西子、王嫱之后，

不复更产佳人，恨不生在数千百年之先，做个有福的男子。不想一发之后，到处遇着王嫱，说来就是西子。亏得生在今日，不然倒反要错了机缘。

有一位姓官的仕绅，现居尚宝之职，他家有两位小姐，一个叫做围珠，一个叫做绕翠。围珠系尚宝亲生，绕翠是他侄女，小围珠一年。因父母俱亡，无人倚恃，也由尚宝择婚。这两位佳人，大概评论起来，都是人间的绝色。若要在美中择美、精里求精，又觉得绕翠的姿容，更在围珠之上。京师里面有四句口号云：

珠为掌上珍，翠是人间宝。

王者不能兼，舍围而就绕。

为什么千金小姐有得把人见面，竟拿来编做口号，传播起来？只因徽宗皇帝曾下选妃之诏，民间女子都选不中，被承旨的太监单报他们这两名，说：“百千万亿之中，只见得这两名绝色，其余都是庸才。”皇上又问：“二者之中，谁居第一？”太监就丢了围珠，单说绕翠。徽宗听了，就注意在一边，所以人都得知，编了这四句口号。

绕翠将要入宫，不想辽兵骤至，京师闭城两月，直到援兵四集，方得解围。解围之后，有一位敢言的科道上了一本说：“国家多难之时，正宜卧薪尝胆，力图恢复。即现在之嫔妃，尚宜纵放出宫，以来远色亲贤之誉；奈何信任谗阉，方事选择。如此举动，即欲寇兵不至，其可得乎？”徽宗听了，觉得不好意思，只得勉强听从，下个罪己之诏，令选中的女子，仍嫁民间。故此这两位佳人，前后俱能幸免。

官尚宝到了此时，闻得一榜之上，有两个少年都还未娶，又且素擅才名，美如冠玉，就各央他本房座师前去做合。郁子昌听见，惊喜欲狂，但不知两个里面将哪一个配他。起先未遇佳人，若肯把围珠相许，也就出于望外；此时二美并列，未免有舍围就绕之心，只是碍了交情，不好薄人而厚己。谁料天从人愿，因他所中的名数，比段玉初低了两名，绕翠的年庚，又比围珠小了一岁，官尚宝就把男子序名，妇人序齿。亲生的围珠，配了段玉初；抚养的绕翠，配了郁子昌。原是一点溺爱之心，要使中在前面的做了嫡亲女婿，好等女儿荣耀一分。序名序齿的话都是粉饰之词。

郁子昌默喻其意，自幸文章欠好，取中略低，所以因祸得福，配了绝世佳人。若还高了几名，怎能够遂得私愿？段玉初的心事，又与他绝不相同，唯恐志愿太盈，犯造物之所忌。闻得把围珠配他，还说世间第二位佳人，不该为我辈寒儒所得，恐怕折了冥福，亏损前程。只因座师作伐，不敢推辞，哪里还有妄念？官尚宝只定婚议，还不许他完姻，要等殿试之后，授了官职，方才合卺，等两位小姐好做现成的夫人。

不想殿试的前后，却与会场不同：郁子昌中在二甲尾，段玉初反在三甲头。虽然相去不远，授职的时节，却有内铨外补之别。况且此番外补，又与往年不同，大半都在危疆，料想没有善地。官尚宝又从势利之心转出个趋避之法，把两头亲事调换过来。起先并不提起，直等选了吉日，将要完姻，方才吩咐媒婆，叫他如此如此。这两男二女，总不提防，只说所偕的配偶，都是原议之人，哪里知道金榜题名，就是洞房花烛的草稿！洞房花烛，仍照金榜题名的次序，始终如一，并不曾紊乱分毫。知足守分的，倒得了世间第一位佳人；心高志大的，虽不叫做吃亏，却究竟不曾满愿。可见天下之事，都有个定数存焉，不消逆虑。

但不知这两对夫妻成亲之后，相得何如，后来怎生结果？且等看官息息眼力，再演下回。

第　二　回

帝王吃臣子之醋　闺房罢枕席之欢

郁子昌思想绕翠，得了围珠，初婚的时节，未免有个怨怅之心，过到后来，也就心安意贴，彼此相忘。只因围珠的姿色，原是娇艳不过的，但与绕翠相比，觉得彼胜于此。若还分在两处，也居然是第一位佳人。至于风姿态度，意况神情，据郁子昌看来，却像还在绕翠之上。俗语二句道得好：

不要文章中天下，只要文章中试官。

郁子昌的心性原在风流一边，须是赵飞燕、杨玉环一流人，方才配得他上。恰好这位夫人，生来是他的配偶，所以深感岳翁，倒把拂情悖理之心，行出一桩合理顺情之事。夫妻两口，恩爱异常，无论有子无子，誓不娶妾；无论内迁外转，誓不相离！要做一对比目鱼儿，不肯使百岁良缘，耽误一时半刻。

却说段玉初成亲之后，看见妻子为人饶有古道，不以姿容之艳冶，掩其性格之端庄，心上十分欢喜。也与郁子昌一般，都肯将错就错。只是对了美色，刻刻担忧，说："世间第一位佳人，有同至宝，岂可以侥幸得之！莫谓朋友无缘，得而复失，就是一位风流天子，尚且没福消受，选中之后，依旧发还。我何人斯，敢以倘来之福，高出帝王之上乎？'匹夫无罪，怀璧其罪'，覆家灭族之祸，未必不阶于此。"所以常在喜中带戚，笑里含愁，再不敢肆意行乐。就是云雨绸缪之际，忽然想到此处，也有些不安起来，竟像这位佳人，不是自家妻子，有些干名犯义的一般。

绕翠不解其故，只说他中在三甲，选不着京官，将来必居险地，故此预作杞人之忧，不时把“义命自安，吉人天相”的话去安慰他。段玉初道：“死生有命，富贵在天。万一补在危疆，身死国难，也是臣职当然，命该如此，何足介意？我所虑者，以一薄命书生，享三种过分之福，造物忌盈，未有不加倾覆之理！非受阴灾，必蒙显祸，所以忧患若此。”绕翠问：“是哪三种？”段玉初道：“生多奇颖，谬窃神童之号，一过分也；早登甲第，滥叨青紫之荣，二过分也；浪踞温柔乡，横截鸳鸯浦，使君父朋友相望而不能得者，一旦攘为己有，三过分也。三者之中有了一件，就能折福生灾，何况兼逢其盛，此必败之道也。倘有不虞，夫人当何以救我？”绕翠道：“决不至此。只是幸福之心，既不宜有；弭灾之计，亦不可无。相公既萌此虑，毕竟有法以处之，请问计将安出？”

段玉初道：“据我看来，只有‘惜福安穷’四个字，可以补救得来，究竟也是希图万一，决无幸免之理。”绕翠道：“何为惜福？何为安穷？”

段玉初道：“处富贵而不淫，是谓惜福；遇颠危而不怨，是谓安穷。究竟‘惜福’二字，也为‘安穷’而设，总是一片虑后之心，要预先磨炼身心，好撑持患难的意思。衣服不可太华，饮食不可太侈，宫室不可太美，处处留些余地，以资冥福，也省得受用太过，骄纵了身子，后来受不得饥寒。这种道理，还容易明白。至于夫妻宴乐之情，衽席绸缪之谊，也不宜浓艳太过。十分乐事，只好受用七分，还要留下三分，预为别离之计。这种道理，极是精微，从来没人知道。为夫妇者，不可不知。为乱世之夫妇者，更不可不知。俗语云：‘恩爱夫妻不到头。’又云：‘乐莫乐兮新相知，悲莫悲兮生别离。’夫妇相与一生，终有离别之日。越是恩爱夫妻，比那不恩爱的，更离别得早。若还在未别之前，多享一份快乐；少不得在既别之后，多受一份凄凉。我们惜福的工夫，先要从此处做起：偎红倚翠之情，不宜过热，省得欢娱难继，乐极生悲；钻心刺骨之言，不宜多讲，省得过后追思，割人肠腹。如此过去，即使百年偕老，永不分离，焉知不为惜福所生，倒闰出几年的恩爱？”

绕翠听了此言，十分警省，又问他：“铨补当在何时？可能够侥天之幸，得一块平静地方，苟延岁月？”段玉初道：“薄命书生，享了过分之福，就生在太平之日，尚且该有无妄之灾；何况生当乱世，还有侥幸之理？”绕翠听了此言，不觉泪如雨下。段玉初道：“夫人不用悲凄，我方才所说‘安穷’二字就是为此。祸患未来，要预先惜福；祸患一至，就要立意安穷。若还有了地方，无论好歹，少不得要携家赴任。我的祸福，就是你的安危；夫妻相与百年，终有一别。世上人不知深浅，都说死别之苦，胜似生离；据我看来，生离之惨，百倍于死别。若能够侥天之幸，一同死在危邦，免得受生离之苦，这也是人生百年第一桩快事。但恐造物忌人，不肯叫你如此。”

绕翠道：“生离虽是苦事，较之死别，还有暂辞永诀之分。为什么倒说彼胜于此，请道其详。”段玉初道：“夫在天涯，妻在海角，时做归来之想，终无见面之期，这是生离的景象。或是女先男死，或是妻后夫亡，天辞会合之缘，地绝相逢之路，这是死别的情形。俗语云：‘死寡易守，活寡难熬。’生离的夫妇，只为一念不死，生出无限熬煎。日间希冀相逢，把美食鲜衣，认做糠秕桎梏；夜里思量会合，把锦衾绣褥，当了芒刺针毡。只因度日如年，以致未衰先老。甚至有未曾出户，先订归期，到后来一死一生，遂成永诀，这都是生离中常有之事，倒不若死了一个，没得思量。孀居的索性孀居，独处的甘心独处，竟像垂死的头陀，不思量还俗，那蒲团上面就有许多乐境出来，与不曾出家的时节纤毫无异。这岂不是死别之乐胜似生离？还有一种夫妇，先在未生之时，订了同死之约，两个不先不后，一起终了天年，连永诀的话头都不消说得，眼泪全无半点，愁容不露一毫。这种别法，不但胜似生离，竟与拔宅飞升①的无异，非修上几十世者，不能有此奇缘。我和你同入危疆，万一遇了大难，只消一副同心带儿，就可以合成正果。俗语云：‘牡丹花下死，做鬼也风流。’这句话头，还是单说私情，与‘纲常’二字无涉。我们若得如此，一个做了忠臣，一个做了节妇，合将拢来，又做了一对生死夫妻，岂不是从古及今，第一桩乐事？”

绕翠听了这些话，不觉蕙质兰心②，变作忠肝义胆，一心要做烈妇。说起危疆，不但不怕，倒有些羡慕起来，终日洗耳听佳音，看补在那一块吉祥之地。不想等上几月，倒有个喜信报来。只为京职缺员，二甲几十名不够铨补，连三甲之前也选了部属。

---

① 拔宅飞升——因修道的人得道，而使全家同升仙界。

② 蕙质兰心——心灵似蕙草芬芳，心性似兰花纯洁。比喻女子芳洁的心地、高雅的品德。

郁子昌得了户部，段玉初得了工部，不久都有美差。捷音一到，绕翠喜之不胜。段玉初道：“塞翁得马，未必非祸，夫人且慢些欢喜。我所谓造物忌人，不肯容你死别者，就是为此。”绕翠听了，只说他是过虑，并不提防，不想点出差来，果然是一场祸事！

只因徽宗皇帝听了谏臣，暂罢选妃之诏，过后追思，未免有些懊悔。当日京师里面，又有四句口号云：

城门闭，言路开；城门开，言路闭。

这些从谏如流的好处，原不是出于本心，不过为城门乍开，人心未定，暂掩一时之耳目，要待烽火稍息之后，依旧举行。不但第一位佳人不肯放手，连那陪贡的一名，也还要留做备卷的。不想这位大臣没福做皇亲国戚，把权词当了实话，竟认真改配起来。

徽宗闻得两位佳人都为新进书生所得，悔恨不了，想着他的受用，就不觉拈酸吃醋起来，吩咐阁臣道：“这两个穷酸恶孳，无端娶了国色，不要便宜了他。速拣两个远差，打发他们出去！使他三年五载，不得还乡，罚做两个牵牛星，隔着银河难见织女，以赎妄娶国妃之罪！又要稍加分别，使得绕翠的人，又比得围珠的多去几年，以示罪重罪轻之别。”阁臣道：“目下正要遣使如金，交纳岁币，原该是户工二部之事，就差他两人去罢。”徽宗道：“岁币易交，金朝又不远，恐不足以尽其辜。”阁臣道：“岁币之中，原有金帛二项，为数甚多。金人要故意刁难，罚他赔补，最不容易交卸。赍金者多则三年，少则二载，还能够回来复命。赍帛之官，自十年前去的，至今未返。这是第一桩苦事！

惟此一役，足尽其辜。”徽宗大喜，就差郁廷言赍金，段璞赍帛，各董其事，不得相兼，一起如金纳币。

下了这道旨意，管叫两对鸳鸯，变做伯劳、飞燕。但不知两件事情何故艰难至此，请看下回，便知来历。

第　三　回

死别胜生离从容示诀　远归当新娶忽地成空

宋朝纳币之例，起于真宗年间，被金人侵犯不过，只得创下这个陋规，每岁输银若干，为犒兵秣马之费，省得他来骚扰。后来逐年议增，增到徽宗手里，竟足了百万之数。起先名为岁币，其实都是银两。解到后来，又被中国之人教导他个生财之法，说布帛出于东南，价廉而美，要将一半银子买了绸缎布匹，他拿去发卖，又有加倍的利钱。在宋朝则为百万，到了金人手里，就是百五十万。起先赍送银两，原是一位使臣；后来换了币帛，就未免盈车满载，充塞道途。一人照管不来，只得分而为二，赍金者赍金，纳币者纳币。又怕银子低了成色，币帛轻了分两，使他说长道短，以开边衅。就着赍金之使预管征收，纳币之人先期采买，是他办来就是他送去，省得换了一手，委罪于人。

初解币帛之时，金人不知好歹，见货便收，易于藏拙。纳币的使臣倒反有些利落，刮浆的布匹、上粉的纱罗，开了重价，蒙蔽朝廷。送到地头，就来复命，原是一个美差，只怕谋不到手。谁想解上几遭，又被中国之人教导他个试验之法，定要洗去了浆、汰净了粉，逐匹上天平弹过，然后验收。少了一钱半分，也要来人赔补。赔到后来，竟把这项银两做了定规，不论货真货假，凡是纳币之臣，定要补出这些常例。常例补足之后，又说他蒙蔽朝廷，欺玩邻国，拿住赃证，又有无限诛求。所以纳币之臣

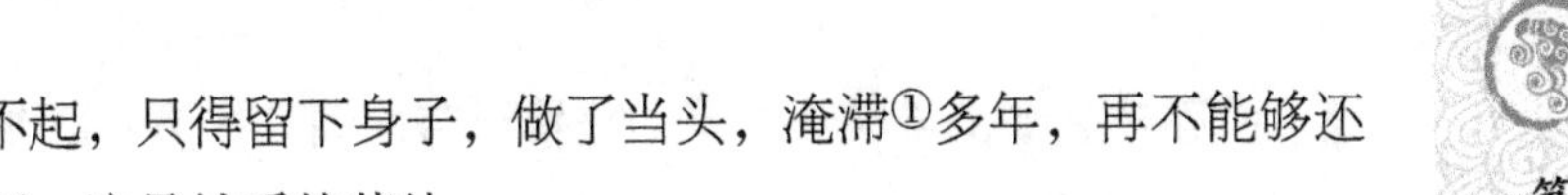

赔补不起，只得留下身子，做了当头，淹滞[1]多年，再不能够还乡归国，这是纳币的苦处。

至于赍金之苦，不过因他天平重大，正数之外要追羡余。虽然所费不资，也还有个数目。只是金人善诈，见他赔得爽利，就说家事饶余还费得起，又要生端索诈。所以赍金之臣，不论贫富，定要延捱几载，然后了局。当年就返者，十中不及二三。

段、郁二人奉了这两个苦差，只得分头分事，采买的前去采买，征收的前去征收，到收完买足之后，一起回到家中，拜别亲人，出使异国。郁子昌对着围珠，十分眷恋，少不得在枕上饯行，被中作别，把出门以后、返棹以前的账目，都要预支出来，做那“一刻千金”的美事。又说自己虽奉苦差，有嫡亲丈人可恃，纵有些须赔补，料他不惜毡上之毫，自然送来接济。多则半年，少则三月，夫妇依旧团圆，决不像那位连襟，命犯孤鸾，极少也有十年之别。

绕翠见丈夫远行，预先收拾行装，把十年以内所用的衣裳鞋袜，都亲手置办起来。等他采买回家，一起摆在面前道：“你此番出去，料想不是三年五载。妻子鞋弓袜小，不能够远送寒衣，故此窃效孟姜女之心，兼仿苏蕙娘之意，织尽寒机，预备十年之用，烦你带在身边，见了此物，就如见妻子一般。那线缝之中，处处有指痕血迹，不时想念想念，也不枉我一片诚心。”说到此处，就不觉涕泗涟涟，悲伤欲绝。

段玉初道：“夫人这番意思，极是真诚。只可惜把有用的工夫，都费在无用之地。我此番出去，依旧是死别，不要认作生

---

① 淹滞——长期滞留；久留。

离。以赤贫之士，奉极苦之差，赔累无穷，何从措置？既绝生还之想，又何用苟延岁月？少不得解到之日，就是我绝命之期。只恐怕一双鞋袜、一套衣裳还穿他不旧，又何必带这许多？就作大限未满，求死不能，也不过多受几年困苦，填满了饥寒之债，然后捐生；岂有做了孤臣孽子，囚系外邦，还想丰衣足食之理！孟姜女所送之衣，苏蕙娘所织之锦，不过寄在异地穷边，并不是仇邦敌国。纵使带去，也尽为金人所有，怎能够穿得上身？不如留在家中，做了装箱叠笼之具，后来还有用处，也未可知。”绕翠道：“你既不想生还，留在家中也是弃物了，还有什么用处？”

段玉初欲言不言，只叹一口冷气。绕翠就疑心起来，毕竟要盘问到底。段玉初道：“你不见《诗经》上面有两句伤心话云，‘宛其死矣，他人入室。’我死之后，这几间楼屋里面，少不得有人进来；屋既有人住，衣服岂没人穿？留得一件下来，也省你许多辛苦，省得千针万线，又要服侍后人，岂不是桩便事？”

绕翠听了以前的话，只说他是肝膈之言；及至听到此处，真所谓烧香塑佛，竟把一片热肠付之冷水！不由他不发作起来，就厉声回复道：“你这样男子，真是铁石心肠！我费了一片血诚，不得你一句好话，倒反谤起人来！怎见得你是忠臣，我就不是节妇？既然如此，把这些衣服都拿来烧了，省得放在家中，又多你一番疑虑。”说完之后，果然把衣裳鞋袜叠在一处，下面放了柴薪，竟像人死之后烧化冥衣的一般。不上一刻时辰，把锦绣绮罗，变成灰烬。

段玉初口中虽劝，叫他不要如此，却不肯动手扯拽，却像要他烧化，不肯留在家中与别人穿着的一般。绕翠一面烧，一面哭，说：“别人家的夫妇，何等绸缪！目下分离，不过是一年半载，尚且多方劝慰，只怕妻子伤心；我家不是生离，就是死别，并无一句钟情的话，反出许多悖理之言。这样夫妻，做他何用!”

段玉初道：“别人修得到，故此嫁了好丈夫，不但有情，又且有福，不至于死别生离。你为什么前世不修，造了孽障，嫁着我这寡情薄福之人？但有死灾，并无生趣，也是你命该如此。若还你这段姻缘，不改初议，照旧嫁了别人，此时正好绸缪。这样不情的话，何由入耳？都是那改换的不是，与我何干？焉知我死之后，不依旧遂了初心，把娥皇、女英合在一处，也未可知。况且选妃之诏，虽然中止，目下城门大开，不愁言路不闭。万一皇上追念昔人，依旧选你入宫，也未见得。这虽是必无仅有之事，在我这离家去国的人，不得不虑及此。夫人听了，也不必多心。古语道得好：‘生死有命，富贵在天。’又道：‘一饮一啄，莫非前定。’若还你命该失节，数合重婚，我此时就着意温存，也难免红丝别系。若还命合流芳，该做节妇，此时就冲撞几句，你也未必介怀。或者因我说破在先，秘密的天机不肯使人参透，将来倒未必如此，也未见得。”

说完之后，竟去料理轻装，取几件破衣旧服，叠入行囊，把绕翠簇新做起、烧毁不尽的，一件也不带。又把所住的楼房，增上一个匾额，题曰：“鹤归楼”，用丁令威化鹤归来的故事，以见他绝不生还。

出门的时节，两对夫妻一同拜别。郁子昌把围珠的面孔看了又看，上马之后还打了几次回头，恨不曾画幅肖像，带在身边，当做观音大士一般，好不时瞻礼。段玉初一揖之后，就飘然长往，任妻子痛哭号啕，绝无半点凄然之色。

两个风餐水宿，戴月披星，各把所赍之物解入邻邦。少不得金人验收，仍照往年的定例，以真作假，视重为轻，要硬逼来人赔补。段玉初道："我是个新进书生，家徒四壁，不曾领皇家的俸禄，不曾受百姓的羡余。莫说论万论千，就是一两五钱，也取不出。况且所赍之货并无浆粉，任凭洗濯。若要节外生枝，逼我出那无名之费，只有这条性命，但凭贵国处分罢了。"金人听了这些话，少不得先加凌辱，次用追比，后设调停，总要逼他寄信还乡，为变产赎身之计。

段玉初立定主意，把"安穷"二字，做了奇方，又加上一个譬法，当做饮子，到了五分苦处，就把七分来相比，到了七分苦处，又把十分来相衡，觉得阳世的磨折，究竟好似阴间，任你鞭笞夹打，痛楚难熬，还有"死"字做后门，阴间是个退步；到了万不得已之处，就好寻死。既死之后，浑身不知痛痒，纵有刀锯鼎镬，也无奈我何！不像在地狱中遭磨受难，一死之后，不能复死。任你扼喉绝吭，没有逃得脱的阴司，由他峻罚严刑，总是避不开的罗刹。只见活人受罪不过，逃往阴间；不见死人摆布不来，走归阳世。想到此处，就觉得受刑受苦，不过与生疮害疖一般，总是命犯血光，该有几时的灾晦。到了出脓见血之后，少不得苦尽甜来。他用了这个秘诀，所以随遇而安，全不觉有拘挛桎梏之苦。

郁子昌亏了岳父担当，叫他"凡有欠缺，都寄信转来，我自然替你赔补"。郁子昌依了此言，索性做个畅汉，把上下之人都贿赂定了，不受一些凌辱。金人见他肯用，倒把好酒好食不时款待他，连那没人接济的连襟也沾他些口腹之惠。不及五月，就把欠账还清，别了段玉初预先回去复命。

宋朝有个成规：凡是出使还朝的官吏到了京师，不许先归私

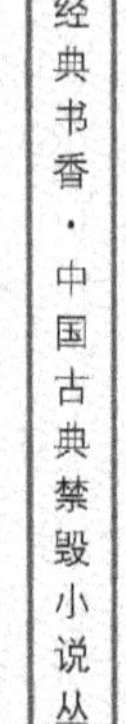

宅，都要面圣过了，缴还使节，然后归家。郁子昌进京之刻，还在巳牌，恰好徽宗坐朝，料想复过了命，正好回家。古语道得好："新娶不如远归。"那点追欢取乐的念头，比合卺之初更加急切，巴不得三言两语回过了朝廷，好回去重偕伉俪。不想朝廷之上，为合金攻辽一事，众议纷纷，委决不下。徽宗自辰时坐殿，直议到一二更天，方才定了主意。定议之后，即便退朝，纵有紧急军情，也知道他倦怠不胜，不敢入奏，何况纳币还朝，是桩可缓之事。郁子昌熬了半载，只因灾星未退，又找了半夜的零头，依旧宿在朝房，不敢回宅。倒是半载易过，半夜难熬。正合着唐诗二句：

似将海水添宫漏，并作铜壶一夜长。

围珠听见丈夫还朝，立刻就要回宅，竟是天上掉下月来，哪里欢喜得了。就去重熏绣被，再熨罗衾，打点一夜工夫，要叙尽半年的阔别。谁想从日出望起，望到月落，还不见回来，不住在空阶之上走去走来，竟把三寸金莲磨得头穿底裂。及至次日上午，登楼而望，只见一位官员，簇拥着许多人马，摇旗呐喊而来。只说是过往的武职，谁想走到门前，忽然住马。围珠定睛一看，原来就是自己的丈夫。如飞赶下楼来，堆着笑容接见。只说他久旱逢甘，胜似洞房花烛，自然喜气盈腮；不想见了面反掉下恓惶泪来，问他情由，只是哽哽咽咽讲不出口。

原来复命的时节，又奉了监军督饷之差，要他即日登程，不许羁留片刻，以误师期。连进门一见，也是瞒着朝廷，不可使人知道的。这是什么缘故？只因他未到之先，金人有牒文赍到，要与宋朝合兵攻辽。宋朝主意不定，耽搁了几时。金人不见回话，又有催檄递来，说："贵国观望不前，殊失同仇之义。本朝不复相强，当移伐辽之兵转而伐宋。即欲仍遵前约，不可得矣。”徽宗见了，不胜悚惧。所以穷日议论，不能退朝，就是为此。郁子昌若还迟到一日，也就差了别人。不想冤家凑巧，起先不能决议，恰好等他一到，就定了出师之期。领兵的将帅隔晚已经点出，单少赍饷官一员，要待次日选举。郁子昌擅娶国妃，原犯了徽宗之忌，见他转来得快，依旧要眷恋佳人，只当不曾离别。故此将计就计，倒说他：“纳币有方，不费时日。自能飞挽接济，有裨军功。”所以一差甫完，又有一差相继，再不使他骨肉团圆。

围珠得了此信，把一付火热的心肠激得冰冷；两行珠泪竟做了三峡流泉，哪里倾倒得住？扯了丈夫的袖子正要说些衷情，不想同行的武职，一起哗噪起来，说：“行兵是大事，顾不得儿女私情。哪家没有妻子？都似这等流连，一个担迟一会，须得几十个日子才得起身。恐怕朝廷得知，不当稳便。”郁子昌还要羁迟半刻，扯妻子进房，略见归来的大意，听了这些恶声，不觉高兴大扫。只好痛哭一场，做出“苦团圆”的戏文，就是这等别了。临行之际，取出一封书来，说是姨丈段玉初寄回来的家报，叫围珠递与绕翠。

绕翠得书，不觉转忧作喜，只说丈夫出门，为了几句口过，不曾叙得私情，过后追思，自然懊悔。这封家报无非述他改过之心，道他修好之意。及至拆开一看，又不如此，竟是一首七言绝句。其诗云：

文回织锦倒妻思，断绝恩情不学痴；

云雨赛欢终有别，分时怒向任猜疑。

绕翠见了，知道他一片铁心，久而不改，竟是从古及今第一个寡情的男子！况且相见无期，就要他多情也没用，不如安心乐

意做个守节之人，把追欢取乐的念头全然搁起，只以纺绩治生，趁得钱来又不想做人家，尽着受用，过了一年半载，倒比段玉初在家之日肥胖了许多；不像那丈夫得意之人，终日愁眉叹气，怨地呼天，一日瘦似一日，浑身的肌骨，竟像枯柴硬炭一般，与“温香软玉”四个字全然相反。

却说郁子昌尾了大兵料理军饷一事，终日追随鞍马，触冒风霜，受尽百般劳苦。俗语云“少年子弟江湖老”。为商做客的子弟，尚且要老在江湖；何况随征遇敌的少年，岂能够仍其故像？若还单受辛勤，止临锋镝，还有消愁散闷之处；纵使易衰易老，也毕竟到将衰将老之年，那副面容才能改变。当不得这位少年，他生平不爱功名，止图快乐，把美妻当了性命，一时三刻，也是丢不下的。又兼那位妻子极能体贴夫心，你要如此，他早已如此。枕边所说的话，被中相与之情，每一思起，就令人销魂欲绝。所以郁子昌的面貌，不满三年，就变做苍然一叟。髭须才出，就白起来。纵使放假还乡，也不是当年娇婿，何况此时的命运，还在驿马星中，正没有归家之日。攻伐不止一年，行兵岂在一处？来来往往，破了几十座城池，方才侥幸成功，把辽人灭尽。

班师之日，恰好又遇着纳币之期，被一个仰体君心的臣子，知道此人入朝，必为皇上所忌，少不得又要送他出门，不如在未归之先，假意荐他一本，说：“郁廷言纳币有方，不费时日，现有成效可观；又与金人相习多年，知道他的情性，不如加了品级，把岁币一事，着他总理。使赍金纳币之官，任从提调，不但重费可省，亦能使边衅不开，此本国君民之大利也。”此本一上，正合着徽宗吃醋之心，当日就下了旨意：“着吏部写敕，升他做户部侍郎，总理岁币一事。闻命之后，不必还朝，就在边城受事，告峻之日，另加升赏。”

郁子昌见了邸报，惊得三魂入地，七魄升天！不等敕命到来，竟要预寻短计。恰好遇着便人，与他一封书札，救了残生。这封书札是何人所寄，说的什么事情，为何来得这般凑巧？再看下回，便知端的。

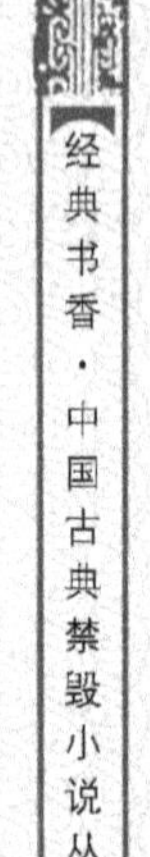

第　四　回

亲姊妹迥别荣枯　旧夫妻新偕伉俪

你道这封书札，是何人所寄，说的什么事情？原来是一位至亲瓜葛，同榜弟兄，均在患难之中，有同病相怜之意。恐怕他迷而不悟，依旧堕入阱中，到后来悔之无及，故此把药石之言，寄来点化他的。只因灭辽之信，报入金朝，段玉初知道他系念室家，一定归心似箭，少不得到家之日，又启别样祸端。此番回去，不但受别离之苦，还怕有性命之忧。叫他飞疏上闻，只说在中途患病，且捱上一年半载，徐观动静，再做商量，才是个万全之策。

书到之日，恰好遇了邸报。郁子昌拆开一看，才知道这位连襟是个神仙转世，说来的话，句句有先见之明。他当日甘心受苦，不想还家，原有一番深意，吃亏的去处，倒反讨了便宜。可惜不曾学他，空受许多无益之苦。就依了书中的话，如飞上疏。不想疏到在后，命下在先，仍叫他勉力办事，不得借端推诿。

郁子昌无可奈何，只得在交界之地，住上几时，等赍金纳币的到了，一起解入金朝。金人见郁子昌任事，个个欢喜，只道此番的使费，仍照当初。当初单管赍金，如今兼理币事，只消责成一处，自然两项俱清。那些收金敛币之人，家家摆筵席，个个送下程，把郁老爷、郁侍郎叫不绝口。哪里知道这番局面，比前番大不相同：前番是自己着力，又有个岳父担当，况且单管赍金，要他赔补，还是有限的数目，自然用得松爽。此番是代人料理，自己只好出力，赔不起钱财。家中知道赎他不回，也不肯把有限的精神，施于无用之地。又兼两边告乏，为数不资，纵有点金之术，也填补不来。只得老了面皮，硬着脊骨，也学段玉初以前，任凭他摆布而已。金人处他的方法，更比处段玉初不同，没有一件残忍之事，不曾做到。

此时的段玉初，已在立定脚跟的时候，金人见他熬炼得起，又且弄不出滋味来，也就断了痴想，竟把他当了闲人，今日伴去游山，明日同他玩水，不但没有苦难，又且肆意逍遥。段玉初若想回家，他也肯容情释放。当不得这位使君要将沙漠当了桃源，权做个避秦之地。

郁子昌受苦不过，只得仗玉初劝解，十分磨难，也替他减了三分。直到二年之后，不见有人接济，知道他不甚饶余，才渐渐的放松了手。

段、郁二人，原是故国至亲，又做了异乡骨肉，自然彼此相依，同休共戚。郁子昌对段玉初道："年兄所做之事，件件都有深心，只是出门之际，待年嫂那番情节，觉得过当了些。夫妻之间，不该薄幸至此。"段玉初笑一笑道："那番光景，正是小弟多情之处。从来做丈夫的，没有这般疼热，年兄为何不察，倒说我薄幸起来？"郁子昌道："逼他烧毁衣服，料他日后嫁人；相对之时，全无笑面，出门之际，不作愁容。这些光景，也寡情得够了，怎么还说多情？"段玉初道："这等看来，你是个老实到底之人！怪不得留恋妻孥，多受了许多磨折。但凡少年女子，最怕的是凄凉，最喜的是热闹；只除非丈夫死了，没得思量，方才情愿守寡。若叫他没原没故，做个熬孤守寡之人，少不得熬上几年，定要郁郁而死。我和他两个，平日甚是绸缪，不得已而相别。若还在临行之际，又做些情态出来，使他念念不忘，把颠鸾倒凤之情，形诸梦寐，这分明是一剂毒药，要逼他早赴黄泉。万一有个生还之日，要与他重做夫妻，也不能够了。不若寻些事故与他争闹一场，假做无情，悻悻而别。他自然冷了念头，不想从前的好处，那些凄凉日子就容易过了。古人云，'置之死地而后生。'我顿挫他的去处，正为要全活他。你是个有学有术的人，难道这种道理，全然悟不着?"

郁子昌道："原来如此，是便是了，妇人水性杨花，捉摸不定。他未曾失节，你先把不肖之心待他，万一他记恨此言，把不做的事倒做起来，践了你的言语，如何使得?"段玉初道："我这个法子，也是因人而施，平日信得他过，知道是纲常节义中人，决不敢做越礼之事，所以如此。苟非其人，我又有别样治法，不做这般险事了。"郁子昌道："既然如此，你临别之际，也该安慰他一番，就不能够生还，也说句圆融的话，使他希图万一，以待将来，不该把匾额上面题了极凶的字眼。难道你今生今世就拿定不得还乡，要做丁令威的故事不成?"

段玉初道："题匾之意，与争闹之意相同。生端争闹者，要他不想欢娱，好过日子；题匾示诀者，要他断了妄念，不数归期，总是替他消灾延寿，没有别样心肠。这个法子，不但处患难的丈夫，不可不学，就是寻常男子，或是出门作客，或是往外求名，都该用此妙法。知道出去一年，不妨倒说两载，拿定离家一月，不可竟道三旬。出路由路，没有拿得定的日子。宁可使他不望，忽地归来；不可令我失期，致生疑虑。世间爱妻子的，若能个个如此，能保白发齐眉，不致红颜薄命。年兄若还不信，等到

回家之日，把贱荆的肥瘦，与尊嫂的丰腴，比并一比并，就知道了。”郁子昌听了这些话，也还半信半疑，说他：“见识虽高，究竟于心太忍。若把我做了他，就使想得到，也只是做不出。”

他两个住在异邦，日复一日，年复一年，到了钦宗手里，不觉换了八次星霜，改了两番正朔。忽然一日，金人大举入寇，宋朝败北异常。破了京师，掳出徽、钦二帝，带回金朝。段、郁二人见了，少不得痛哭一场，行了君臣之礼。徽宗问起姓名，方才有些懊悔，知道往常吃的，都是些无益之醋，即使八年以前，不罢选妃之诏，将二女选入宫中，到了此时，也像牵牛织女隔着银河，不能够见面，倒是让他的好。

却说金人未得二帝以前，止爱玉帛子女，不想中原大事，所以把银子看得极重。明知段、郁二人追比不出，也还要留在本朝做个鸡肋残盘，觉得弃之有味。及至此番大捷以后，知道宋朝无人，锦绣中原唾手可得，就要施起仁政来。忽下一道旨意，把十年以内宋朝纳币之臣，果系赤贫、不能赔补者，俱释放还家，以示本朝宽大之意。徽、钦二宗闻了此信，就劝段、郁还朝。段、郁二人道：“圣驾蒙尘，乃主辱臣死之际。此时即在本朝，尚且要奔随赴难，岂有身在异邦，反图规避之理？”二宗每三劝谕，把“在此无益、徒愧朕心”的话，安慰了一番，段、郁二人方才拜别而去。

郁子昌未满三十，早已须鬓皓然，到了家乡相近之处，知道这种面貌难见妻子，只得用个点染做造之法，买了些乌须黑发的妙药，把头上脸上都装扮起来，好等到家之日，重做新郎，省得佳人败兴。谁想进了大门，只见小姨来接尊夫，不见阿姐出迎娇婿。只说他多年不见，未免害羞，要男子进去就他，不肯自移莲

步。见过丈人之后，就要走入洞房，只见中厅之上有件不吉利的东西高高架起。又有一行小字贴在面前，其字云：“宋故亡女郁门官氏之柩。”郁子昌见了，惊出一身冷汗，扯住官尚宝细问情由。

官尚宝一面哭，一面说道：“自从你去之后，无一日不数归期，眼泪汪汪，哭个不住。哭了几日，就生起病来。遍请医生诊视，都说是七情所感，忧郁而成，要待亲人见面，方才会好。起先还望你回来，虽然断了茶饭，还勉强吃些汤水，要留住残生见你一面；及至报捷之后，又闻得奉了别差，知道等你不来，就痛哭一场，绝粒而死，如今已是三年。因他临死之际，吩咐不可入土，要隔了棺木会你一次，也当做骨肉团圆，所以不敢就葬。”

郁子昌听了，悲恸不胜，要撞死在柩前，与他同埋合葬，被官尚宝再三劝慰，方才中止。官尚宝又对他道：“贤婿不消悲苦，小女此时就在，也不是当日的围珠，不但骨瘦如柴，又且面黄肌黑，竟变了一副形骸，与鬼物无异。你若还看见，也要惊怕起来，掩面而走。倒不如避入此中，还可以藏拙。”郁子昌听了，想起段玉初昔日之言，叫他回到家中，把两人的肥瘦比并一番，就知其言不谬。“如今莫说肥者果肥，连瘦的也没得瘦了。这条性命，岂不是我害了他！”就对了亡灵，再三悔过说：“世间的男子，只该学他，不可像我。凄凉倒是热闹，恩爱不在绸缪。‘置之死地而后生’，竟是风流才子之言，不是道学先生的话。”

却说段玉初进门，看见妻子的面貌胜似当年，竟把赵飞燕之轻盈，变做杨贵妃之丰泽，自恃奇方果验，心上十分欣喜，走进房中，就赔了个笑面，问他：“八年之中，享了多少清福？闲暇的时节，可思量出去之人否？”绕翠变下脸来，随他盘问，只是不答。段玉初道："这等看来，想是当初的怨气至今未消，要我认个不是，方才肯说话么？不是我自己夸嘴，这样有情的丈夫，世间没有第二个；如今相见，不叫你拜谢，也够得紧了，还要我赔起罪来？"绕翠道："哪一件该拜？哪一件该谢？你且讲来。"

段玉初道："别了八年，身体一毫不瘦，反倒肥胖起来，一该拜谢。多了八岁，面皮一毫不老，反倒娇嫩起来，二该拜谢。一样的姊妹，别人死了，你偏活在世上，亏了谁人？三该拜谢。一般的丈夫，别人老了，我还照旧，不曾改换容颜，使你败兴，四该拜谢。别人家的夫妇原是生离，我和你二人已经死别，谁想捱到如今，生离的倒成死别，死别的反做生离。亏得你前世有缘，今生有福，嫁着这样丈夫，有起死回生的妙手，旋乾转坤的大力，方才能够如此，五该拜谢。至于孤眠独宿，不觉凄凉，枕冷衾寒胜如温暖；同是一般更漏，人恨其长，汝怪其短；并看三春花柳，此偏适意，彼觉伤心。这些隐然造福的功劳，暗里钟情的好处，也说不得许多，只好言其大概罢了。"

绕翠听了这些话，全然不解，还说他："以罪为功，调唇弄舌，不过掩饰前非，哪一句是由衷的话。"段玉初道："你若还不信，我八年之前，曾有个符券寄来与你，取出来一验就知道了。"绕翠道："谁见你什么符券？"段玉初道："姨夫复命之日，我有一封书信寄来，就是符券，你难道不曾见么？"绕翠道："那倒不是符券，竟是一纸离书，要与我断绝恩情，不许再生痴想的。怎么到了如今，反当做好话，倒说转来？"段玉初笑一笑道："你不要怪我轻薄。当初分别之时，你有两句言语道，'窃效孟姜女之心，兼做苏蕙娘之意。'如今看起来，你只算得个孟姜女，叫不得个苏蕙娘，织锦回文的故事全不知道。我那封书信是一首回文诗，顺念也念得去，倒读也读得来。顺念下去，却像是一纸离书；倒读转来，分明是一张符券。若还此诗尚在，取出来再念一念，就明白了。”

绕翠听到此处，一发疑心，就连忙取出前诗，预先顺念一遍，然后倒读转来，果然是一片好心，并无歹意。其诗云：

疑猜任向怒时分，别有终欢赛雨云；

痴学不情恩绝断，思妻倒织锦回文！

绕翠读过之后，半晌不言，把诗中的意思咀嚼了一会，就不觉转忧作喜，把一点樱桃裂成两瓣道：“这等说来，你那番举动，竟是有心做的，要我冷了念头，不要往热处想的意思么？既然如此，做诗的时节，何不明说，定要藏头露尾，使我恼了八年，直到如今，方才欢喜，这是什么意思？”

段玉初道：“我若要明说出来，那番举动，又不消做得了。亏得我藏头露尾，才把你留到如今。不然，也与令姐一般，我今日回来，只好隔着棺木相会一次，不能够把热肉相粘，做真正团圆的事了。当初的织锦回文，是妻子寄与丈夫；如今倒做转来，丈夫织回文寄与妻子，岂不是桩极新极奇之事？”

绕翠听了，喜笑欲狂，把从前之事，不但付之流水，还说他的恩义，重似丘山，竟要认真拜谢起来。段玉初道：“拜谢的也要拜谢，负荆的也要负荆，只是这番礼数，要行得热闹，不要把难逢难遇的佳期，寂寂寞寞的过了。我当日与你成亲，全是一片愁肠，没有半毫乐趣；如今大难已脱，愁担尽丢，就是二帝还朝，料想也不念旧恶，再做吃醋拈酸的事了。当日已成死别，此时不料生还，只当重复投胎，再来人世。这一对夫妻竟是簇新配就的，不要把人看旧了。”就吩咐家人，重新备了花烛，又叫两班鼓乐，一起吹打起来，重拜华堂，再归锦幕。这一宵的乐处，竟不可以言语形容。男人的伎俩，百倍于当年。女子之轻狂，备呈于今夕。才知道云雨绸缪之事，全要心上无愁，眼中少泪，方才有妙境出来。世间第一种房术，只有两个字眼，叫做“莫愁”。街头所卖之方，都是骗人的假药。

后来段玉初位至太常，寿逾七十，与绕翠和谐到老。所生五子，尽继书香。郁子昌断弦之后，续娶一位佳人，不及数年，又得怯症而死。总因他好色之念，过于认真，为造物者偏要颠倒英雄，不肯使人满志。后来官居台辅，显贵异常，也是因他宦兴不高，不想如此，所以偏受尊荣之福。可见人生在世，只该听天由命，自家的主意，竟是用不着的。

这些事迹，出在《段氏家乘》中，有一篇《鹤归楼记》，借他敷演成书，并不是荒唐之说。

奉先楼

第　一　回

因逃难诧[①]妇生儿　为全孤劝妻失节

诗云：

衲子逢人劝出家，几人能撇眼前花？

别生东土修行法，权作西方引路车。

茹素不须离肉食，参禅何用着袈裟？

但存一粒菩提种，能使心苗长《法华》。

世间好善的人不必定要披缁削发，断酒除荤，方才叫做佛门弟子；只要把慈悲一念，刻刻放在心头，见了善事即行，不可当场错过。世间善事，也有做得来的，也有做不来的。做得来的，就要全做；做不来的，也要半做。半做者，不是叫在十分之中，定要做了五分，就像天平弹过的一般，方才叫做半做。只要权其轻重，拣那最要紧的做得一两分，也就抵过一半了。留那一半以俟将来，或者由渐而成，充满了这一片善心，也未见得。

作福之事多端，非可一言而尽，但说一事，以概其余。譬如断酒除荤，吃斋把素，是佛教入门的先着，这桩善事，出家人好

① 诧——诧异，惊讶。

做，在家人难做。出家之人，终日见的，都是蔬菜，鱼肉不到眼前，这叫做："不见可欲，使心不乱。"在家之人，一向吃惯了嘴，看见肉食，未免流涎；即使勉强熬住，少不得喉里作痒，依旧要开，不如不吃的好。

我如今说个便法，全斋不容易吃，倒不如吃个半斋，还可以熬长耐久。何谓半斋？肉食之中，断了牛犬二件，其余的猪羊鹅鸭，就不戒也无妨。同是一般性命，为什么单惜犬牛？要晓得上帝好生，佛门恶杀，不能保全得到，就要权其重轻。伤了别样生命，虽然可悯，还说他于人无罪，却也于世无功；杀而食之，就像虎豹食麋鹿，大虫吞小虫，还是可原之罪。至于牛犬二物，是生人养命之源，万姓守家之主。耕田不藉牛力，五谷何由下土？守夜不赖犬功，家私尽为盗窃。有此大德于人，不但没有厚报，还拿来当做仇敌，食其肉而寝其皮，这叫做负义忘恩，不但是贪图口腹。所以宰牛屠狗之罪，更有甚于杀人；食其肉者，亦不在持刀执梃①之下。若能戒此二物，十分口腹之罪，就可以减去五分；活得十年，只当吃了五年长素，不但可资冥福，能免阳灾，即以情理推之，也不曾把无妄之灾，加于有功之物。就像当权柄国，不曾杀害忠良，清夜扪心，亦可以不生惭悔。

这些说话，不是区区创造之言，乃出自北斗星君之口。是他亲身下界，吩咐一个难民，叫他广为传说，好劝化世人的。听说正文，便知分晓。这篇正文，虽是桩阴骘事，却有许多波澜曲折，与寻常所说的因果不同。看官里面尽有喜说风情、厌闻果报

---

① 梃（tǐng）——梃（tìng）猪用的铁棒。

的，不可被“阴鸷”二字，阻了兴头，置新奇小说而不看也。

明朝末年，南京池州府东流县，有个饱学秀才，但知其姓，不记其名；连他的内人，也不知何氏，只好称为“舒秀才”、“舒娘子”。因是一桩实事，不便扭捏其名，使真事变为假事也。舒族之人，极其繁衍，独有他这一户，代代都是单传。传到秀才，已经七世，但有祖孙父子之称，并无兄弟手足之义。五伦之内，缺少一伦。“人皆有兄弟，我独无”，这两句《四书》，竟做了传家的口号。

舒秀才早年娶妻，也是个名家之女，姿容极其美艳，又且贤淑端庄，长于内助。夫妻之恩爱，枕席之绸缪，有不可以言语形容者。做亲数年，再不见怀孕，直到三十岁上，才有了身。就央通族之人，替他联名祈祷，求念人丁寡弱，若是女孕，及早变做男胎。不想生下地来，果然是个儿子，又且气宇轩昂，眉清目秀。舒秀才见了，喜笑欲狂，连通族之人，也替他庆幸不已。独有邻舍人家，见他生下地来，不行溺死，居然领在身边，视为奇物，都在背后冷笑，说他夫妻两口是一对痴人。

这是什么缘故？只因彼时流寇猖獗，大江南北，没有一寸安土。贼氛所到之处，遇着妇女就淫，见了孩子就杀。甚至有熬取孕妇之油，为点灯搜物之具；缚婴儿于旗杆之首，为射箭打弹之标的者。所以十家怀孕，九家堕胎，不肯留在腹中，驯致熬油之祸。十家生儿，九家溺死，不肯养在世上，预为箭弹之媒。起初有孕，众人见他不肯堕胎，就有讥诮之意。到了此时，又见种种得意之状，就把男子目为迂儒，女人叫做黠妇，说他：“这般艳丽，遇着贼兵，岂能幸免？妇人失节，孩子哪得安生？不是死于

箭头，就是毙诸刀下。以太平之心，处乱离之世，多见其不知量耳!”

舒秀才望子急切，一心只顾宗祧，并不曾想起利害。直到生子之后，看见贺客寥寥，人言籍籍，方才悟到“乱离”二字。觉得：“儿子虽生，断不是久长之物，无论遇了贼兵，必遭惨死；若能保其无恙，也必至母子分离，失乳之儿，岂能存活？这七世单传的血脉，少不得断在此时。生与不生，其害一也。”想到此处，就不觉泪流下来，对了妻孥，备述其苦。

舒娘子道：“你这诉苦之意，是一点什么心肠？还是要我捐生守节，做个冰清玉洁之人？还是要我留命抚孤，做那程婴、杵臼之事？”舒秀才道：“两种心肠都有，只是不能够相兼。万一你母子二人落于贼兵之手，倒不愿你轻生赴难，致使两命俱伤。只求你取重略轻，保我一宗不绝。”舒娘子道：“这等说起来，只要保全黄口，竟置节义纲常于不论了！做妇人的操修全在‘贞节’二字，其余都是小节。一向听你读书，不曾见说‘小德不逾闲，大德出入可也’。”舒秀才道：“那是处常的道理，如今遇了变局，又当别论。处尧、舜之地位，自然该从揖让；际汤、武之局面，一定要用征诛。尧、舜、汤、武，易地皆然。只要抚得孤儿长大，保全我百世宗祧，这种功劳，也非同小可！与那匹夫匹妇，自经于沟渎者，奚啻霄壤之分哉!”

舒娘子道：“是便是了，我若包羞忍耻，抚得孤子成人，等你千里寻来，到骨肉团圆的时节，我两人相对，何以为颜？当初看做《浣纱记》，到那西子亡吴之后，复从范蠡归湖，竟要替他羞死！起先为主复仇，以致丧名败节，观者不施责备，为他心有可原；及至国耻既雪，大事已成，只合善刀而藏，付之一死，为

何把遭瑕被玷的身子，依旧随了前夫？人说他是千古上下，第一个绝色佳人；我说他是从古及今，第一个觍颜①女子！我万一果然不幸，做了今日之西施，那一出‘归湖’的丑戏，也断然不做！你须要牢记此语，以为后日之验。”舒秀才听了这些话，不觉涕泗交流，悲恸不已。

过了几时，闻得贼兵四至，没处逃生。做男子的还打点布袜芒鞋，希图走脱。妇人女子都有一双小脚，替流贼做了牵头，钩住身子，不放他转动。舒秀才对妻子道：“事急矣！娘子留心，千万勿负所托。”舒娘子道：“名节所关，不是一桩细事，你还要谋之通族，询诸三老。若还众议佥同②，要我如此，我就看祖宗面上，做了这桩不幸之事；若还众人之中，有一个不许，可见大义难逃，还是死节的是。”舒秀才道：“也说得有理。”就把一族之人，请来会于家庙。

那座家庙，名为“奉先楼”。舒秀才把以前的话遍告族人，询其可否。族人都说：“守节事小，存孤事大。”与舒秀才的主意相同。舒秀才就央通族之人，把妻子请入奉先楼，大家苦劝，叫他看宗祀份上，立意存孤，勿拘小节。

舒娘子道：“从来不忠之臣、不节之妇，都假借一个美号，遂其好淫、或说‘勉嗣宗祧’，或说‘苟延国脉’，都未必不出于本心，直等国脉果延，宗祧既嗣之后，方才辨得真假。如今蒙列位苦劝，我欲待依从，只有一句说话，也要预先讲过：初生乍养的孩子，比垂髫总角者不同，痧疔痘疹，全然未出。若还托赖祖

① 觍（tiǎn）颜——厚颜。

② 佥同——佥，全，都。这里指大家一致赞同。

宗，养得成功便好；万一寿算不长，半途而废，孤又不曾抚得成，徒然做了个失节之妇，却怎么好？”众人道：“那是命该如此，与你何干？只问你尽心不尽心，不问他有寿没有寿。”

舒娘子道：“虽则如此，也还要斟酌。绝后不绝后，关系于祖宗，还须对着神主，卜问一卜问。若还高曾祖考，都容我失节，我就勉强依从；若还占卜不允，这个孩子就是抚不成、养不大的了，落得抛弃了他，完我一生节操，省得名实两虚，使男子后来懊悔。”众人道：“说得极是。”

就叫舒秀才磨起墨来，写了“守节”、“存孤”四个字，分为两处，搓作纸团，对祖宗卜问过了，然后拈阄。却好拈着“存孤”二字。舒秀才与众人大喜，又再三苦劝一番，他才应许。应许之后，又对着祖宗拜了三拜，就号啕痛哭起来，说：“今生今世，讲不起‘贞节’二字了！只因贼恶滔天，以致纲常扫地。只求天地祖宗早显威灵，殄灭此辈，好等忠臣义士出头。”

哭完之后，别了众人，抱了孩子，夫妇二人且到黄柏树下弹琴去了。后事如何，再容分说。

第　二　回

几条铁索救残生　一道麻绳完骨肉

舒秀才夫妇立了存孤的主意，未及半月，闯贼就至东流。舒秀才弃家逃走，得免于难。那一方的妇人，除老病不堪之外，未有不遭淫污者，舒娘子亦在其中。

遇贼之初，把孩子抱在怀里，任凭扯拽，只是不放。闯贼拔刀要砍孩子，他就放声大哭起来，说："宁可辱身，勿杀吾子；若杀吾子，连此身也不肯受辱，有母子偕亡而已。"闯贼无可奈何，只得存其一线，就把他带在军中，流来流去，不知流过多少地方。母子二人，总不曾离了一刻。

却说舒秀才逃难之后，回来不见了妻子，少不得痛哭一场，耐心苦守，料想乱离之世，盼不得骨肉团圆，直要等个真命天子出来，削平区宇，庶有破镜重圆之日。至皇清定鼎，楚蜀既平后，川湖总督某公，大张告示，许赎民间俘女。舒秀才闻得此信，知道闯贼所掳之人，尽为大兵所得，就卖了家产，前去寻妻赎子。历尽艰难困苦，看见无数男人，都赎了妻子回去，独有自家的亲属并无踪影。在川湖两处，寻访了半年，资斧用去一大半，只得废然而返。不想来到中途，又遇了土贼，把盘费劫得精光，竟要饿死！只得沿途乞食。不想川湖地界，日日有大兵往来，居民尽皆远避，并无人施舍，只好倒在兵营之中，讨些吃的。

一日，饿倒在路旁，不能举动；到将晚的时节，忽有大兵经过，因近处没有人家，就在大路之旁撑起帐房宿歇。舒秀才知道，屯兵之处，必定举火。只得勉强支撑，走到帐房门首，要乞些余粒，以救残生。只见众人所吃的都是肉食，并无米面；那肉食又无碗盛，都是切成大块，架在炭火之中，旋烧旋吃。见他走到，就有个慈心的将官，提起熟肉一方，约有一斤多重，往他面前一丢。舒秀才饿得眼花，拾了竟走，也不看是猪肉羊肉，及至拿到冷庙之中，撕些入口，觉得这种香味，与寻常所吃的不同，别是一种气味。及至咽下喉去，就高声念起佛来。原来不是猪，不是羊，竟是一块牛肉！

舒秀才家中累世不食犬牛，那奉先楼上现刻着一道碑文，说祖上遇着个高僧道：他家本该绝后，只因世不杀生，又能戒食牛犬，故为上帝所悯，每代赐子一人，以绵宗祀。破戒之日，即绝嗣之年也。所以舒秀才持戒甚坚，到了性命相关的时节，依旧不违祖训，宁可绝食而死，不肯破戒而生。就把几个指头，伸进喉内，再三抠挖，定要哇而出之。

谁想肉便哇出来，那一丝残喘，却已随声而绝。觉得自家的魂灵与自家的尸首，隔了一丈多路，附又附不上，走又走不开。正在飘忽无依之际，只见有许多神明，骑马张盖而过，看见舒秀才，就问："是什么游魂，不阴不阳，流落在此处？"舒秀才跪倒，哭诉遭难饿死的缘由。那些神明道："你现有吃残的余肉弃在尸首之旁，怎么还说是饿死？"舒秀才又把戒牛不食，误吞入喉，到知觉之后方才呕出，所以气随声断的缘故述了一番。又说："有哇出之肉可证。"那些神明道："这等说起来，是个吃半斋的人了，岂有不得善终，蒙此惨祸之理！"就叫跟随的神役：

“快把他的魂灵，附在尸首上去。”舒秀才又道：“请问诸位尊神，是何名号？因甚到此？”那些神明道：“吾辈乃北斗星君。为察人间善恶，偶然到此。”舒秀才问：“何以谓之半斋？”北斗星道：“五荤三厌俱不食，谓之全斋；别荤不戒，单戒牛犬，谓之半斋。这个名目世人不晓，你可遍传一传：凡食半斋者，俱能逢凶化吉，生平没有奇灾。即你今日之事，就是一个证验了。”

舒秀才还要把寻妻觅子的话哀告一番，兼问妻子的存亡，还求他指条去路。不想他说完之后，带起马头，竟飘然去了。留几个神役，引他的魂灵附入尸首，也就不知去向。舒秀才昏沉了一会，觉得冰冷的身子，渐渐的暖热起来，知道是还魂的气象，就把眼目一睁，精神一抖，不觉的健旺如初，竟与吃饱之人无异。随往各处募缘，依旧全活了身子。

约过半月有余，走了一千多里路，不想灾星未灭，好事多磨，遇着一起大兵，拿他做了纤夫。依旧要拽船上去，日间有人押守，一到夜间，就锁在庙中宿歇，不容逃走。舒秀才受苦不过，每夜哭到天明，口中不住的说：“北斗星君，你曾亲口对我说过，凡吃半斋的人，生平没有奇祸；如今死在须臾，为什么不来救我？”说来说去，总是这几句玄虚的话，一连哭了三四夜。不想被船上听见，恼了一位太太，等到天明，差几个牢子，拿到船边去审究。

原来这只坐船只载家眷，并无官府；官府从四川下来，家眷由湖广上去，约在中途相会的。船里的太太，隔着帘子问他：“是何方人氏，姓甚名谁？为什么跟住坐船，不住的啼哭，使我睡不安稳？”舒秀才就把姓名举止与寻妻觅子的话说了一番；说完之后，就不住的磕头，求他释放还乡，活此狗命。那位太太听了，就高声呵斥起来，吩咐押伕之人："把铁链锁了，解到前途，等老爷发落。"

那些兵丁得了这句说话，就把几条铁索，盘在他颈上，只当带了重枷，如何行走得动？一连捱上三日，颈也磨穿，脚也拖肿，只求官府早到一刻，好发放他上路，省得活在世上受此奇苦。

只见到第四日上，遇着几号坐船，都说是老爷来了。众兵跪在路旁，接过之后，只见一位将军走过船来，在官舱之中坐了一会，就叫岸上的兵丁，一面带犯人听审，一面准备刀斧，俟候杀人。舒秀才听见了，三魂入地，七魄升天，哪里觳觫①得了。

不上一刻，那位将军走到船头，取一把交椅，朝岸上坐了。众人呐喊一声，就把舒秀才带到。抬头一看，只见那位将军竖起双眉，满脸都是杀气，高声问道："你是何等之人？跟着官船啼哭，又见船上没有男子，更深夜静走进舱来，要做不良之事？"舒秀才听了这一句，一发魂飞胆裂，不知从哪里说起，也高声回复道："生员是个读书人，颇知礼法，怎敢胡行？实为寻妻觅子而来。路上遇了天兵，拿我拽纤。我因妻子寻不见，又系住身子，不得还乡，所以惨伤不过，对着神明啼哭。不想惊动了太太，把我锁到如今，听候老爷发落。这是实情，此外并无他罪。"

那位将军就掉过脸来，问众人道："这几条铁索，是几时锁起的？"众人道："就是他啼哭之后，惊动了太太，吩咐锁起，候老爷发落，如今已四日了。"将军道："不信有这等事。既然如此，开了锁，待我验一验看。"众人听了，就呐喊一声，替他开

① 觳觫（húsù）——因恐惧而发抖的样子。

锁。不想这几管铁锁在露天之下过了三夜，又遇几次大雨，锁簧上了铁锈，再开不开。直等搽上几十次，敲上几百锤，打开锁门，方才除去铁索。

那位将军把他膊项之中仔细一验，只见铁索所盘之处，磨得肉绽皮穿，就不觉回嗔作喜，放下脸来对众人道："若不是这几把铁锁、一片血痕做了证据，不但此人必杀，连你们的性命也要断送几条。这等看起来，果然不曾上船，是我疑错了。"又问舒秀才道："这等，你妻子何氏，儿子何名？若在这边，如今该几岁了？"舒秀才据实以答。将军对左右道："把他带过一边，我自有处。"说了这几句，就笑嘻嘻的进舱去了。

看官，你道这些举动是什么来由？为什么平空白地把纤夫认作奸夫，做起吃醋拈酸的事来？要晓得这位太太，就是舒秀才的妻子。这位将军自从得他之后，就拿来做了夫人，宠爱不过，把他带来的儿子视若亲生。舒娘子相从之日，与他订约在先，说："前夫七代单传，只得这点骨血，若有相会之日，求把儿子交付还他。"这位将军是个仗义之人，就满口应承，并无难色。

这一夜，舒娘子睡在舟中，听见岸上啼哭，好似丈夫的声音，所以等至天明，拿到船边来审问。原是要识认面容，不想果然是他，心中大喜。若把别个妇人遇了亲夫，少不得揭起珠帘与他相会。若还见了一面，就涉了瓜李之嫌，舒秀才这条性命今日就不能保了。亏他见识极高，知道男子的心肠最多猜忌，若还在他未到之先通了一句言语，就种下了无限的疑根，连同枕共衾，开囊卷橐①的事，都要疑心出来了。若不说明，又怕他逃了开去，

---

① 橐（tuó）——口袋。

后来没处抓寻。所以一字不提，只把铁索锁了，叫人带住。一来省得他逃走，二来倒借了这条铁索，做一件释疑解惑的东西，省得他诽谤起来，没得分辩。不想到了今日，果应其言。

将军看了那些光景，走进舱来，和颜悦色对他道：“你的心迹，如今验出来了，可见是个光明正大之人。儿子遇了父亲，自然交付还他，只是你的身子，作何归结？他是前夫，我是后夫，还是要随哪一个，老实说来？”舒娘子道：“妾自失身以后，与前面的男子，就是恩断义绝之人了。莫说不要随他，就要随他，叫我把何颜相见？只将儿子交付还他，我的心事就完了。别样的话，都不必提起。”将军道：“如此极好。”

就把儿子带到前舱，唤舒秀才上来，当面问他道：“这是你的儿子么？”舒秀才道：“正是。”将军道：“这个孩子，你不要看容易了，费你妻子多少心血，方才抚养得成！说你七世单传，只得这点骨血，比寻常孩子不同。日间不放下地，夜间不放着床，竟是在手上养大、身上睡大了的。如今交付还你，他的心事完了；至于他的身子，也已随了别人，不便与你相见，休想要再会他，领了儿子去罢。”舒秀才道：“得了儿子，已属万幸，岂敢复望前妻？就此告别了。”

说完之后，深深拜了几拜，谢他抚育之恩，领了儿子竟走。将军送他路费一封。又拨小船一只，顾不得孩子啼哭，等他抱过船头，就叫扯起风帆，溯流而上。不上半刻时辰，母子二人已有天南地北之隔了。

却说舒秀才，口中虽说不敢望妻子，这一点得陇望蜀之心，谁人没有？看见儿子虽然到手，妻子并不见面，未免睹物伤情，抱了孤儿不住的痛哭。正在悲苦不胜之际，只见江岸之上有一匹

飞马赶来。骑马之人手持令箭，说："将爷有令，特地来追你转去！"舒秀才又吃一惊，不知何意，只得随旗而转。及至赶着大船，见了将军，原来是一团好意。

只因舒娘子赋性坚贞，打发儿子去后，就关上舱门，一索吊死。众丫环推门不进，知道必有缘故，就报与将军知道。将军劈开舱门，只见这位夫人已做了梁上之鬼。将军怜惜不已，叫人解去索子，放下地来。取续命丹一粒，塞入口中，用滚汤灌下。也是他大限未终，不该就死，一连灌上几口，就苏醒转来。

将军问他道："你寻死之意，无非是爱惜儿子，又舍不得前夫，故用这条短计。我起先问你，原有个开笼放鹤之心；你又不肯直说，故意把巧言复我。到如今首鼠两端，是何道理？"舒娘子道："今日之事，已定于数载之前。当日分别之时，曾与丈夫讲过，说：'遭瑕被玷之余，决无面目相见！侥幸存孤之后，有死而已。'老爷不信，只叫他上来问就是了。"

将军道："若果然如此，竟是个忍辱存孤的节妇了！我做英雄豪杰的人，哪里讨不出妇女，定要留个节妇为妻？我如今唤他转来，使你母子夫妻，同归一处，你心下何如？"舒娘子道："有话在先，决不做觍颜之事。只求一死，以盖前羞。"将军道："你如今死过一次，也可谓不食前言了。少刻前夫到了，我自然替你表白。"

此时见舒秀才走到，就把他妻子忍辱存孤、事终死节的话，细细述了一遍。又道："今日从你回去，是我的好意，并不是他的初心。你如今回去，倒是说前妻已死，重娶了一位佳人，好替他起个节妇牌坊，留名后世罢了。"

说完这些话，就另拨一只大船，把他所穿的衣服、所用的器皿，尽数搬过船去，做了赠嫁的奁资。这夫妻二人与那三尺之童，一起拜谢恩人，感颂不遑，继之以泣。

这场义举，是鼎革以来第一件可传之事，但恨将军的姓名，廉访未确，不敢擅书，仅以“将军”二字，概之而已。

生我楼

第　一　回

破常戒造屋生儿　插奇标卖身作父

词云：

千年劫，偏自我生逢。国破家亡身又辱，不教一事不成空。极狠是天公！

差一念，悔杀也无功。青冢魂多难觅取，黄泉路窄易相逢。难禁面皮红。

——右调《望江南》

此词乃闯贼南来之际，有人在大路之旁，拾得漳烟少许，此词录于片纸，即闯贼包烟之物也。拾得之人，不解文义，仅谓残编断幅而已。再传而至文人之手，始知为才妇被掳，自悔失身，欲求一死，又虑有觍面目，难见地下之人，进退两难，存亡交阻，故有此悲愤流连之作。玩第二句有“国破家亡”一语，不仅是庶民之妻、公卿士大夫之妾；所谓“黄泉路窄易相逢”者，定是个有家有国的人主。彼时京师未破，料不是先帝所幸之人，非藩王之妃，即宗室之妇也。贵胄①若此，其他可知；能诗善赋、

① 贵胄（zhòu）——古代称贵族的后代。

通文达理者若此，其他又可知。

所以论人于丧乱之世，要与寻常的论法不同，略其迹而原其心。苟有寸长可取，留心世教者，就不忍一概置之。古语云："立法不可不严，行法不可不恕。"古人既有诛心之法，今人就该有原心之条。迹似忠良，而心同奸佞，既蒙贬斥于《春秋》；身居异地，而心系所天，宜见褒扬于末世。诚以古人所重，在此不在彼也。此妇既遭污辱，宜乎背义忘恩，置既死之人于不问矣。犹能慷慨悲歌，形于笔墨，亦当在可原可赦之条，不得与寻常失节之妇，同日而语也。

此段议论，与后面所说之事不甚相关，为什么叙作引子？只因前后二楼，都是说被掳之事，要使观者稍抑其心，勿施责备之论耳。

从来鼎革之世，有一番乱离，就有一番会合。乱离是桩苦事，反有因此得福，不是逢所未逢，就是遇所欲遇者。造物之巧于作缘，往往如此。

却说宋朝末年，湖广郧阳府竹山县，有个乡间财主，姓尹名厚。他家屡代务农，力崇俭朴，家资满万，都是气力上挣出来，口舌上省下来的。娶妻庞氏，亦系庄家之女，缟衣布裙，躬亲杵臼。这一对勤俭夫妻，虽然不务奢华，不喜炫耀，究竟他们过的日子比别家不同，到底是丰衣足食。

莫说别样，就是所住的房产，也另是一种气概。《四书》上有两句云：

富润屋，德润身。

这个"润"字，从来读书之人，都不得其解。不必定是起楼造屋，使他焕然一新，方才叫做润泽；就是荒园一所，茅屋几间，但使富人住了，就有一种旺气，此乃时运使然！有莫之为而为者。若说润屋的“润”字，是兴工动作粉饰出来的；则是润身的“润”字，也要改头换面，另造一付形骸，方才叫做润身。把真心诚意的工夫，反认做穿眼凿眉的学问了，如何使得？

尹厚做了一世财主，不曾兴工动作。只因婚娶以后，再不宜男，知道是阳宅不利，就于祖屋之外另起一座小楼。同乡之人，都当面笑他道：“盈千满万的财主，不起大门大面，蓄了几年的精力，只造得小楼三间，该替你上个徽号，叫做‘尹小楼’才是。”尹厚闻之甚喜，就拿来做了表德。

自从起楼之后，夫妻两口搬进去，做了卧房，就忽然怀起孕来。等到十月满足，恰好生出个孩子，取名叫做楼生，相貌魁然，易长易大，只可惜肾囊里面，只得一个肾子。小楼闻得人说，独卵的男人，不会生育，将来未必有孙，且保了一代再处。

不想到三四岁上，随着几个孩童出去嬉耍。晚上回来，不见了一个，恰好是这位财主公郎。彼时正有虎灾，人口猪羊，时常有失脱，寻了几日不见，知道落于虎口。夫妻两口，痛不欲生。起先只愁第二代，谁想命轻福薄，一代也不能保全。劝他的道：“少年的妇人，只愁不破腹，生过一胎，就是熟肚了，哪能不会再生？”小楼夫妇道：“也说得是。”

从此以后，就愈敦夫妇之好，终日养锐蓄精，只以造人为事。谁想从三十岁造起，造到五十之外，行了三百余次的月经，倒下了三千多次的人种，粒粒都下在空处，不曾有半点收成。小楼又是惜福的人，但有人劝他娶妾，就高声念起佛来，说：“这句话头，只消口讲一讲，就要折了冥福。何况认真去做，有个不伤阴德之理?”所以到了半百之年，依旧是夫妻两口，并无后代。

亲戚朋友个个劝他立嗣，尹小楼道：“立后承先，不是一桩小事，全要付得其人。我看眼睛面前，没有这个有福的孩子。况且平空白地，把万金的产业送他，也要在平日之间，有些情意到我，我心上爱他不过，只当酬恩报德一般，明日死在九泉之下，也不懊悔。若还不论有情没情，可托不可托，见了孩子就想立嗣，在生的时节，他要得我家产，自然假意奉承，亲爷亲娘，叫不住口；一到死后，我自我，他自他，哪有什么关涉?还有继父未亡，嗣子已立，‘一朝权在手，便把令来行’，倒要胁制爹娘，欺他没儿没女；又摇动我不得，要逼他早死一日，早做一日家主公的。这也是立嗣之家，常有的事。我这分家私，是血汗上挣来的，不肯白白送与人，要等个有情有义的儿子。未曾立嗣之先，倒要受他些恩惠，使我心安意肯，然后把恩惠加他。别人将本求利，我要人将利来换本，做桩不折便宜的事，与列位看一看何如?”众人不解其故，都说他是迂谈。

一日，与庞氏商议道：“同乡之人，知道我家私富厚，哪一个不想立嗣?见我发了这段议论，少不得有垂钩下饵的人，把假情假意来骗我。不如离了故乡，走去周游列国，要在萍水相逢之际，试人的情意出来。万一遇着个有福之人，肯把真心向我，我就领他回来，立为后嗣，何等不好?”庞氏道：“讲得极是。”就收拾了行李，打发丈夫起身。

小楼出门之后，另是一种打扮：换了破衣旧帽，穿着苧袜芒鞋。使人看了，竟像个卑田院的老子、养济院的后生，只少得一根拐棒，也是将来必有的家私。这也罢了，又在帽檐之上插着一根草标，装做个卖身的模样。人问他道：“你有了这一把年纪，也是大半截下土的人了，还有什么用处？思想要卖身，看你这个光景，又不像以下之人，他买你回去，还是为奴作仆的好，还是为师作傅的好？”小楼道：“我的年纪，果然老了，原没有一毫用处，又是做大惯了的人，为奴做仆又不合，为师作傅又无能。要寻一位没爷没娘的财主，卖与他做继父，拚得费些心力，替他管管家私，图一个养老送终，这才是我的心事。”

问的人听了，都说是油嘴话，没有一个理他。他见口里说来，没人肯信，就买一张绵纸，褙做三四层，写上几行大字，做个“卖身为父”的招牌。其字云：

年老无儿，自卖与人做父，只取身价十两，愿者即日成交，并无后悔。

每到一处，就捏在手中，在街上走来走去；有时走得脚酸，就盘膝坐下，把招牌挂在胸前，与和尚募缘的相似。

众人见了，笑个不住，骂个不了，都说是丧心病狂的人。小楼随人笑骂。再不改常。终日穿州撞府，涉水登山，定要寻着个买者才住。

要问他寻到几时，方才遇着受主？只在下回开卷就见。

第　二　回

十两奉严亲本钱有限　万金酬孝子利息无穷

尹小楼捏了那张招贴，走过无数地方，不知笑歪了几千几万张嘴。忽然遇着个奇人，竟在众人笑骂之时，成了这宗交易。俗语四句道得好：

弯刀撞着瓢切菜，夜壶合着油瓶盖。

世间弃物不嫌多，酸酒也堪充醋卖。

一日，走到松江府华亭县，正在街头打坐，就有许多无知恶少走来愚弄他，不是说"孤老院中少了个叫化头目，要买你去顶补"；就是说"乌龟行里缺了个乐户头儿，要聘你去当官"。也有在头上敲一下的，也有在腿上踢一脚的，弄得小楼当真不是，当假不是。

正在难处的时节，只见人丛里面挤出一个后生来，面白身长，是好一个相貌，止住众人，叫他们不要啰唣，说"鳏寡孤独之辈，乃穷民之无靠者，皇帝也要怜悯他，官府也要体恤他。我辈后生只该崇以礼貌，岂有擅加侮慢之理？"众人道："这等说起来，你是个怜孤恤寡的人了，何不兑出十两银子，买他回去做爷？"那后生道："也不是什么奇事。看他这个相貌，不是没有结果的人；只怕他卖身之后，又有亲人来认了去，不肯随我终身。若肯随我终身，我原是没爷没娘的人，就拼了十两银子，买他做个养父，也使百年以后，传一个怜孤恤寡之名，有什么不好？"

小楼道："我只得一身，并无亲属，招牌上写得分明，后来并无反悔。你若果有此心，快兑银子出来，我就跟你回去。"众人道："既然卖了身子，就是他供养你了，还要银子何用?"小楼道："不瞒列位讲，我这张痨嘴，原是馋不过的，茶饭酒肉之外，还要吃些野食。只为一生好嚼，所以做不起人家。难道一进了门，就好问他取长取短?也要吃上一两个月，等到情意浃洽①了，然后去需索他，才是为父的道理。"

众人听了，都替这买主害怕，料他闻得此言，必定中止。谁想这个买主，不但不怕，倒连声赞美，说他："未曾做爷，先是这般体谅，将来爱子之心，一定是无所不至的了。"就请到酒店之中，摆了一桌嗄饭，暖上一壶好酒，与他一面说话，一面成交。

起先那些恶少，都随进店中，也以吃酒为名，看他是真是假。只见卖主上坐，买主旁坐，斟酒之时，毕恭毕敬，俨然是个为子之容。吃完之后，就向兜肚里面摸出几包银子，并拢来一称，共有十六两。就双手递过去道："除身价之外，还多六两，就烦爹爹代收。从今以后，银包都是你管，孩儿并不稽查。要吃只管吃，要用只管用，只要孩儿趁得来，就吃到一百岁也无怨。"小楼居然受之，并无惭色。就除下那面招牌，递与他道："这件东西，就当了我的卖契，你藏在那边做个凭据就是了。"后生接过招牌，深深作了一揖，方才藏入袖中。小楼竟以家长自居，就打开银包，称些银子，替他会了酒钞，一起出门去了。旁边那些恶少，看得目定口呆，都说："这一对奇人，不是神仙，就是鬼

① 浃（jiā）洽——融洽，和谐。

魅。决没有好好两个人，做出这般怪事之理！”

却说小楼的身子虽然卖了，还不知这个受主姓张姓李，家事如何，有媳妇没有媳妇？只等跟到家中察其动静。只见他领到一处，走进大门，就扯一把交椅摆在堂前，请小楼坐下，自己志志诚诚拜了三拜。拜完之后，先问小楼的姓名，原籍何处？小楼恐怕露出形藏，不好试人的情意，就捏个假名假姓，糊涂答应他，连所居之地，也不肯直说，只在邻州外县，随口说一个地方。说出之后，随即问他：“姓甚名谁，可曾婚娶？”那后生道：“孩儿姓姚名继，乃湖广汉阳府汉口镇人。幼年丧亲，并无依倚。十六岁上，跟了个同乡之人叫做曹玉宇，到松江来贩布，每年得他几两工钱，又当糊口，又当学本事。做到后来，人头熟了，又积得几两本钱，就离了主人，自己做些生意，依旧不离本行。这姓人家就是布行经纪，每年来收布，都寓在他家。今年二十二岁，还不曾娶有媳妇。照爹爹说起来，虽不同府同县，却同是湖广一省。古语道得好：‘亲不亲，故乡人。’今日相逢，也是前生的缘法。孩儿看见同辈之人，个个都有父母，偏我没福，只觉得孤苦伶仃，要投在人家做儿子，又怕人不相谅，说我贪谋他的家产，是个好吃懒做的人。殊不知有我这个身子，哪一处趁不得钱来？七八岁上失了父母，也还活到如今，不曾饿死，岂肯借出继为名，贪图别人的财利！如今遇着爹爹，恰好是没家没产的人，这句话头料想没人说得，所以一见倾心，成了这桩好事。孩儿自幼丧亲，不曾有人教诲，全望爹爹耳提面命，教导孩儿做个好人，也不枉半路相逢，结了这场大义。如今既做父子，就要改姓更名，没有父子二人各为一姓之理。求把爹爹的尊姓赐与孩儿，再取一个名字，以后才好称呼。”

小楼听到此处，知道是个成家之子，心上十分得意，还怕他有始无终，过到后来渐有厌倦之意，还要留心试验他。因以前所说的不是真语，没有自己捏造姓名，又替他捏造之理，只得权词以应，说："我出银子买你，就该姓我之姓；如今是你出银子买我，如何不从主便，倒叫你改名易姓起来？你既姓姚，我就姓你之姓，叫做姚小楼就是了。"姚继虽然得了父亲，也不忍自负其本，就引一句古语做个话头，叫做"恭敬不如从命。"

自此以后，父子二人亲爱不过，随小楼喜吃之物，没有一件不买来供奉他。小楼又故意作娇，好的只说不好，要他买上几次，换上几遭，方才肯吃。姚继随他拿捏，并不厌烦。过上半月有余，小楼还要装起病来，看他怎生服侍，直到万无一失的时候，方才吐露真情。

谁想变出非常，忽然得了乱信，说："元兵攻进燕关，势如破竹，不日就抵金陵。"又闻得三楚两粤盗贼蜂起，没有一处的人民不遭劫掠。小楼听得此信，魂不附体，这场假病哪里还装得出来！只得把姚继唤到面前，问他："收布的资本，共有几何？放在人头上的，可还取讨得起？"姚继道："本钱共有二百余金，收起之货，不及一半，其余都放在庄头。如今有了乱信，哪里还收得起！只好把现在的货物，装载还乡，过了这番大乱，到太平之世，再来取讨。只是还乡的路费，也吃得许多，如今措置不出，却怎么好？"小楼道："盘费尽有，不消你虑得。只是这样乱世，空身行走还怕遇了乱兵，如何带得货物？不如把收起的布，也交与行家，叫他写个收票，等太平之后，一总来取。我和你轻身逃难，奔回故乡，才是个万全之策。"

姚继道："爹爹是卖身的人，哪里还有银子？就有，也料想不多。孩儿起先还是孤身，不论有钱没钱，都可以度日。如今有了爹爹，父子两人过活，就是一户人家了；捏了空拳回去，叫把什么营生？难道孩儿熬饿，也叫爹爹熬饿不成?”

小楼听到此处，不觉泪下起来，伸出一个手掌，在他肩上拍几拍道：“我的孝顺儿呵！不知你前世与我有什么缘法，就发出这片真情。老实对你讲罢，我不是真正穷汉，也不是真个卖身。只因年老无儿，要立个有情有义的后代，所以装成这个圈套，要试人情义出来的。不想天缘凑巧，果然遇着你这个好人，我如今死心塌地，把终身之事付托与你了。不是爹爹夸口说，我这份家私，也还够你受用。你买我的身价，只去得十两，如今还你一本千利。从今以后，你是个万金的财主了。这三百两客本，就丢了不取，也只算得毡上之毫。快些收拾起身，好跟我回去做财主。”

姚继听到此处，也不觉泪下起来，当晚就查点货物，交付行家。次日起身，包了一舱大船，溯流而上。

看官们看了，只说父子两个同到家中，就完了这桩故事；哪里知道，一天诧异，才做动头；半路之中，又有悲欢离合，不是一口气说得来的。暂结此回，下文另讲。

第　三　回

为购红颜来白发　因留慈母得娇妻

尹小楼下船之后，问姚继道：“你既然会趁银子，为什么许大年纪，并不娶房妻小，还是孤身一个？此番回去，第一桩急务，就要替你定亲，要迟也迟不去了。”姚继道：“孩儿的亲事，原有一头，只是不曾下聘。此女也是汉口人，如今回去，少不得从汉口经过；屈爹爹住在舟中，权等一两日，待孩儿走上岸去，探个消息了下来。若还嫁了，就罢；万一不曾嫁，待孩儿与他父母定下一个婚期，到家之后，就来迎娶。不知爹爹意下如何？”小楼道：“是个什么人家？既有成议在先，无论下聘不下聘，就是你的人了，为什么要探起消息？”姚继道：“不瞒爹爹说，就是孩儿的旧主人，叫做曹玉宇，他有一个爱女，小孩儿五六岁，生得美貌异常。孩儿向有求婚之意，此女亦有愿嫁之心；只是他父母口中还有些不伶不俐，想是见孩儿本钱短少，将来做不起人家，所以如此。此番上去，说出这段遭际来，他是个势利之人，必然肯许。”小楼道：“既然如此，你就上去看一看。”

及至到了汉口，姚继吩咐船家，说自己上岸，叫他略等一等。不想满船客人，都一起哗噪起来，说：“此等时势，各人都有家小，都不知生死存亡，恨不得飞到家中，讨个下落，还有工夫等你！”小楼无可奈何，只得在个破布袱中，摸出两封银子，约有百金，交与姚继道：“既然如此，我只得预先回去，你随后赶来。这些银子，带在身边，随你做聘金也得，做盘费也得。只是探过消息之后，即便抽身，不可耽迟了日子，使我悬望。”姚继拜别父亲，也要叮咛几句，叫他“路上小心，保重身子”；不想被满船客人催促上岸，一刻不许停留。姚继只得慌慌张张跳上岸去。

船家见他去后，就拽起风帆，不上半个时辰，行了二三十里。只见船舱之中，有人高声喊叫，说：“一句要紧的话，不曾吩咐得，却怎么处?”说了这一句，就捶胸顿足起来。

你说是哪一个？原来就是尹小楼。起先在姚继面前，把一应真情，都已说破，只是自己的真名真姓与实在所住的地方，倒不曾谈及。只说与他一起到家，自然晓得，说也可，不说也可。哪里知道，仓促之间，把他驱逐上岸，第一个要紧关节，倒不曾提起；直到分别之后，才记上心来。如今欲待转去寻他，料想满船的人不肯耽搁；欲待不去，叫他赶到之日，向何处找寻？所以千难万难，唯有个抢地呼天，捶胸顿足而已。急了一会，只得想个主意出来，要在一路之上，写几个招子，凡他经过之处，都贴一贴，等他看见，自然会寻了来。

话分两头。且说姚继上岸之后，竟奔曹玉宇家，只以相探为名，好看他女儿的动静。不想进门一看，时事大非！只有男子之形，不见女人之面。原来乱信一到楚中，就有许多土贼假冒元兵，分头劫掠。凡是女子，不论老幼，都掳入舟中，此女亦在其内，不知生死若何；即使尚在，也不知载往何方去了。姚继得了此信，甚觉伤心，暗暗的哭了一场，就别过主人，依旧搭了便船，竟奔郧阳而去。

路不一日，到了个马头去处，地名叫做仙桃镇，又叫做鲜鱼

口；有无数的乱兵，把船泊在此处，开了个极大的人行，在那边出脱妇女。姚继是个有心人，见他所爱的女子掳在乱兵之中，正要访他的下落，得了这个机会，岂肯惧乱而不前？又闻得乱兵要招买主，独独除了这一处不行抢掠。姚继又去得放心，就带了几两银子，竟赴人行来做交易，指望借此为名，立在卖人的去处，把各路抢来的女子都识认一番，遇着心上之人方才下手。不想那些乱兵又奸巧不过，恐怕露出面孔，人要拣精择肥，把像样的妇人都买了去，留下那些“拣落货”卖与谁人？所以创立新规，另做一种卖法：把这些妇女当做腌鱼臭鲞一般，打在包捆之中，随人提取。不知那一包是腌鱼，那一包是臭鲞，各人自撞造化。那些妇人都盛在布袋里面，止论斤两，不论好歉，同是一般价钱。造化高的，得了西子、王嫱；造化低的，轮着东施、嫫姆，倒是从古及今第一桩公平交易。姚继见事不谐，欲待抽身转去，不想有一张晓谕贴在路旁道：

卖人场上，不许闲杂人等，往来窥视。如有不买空回者，即以打探虚实论，立行枭斩，决不姑贷！特谕。

姚继见了，不得不害怕起来，知道：“只有错来，并无错去。身边这几两银子，定是要出脱得了。就去撞一撞造化，或者姻缘凑巧，恰好买着心上的人，也未见得；就使不能相遇，另买着一位女子，只要生得齐整，像一个财主婆，就把他充了曹氏，带回家中，谁人知道来历？”算计定了，走到那叉口堆中，随手指定一只说：“这个女子，是我要买的。”那些乱兵拿来秤准数目，喝定价钱，就架起天平来兑银子。还喜得斤两不多，价钱也容易出手。

姚继兑足之后，等不得抬到舟中，就在卖主面前要见个明白。及至解开袋结，还不曾张口，就有一阵雪白的光彩透出在岔口之外。姚继思量道："面白如此，则其少艾可知。这几两银子，被我用着了。"连忙揭开叉口，把那妇人仔细一看，就不觉高兴大扫，连声叫起屈来。原来那雪白的光彩，不是面容，倒是头发。此女霜鬓皤然，面上縠纹①森起，是个五十向外、六十向内的老妇。乱兵见他叫屈，就高声呵斥起来，说："你自家时运不齐，拣着老的，就叫屈也无用。还不领了快走！"说过这一句，又拔出刀来，赶他上路。

姚继无可奈何，只得抱出妇人，离了布袋，领他同走到舟中，又把浑身上下，仔细一看。只见他年纪虽老，相貌尽有可观，不是个低微下贱之辈。不觉把一团欲火，变作满肚的慈心。不但不懊悔，倒有些得意起来，说："我前日去十两银子，买着一个父亲，得了许多好处；今日又去几两银子，买着这件宝货，焉知不在此人身上，又有些好处出来？况且既已恤孤，自当怜寡。我们这两男一女，都是无告的穷民，索性把鳏寡孤独之人，合来聚在一处，有什么不好？况且我此番去见父亲，正没有一件出手货，何不就将此妇当了人情，送他充做一房老妾，也未尝不可。虽有母亲在堂，料想高年之人，无醋可吃，再添几个也无妨。"

立定主意，就对那老妇道："我此番买人，原要买个妻子，不想得了你来。看你这样年纪，尽可以生得我出；我原是个无母之人，如今的意思，要把你认做母亲，不知你肯不肯？"老妇听了这句话，就吃惊打怪起来，连忙回复道："我见官人这样少年，

① 縠（hú）纹——绉纱似的细纹。

买着我这个怪物，又老又丑，还只愁你懊悔不过，要推我下江。正在这边害怕，怎么没缘没故说起这样话来？岂不把人折死？”姚继见他心肯，倒头就拜；拜了起来，随即安排饭食与他充饥；又怕身上寒冷，把自己的衣服脱与他穿着。

那妇人感激不过，竟号啕痛哭起来；哭了一会，又对他道：“我受你如此大恩，虽然必有后报，只是眼前等不得。如今现有一桩好事，劝你去做来。我们同伴之中，有许多少年女子，都要变卖，内中更有一个可称绝世佳人！德性既好，又是旧家，正好与你配对。那些乱兵，要把丑的老的都卖尽了，方才卖到这些人。今日脚货已完，明日就轮到此辈了，你快快办些银子，去买了来。”姚继道：“如此极好。只是一件，那最好的一个，混在众人之中，又有布袋盛了，我如何认得出？”老妇道：“不妨，我有个法子教你。他袖子里面藏着一件东西，约有一尺长、半寸阔，不知是件什么器皿，时刻藏在身边，不肯丢弃。你走到的时节，隔着叉口，把各人的袖子都捏一捏，但有这件东西的，即是此人，你只管买就是了。”

姚继听了这句话，甚是动心。当夜醒到天明，不曾合眼。第二日起来，带了银包，又往人行去贸易，依着老妇的话，果然去摸袖子；又果然摸着一个，有件硬物横在袖中。就指定叉口，说定价钱，交易了这宗奇货。买成之后，恐怕当面开出来，有人要抢夺，竟把他连人连袋，抱到舟中，又叫驾掌开了船，直放到没人之处，方才解看。

你道此女是谁？原来不姓张，不姓李，恰好姓曹！就是他旧日东君之女，向来心上之人。两下原有私情，要约为夫妇；袖中的硬物，乃玉尺一根，是姚继一向量布之物，送与他做表记的，虽然遇了大难，尚且一刻不离。那段生死不忘的情分，就不问可知了。

这一对情人，忽然会于此地，你说他喜也不喜？乐也不乐？此女与老妇，原是同难之人，如今又做了婆媳，分外觉得有情，就是嫡亲的儿妇，也不过如此。

姚继恤孤的利钱，虽有了指望，还不曾到手；反是怜寡的利息，随放随收，不曾迟了一日。可见做好事的，再不折本。奉劝世人，虽不可以姚继为法，个个买人做爷娘；亦不可以姚继为戒，置鳏寡孤独之人于不问也。

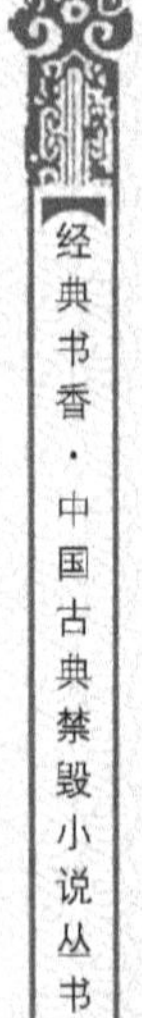

第　四　回

验子有奇方一枚独卵　认家无别号半座危楼

却说尹小楼自从离了姚继，终日担忧，凡是经过之处，都贴一张招子，说："我旧日所言，并非实话；你若寻来，只到某处地方，来问某人就是。"贴便贴了，当不得姚继心上并没有半点狐疑，见了招子，哪有眼睛去看，竟往所说之处，认真去寻访。那地方上面都说："此处并无此人，你想是被人骗了。"姚继说真不是，说假不是，弄得进退无门。老妇见他没有投奔，就说："我的住处，离此不远，家中现有老夫，并无子息。你若不弃，把我送到家中，一同居住就是了。"

姚继寻人不着，无可奈何，只得依他送去。只见到了一处地方，早有个至亲之人，在路边等候，望见来船，就高声问道："那是姚继儿子的船么？"姚继听见，吃了一惊，说："叫唤之人，分明是父亲的口气，为什么彼处寻不着，倒来在这边？"老妇听了，也吃一惊，说："那叫唤之人，分明是我丈夫的口气，为什么丢我不唤，倒唤起他来？"及至把船拢了岸，此老跳入舟中，与老妇一见，就抱头痛哭起来。

原来老妇不是别人，就是尹小楼的妻子。因丈夫去后，也为乱兵所掠。那两队乱兵，原是一个头目所管，一队从上面掳下去，一队从下面掳上来，原约在彼处取齐，把妇女都卖做银子，等元兵一到，就去投降，好拿来做使费的。恰好这一老一幼，并在一舱，预先打了照面。若还先卖幼女，后卖老妇，尹小楼这一对夫妻，就不能够完聚了。就是先卖老妇，后卖幼女，姚继买了别个老妇，这个老妇又卖与别个后生，姚继这一对夫妻，也不能够完聚了。谁想造物之巧，百倍于人！竟像有心串合起来，等人好做戏文小说的一般，把两对夫妻合了又分，分了又合，不知费他多少心思。这桩事情也可谓奇到极处，巧到至处了！

谁想还有极奇之情、极巧之事，做便做出来了，还不曾觉察得尽。小楼夫妇把这一儿一媳领到中堂，行了家庭之礼，就吩咐他道："那几间小楼，是极有利市的所在，当初造完之日，我们搬进去做房，就生出一个儿子。可惜落于虎口，若在这边，也与你们一般大了。如今把这间卧楼，让与你们居住，少不得也似前人，进去之后，就会生儿育女。"说了这几句，就把他夫妻二口，领到小楼之上，叫他自去打扫。

姚继一上小楼，把门窗户扇与床幔椅桌之类，仔细一看，就大惊小怪起来，对着小楼夫妇道："这几间卧楼，分明是我做孩子的住处，我在睡梦之中，时常看见的。为什么我家倒没有，却来在这边？"小楼夫妇道："怎见得如此？"姚继道："孩儿自幼至今，但凡睡了去，就梦见一个所在，门窗也是这样门窗，户扇也是这样户扇，床幔、椅桌也是这样床幔椅桌，件件不差！又有一夜，竟在梦中说起梦来道：'我一生做梦，再不到别处去，只在这边。是什么缘故？'就有一人对我道：'这是你生身的去处，那只箱子里面，是你做孩儿时节玩耍的东西，你若不信，去取出来看。'孩儿把箱子一开，看见许多戏具，无非是泥人、土马、棒槌、旗帜之属。孩儿看了，竟像是故人旧物一般。及至醒转来，把所居的楼屋，与梦中一对，又绝不相同！所以甚是疑惑。方才

走进楼来，看见这些光景，俨然是梦中的境界。难道青天白日，又在这边做梦不成?”

小楼夫妇听了，惊诧不已，又对他道：“我这床帐之后，果然有一只箱子，都是亡儿的戏物。前因儿子没了，不忍见他，并做一箱，丢在床后。与你所说的话，又一毫不差，怎么有这等奇事？终不然我的儿子不曾被虎驼去，或者遇了拐子拐去，卖与人家？今日是皇天后土，怜我夫妻积德，特地并在一处，使我骨肉团圆不成?”

姚继道：“我生长二十余年，并不曾听见人说道我另有爷娘，不是姚家所出。”他妻子曹氏，听见这些话，就大笑起来道：“这等说，你还在睡梦里！我们那一方，谁人不知你的来历？只不好当面说你。你求亲的时节，我的父母见你为人学好，原要招做女婿，只因外面的人道你不是姚家骨血，乃别处贩来的野种，所以不肯许亲。你这等聪明，难道自己的出处还不知道?”姚继听到此处，就不觉口呆目定，半晌不言。

小楼想了一会，就大悟转来道：“你们不要猜疑，我有个试验之法。”就把姚继扯过一边，叫他解开裤子，把肾囊一捏，就叫起来道：“我的亲儿，如今试出来了！别样的事或者是偶尔相同，这肾囊里面只有一个卵子，岂是同得来的？不消说得，是天赐奇缘，使我骨肉团圆的了！可见陌路相逢，肯把异姓之人呼为父母，又有许多真情实意，都是天性使然，非无故而至也。”

说了这几句，父子婆媳四人，一起跪倒，拜谢天地，磕了无数的头。一面宰猪杀羊，酬神了愿，兼请同乡之人，使他知道这番情节。又怕众人不信，叫儿子当场脱裤请验那枚独卵。他儿子就以此得名，人都称为“尹独肾”。

后来父子相继积德，这个独卵之人，一般也会生儿子，倒传出许多后代，又都是独肾之人，世世有田有地，直富到明朝弘治年间才止。又替他起个族号，都唤做“独肾尹家”。有诗为证：

综纹入口作公卿，独肾生儿理愈明。

相好不如心地好，麻衣术法总难凭！

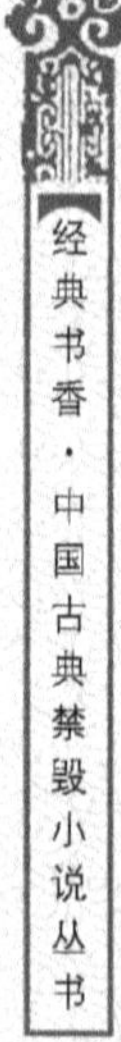

第　一　回

弃儒冠白须招隐　避纱帽绿野娱情

诗云：

市城戎马地，决策早居乡。
妻子无多口，琴书只一囊。
桃花秦国远，流水武陵香。
去去休留滞，回头是战场。

此诗乃予未乱之先，避地居乡而作。古语云："小乱避城，大乱避乡。"予谓无论治乱，总是居乡的好；无论大乱小乱，总是避乡的好。只有将定未定之秋，似乱非乱之际，大寇变为小盗，戎马多似禾车，此等世界，村落便难久居；造物不仁，就要把山中宰相削职为民，发在市井之中去受罪了。

予生半百之年，也曾在深山之中做过十年宰相，所以极谙居乡之乐；如今被戎马盗贼赶入市中，为城狐社鼠所制，所以又极谙市廛之苦。你说这十年宰相，是哪个与我做的？不亏别人，倒亏了个善杀居民、惯屠城郭的李闯。被他先声所慑，不怕你不走。到这时候，真个是"富贵逼人来，脱去楚囚冠，披却仙人氅。"初由田畯社师起家，屡迁至方外司马。未及数年，遂经枚卜，直做到山中宰相而后止。

诸公不信，未免说我大言不惭，却不知道是句实话。只是这一种功名，比不得寻常的富贵，彼时不以为显，过后方觉其荣；不像做真官受实禄的人，当场自知显贵，不待去官之后，才知好运之难逢也。如今到了革职之年，方才晓得未乱以前，也曾做过山中的大老。诸公若再不信，但取我乡居避乱之际，信口吟来的诗，略摘几句，略拈几首念一念，不必论其工拙，但看所居者何地，所与者何人，所行者何事，就知道他受用不受用，神仙不神仙，这山中宰相的说话，僭妄①不僭妄也。如五言律诗里面，有“田耕新买犊，檐盖旋诛茅。花绕村为县，林周屋是巢”、“绿买田三亩，青赊水一湾。妻孥容我傲，骚酒放春闲”之句。七言律诗里面，有“自酿不沽村市酒，客来旋摘野棚瓜。枯藤架拥诙谐史，乱竹篱编隐逸花”、“栽遍竹梅风冷淡，浇肥蔬蕨饭家常。窗临水曲琴书润，人读花间字句香”之句。此乃即景赋成，不是有因而作。还有《山斋十便》的绝句，更足令人神往。诸公试览一过，只当在二十年前到山人所居之处，枉顾一遭。就说此人虽系凡民，也略带一分仙气，不得竟以尘眼目之也。何以谓之“十便”？请观小序，便知作诗之由。小序云：

笠道人避地入山，结茅甫就，有客过而问之曰：“子离群索居，静则静矣，其如取给不便何？”道人曰：“予受山水自然之利，享花鸟殷勤之奉，其便良多，不能悉数。子何云之左也？”客请其目，道人信口答之，不觉成韵。

---

① 僭妄——这里指越分妄为。

耕　便

山田十亩傍柴关，护绿全凭水一湾。

唱罢午鸡农就食，不劳妇子馌田间。

课农便

山窗四面总玲珑，绿野青畴一望中。

凭几课农心力尽，何曾妨却读书工！

钓便

不蓑不笠不乘舠，日坐东轩学钓鳌。

客欲相过常载酒，徐投香饵出轻鲦。

灌园便

筑成小圃近方塘，果易生成菜易长。

抱瓮太痴机太巧，从中酌取灌园方。

汲　便

古井山厨止隔墙，竹梢一段引流长。

旋烹苦茗供佳客，犹带源头石髓香。

浣濯便

浣尘不用绕溪行，门里潺湲分外清。

非是幽人偏爱洁，沧浪逼我濯冠缨。

樵　便

臧婢秋来总不闲，拾枝扫叶满林间。

抛书往课樵青事，步出柴扉便是山。

防夜便

寒素人家冷落村，只凭沁水护衡门。

抽桥断却黄昏路，山犬高眠古树根。

还有《吟便》《眺便》二首，因原稿散失，记忆不全，大约说是纯赖天工，不假人力之意。此等福地，虽不敢上希蓬岛，下比桃源；方之辋川、剡溪诸胜境，也不至多让。谁想贼氛一起，践以兵戎，遂使主人避而去之，如掷敝屣，你道可惜不可惜？今日这番僭妄之词，皆由感慨而作，要使方以外的现任司马，山以内的当权宰相，不可不知天爵之荣，反寻乐事于疏水曲肱之外也。

如今说个不到乱世，先想居乡的达者，做一段林泉佳话，麈尾清谈；不但令人耳目一新，还可使人肺肠一收。人人在市井之中，个个有山林之意，才见我作者之功；不像那种言势言利之书，驱天下之人而归于市道也。

明朝嘉靖年间，直隶常州府宜兴县，有个在籍的大老，但知姓殷，不曾访得名字。官拜侍讲之职，人都称为“殷太史”。他有个中表弟兄，姓顾，字呆叟，乃虎头公后裔，亦善笔墨，饶有宗风。为人恬澹寡营①，生在衣冠阀阅之乡，常带些山林隐逸之气。少年时节，与殷太史同做诸生，最相契密。但遇小考，他的名字常取在殷太史之前，只是不利于场屋。曾对人立誓道：“秀才只可做二十年，科场只好进五六次。若还到强仕之年而不能强仕，就该弃了诸生，改从别业。镊须赴考之事，我断断不为！”不想到三十岁外，髭须就白了几根。有人对他道：“报强仕者至矣，君将奈何？”呆叟应声道：“他为招隐而来，非报强仕也。不可负他盛意，改日就要相从。”果然不多几日，就告了衣巾，把一切时文讲章，与镂营穴孔的笔砚，尽皆烧毁，只留农圃种植之

① 恬澹（dàn）寡营——澹，指安闲自得。形容淡泊名利，安于自然生活。

书，与营运资生之具，连写字作画的物料都送与别人，不肯留下一件。

人问他道：“书画之事，与举业全不相关，弃了举业，正好专心书画，为什么也一起废了？”呆叟道：“当今之世，技艺不能成名，全要乞灵于纱帽。仕宦作书画，就不必到家，也能见重于世；若叫山人做墨客，就是一桩难事。十分好处，只好看做一分，莫说要换钱财，就赔了纸笔，白送与人，还要讨人的讥刺，不如不作的好。”知事的听了，都道他极见得达。

他与朋友相处，不肯讲一句肤言，极喜尽忠告之道。殷太史自作宦以来，终日见面的，不是迎寒送暖之流，就是胁肩谄笑之辈；只有呆叟一人，是此公的畏友。凡有事关名节，迹涉嫌疑，他人所不敢言者，呆叟偏能正色而道之。至于挥麈谈玄，挑灯话古，一发是他剩技，不消说得的了。所以殷太史敬若神明，爱同骨肉，一饮一食，也不肯抛撇他。他的住处，去殷太史颇远，殷太史待他，虽然不比别个，时时枉驾而就之，到底仕宦的脚步，轻贱杀了也比平人贵重几分，十次之中，走去就教一两次，把七八次写帖相邀，也就是折节下交、谦虚不过的了；何况未必尽然，还有脱略形骸、来而不往的时候。况且宜兴城里，不只他一位乡绅，呆叟自废举业以来，所称：“同学少年多不贱”者，又不只他一个。朋友人人相拉、个个见招，哪里应接得暇？若丢了一处不去，就生出许多怪端，说：“一样的交情，为什么厚人而薄我？”

呆叟弃了功名不取，丢了诸生不做，原只图得“清闲”二字；谁想不得清闲，倒加上许多忙俗，自家甚以为耻，就要寻块避秦之地。况且他性爱山居，一生厌薄城市，常有“耕云钓月”之想；就在荆溪之南，去城四十余里，结了几间茅屋，买了几亩薄田，自为终老之计。起初并不使人与闻，直待临行之际，方才说出：少不得众人闻之，定有一番援止。暂抑谈锋，以停倦目。

第 二 回

纳谏翁题楼怀益友　遭罹客障面避良朋

呆叟选了吉日，将要迁移，方才知会亲友，叫他各出分资，与自己饯别，说："此番移家，不比寻常迁徙，终此一生优游田野，不复再来尘世。有人在城郭之内，遇见顾呆叟者，当以'冯妇'呼之！"众人听了，都说："此举甚是无谓，自古道：'小乱避城，大乱避乡。'就有兵戈扰攘之事，乡下的百姓，也还要避进城来；何况如今烽火不惊，夜无犬吠，为什么没缘没故，竟要迁徙下乡，还说这等尽头绝路的话？"呆叟道："正为太平无事，所以要迁徙下乡；若到那犬吠月明、烽烟告急的时节，要去做绿野耕夫，就不能够了。古人云：'趋名者于朝，趋利者于市。'我既不趋名，又不趋利，所志不过在温饱。温莫温于自织之衣，饱莫饱于亲种之粟。况我素性不耐烦嚣，只喜高眠静坐；若还住在城中，即使闭门谢客，僵卧绳床，当不得有剥啄之声，搅人幽梦，使你不得高眠；往来之礼，费我应酬，使人不得静坐。希夷山人之睡隐，南郭子綦之坐忘，都亏得不在城市；若在城市，定有人来搅扰，会坐也坐不上几刻，会睡也睡不到论年，怎能够在枕上游仙与嗒然自丧其偶也？"

众人听了，都说他是迂谈阔论，个个攀辕，人人卧辙，不肯放他出城。呆叟立定主意，不肯中止。众人又劝他道："你既不肯住在城中，何不离城数里，在半村半郭之间，寻一个住处？既可避嚣，又使我辈好来亲近。若还太去远了，我们这几个，都是家累重大的人，如何得来就教?”呆叟道：“入山唯恐不深。既想避世，岂肯在人耳目之前？半村半郭的，应酬倒反多似城内，这是断然使不得的。”回了众人，过不上几日，就携家入山。

自他去后，把这些乡绅大老，弄得情兴索然。别个想念他，还不过在口里说说；独有殷太史一位，不但发于声音，亦且形诸梦寐，不但形诸梦寐，又且见之羹墙。只因少了此人，别无诤友，难道没些过失，再没有人规谏他。因想呆叟临别之际，坐在一间楼上，赠他许多药石之言，没有一字一句不切着自家的病痛。所以在既别之后，思其人而不得，因题一匾，名其楼曰“闻过楼”。

呆叟自入山中，遂了闲云野鹤之性，陶然自适，不啻登仙。过了几月，殷太史与一切旧交因少他不得，都写了恳切的书，遣人相接，要他依旧入城。他回札之言，言语甚是决裂。众人知道劝他不回，从此以后，也就不来相强。

一日，县中签派里役，竟把他的名字开做一名柜头，要他入县收粮，管下年监兑之事。差人赍票上门，要他入城去递认状。呆叟甚是惊骇，说：“里中富户甚多，为什么轮他不着？我有几亩田地，竟点了这样重差?”差人道：“官错吏错，来人不错。你该点不该点，请到县里去说，与我无干。”

呆叟搬到乡间，未及半载，饭稻羹鱼之乐，才享动头，不想就有这般磨劫！况且临行之际，曾对人发下誓言，岂有未及半年，就为冯妇之理！只得与差人商议，宁可行些贿赂，央他转去回官，省得自己破戒。差人道：“闻得满城乡宦都是你至交，只消写字进去，求他发一封书札，就回脱了，何须费什么钱财!”

呆叟素具傲骨，不肯轻易干人，况有说话在先，恐为人所笑，所以甘心费钱，不肯写字。差人道：“既要行贿，不是些小之物，可以干得脱的，极少也费百金，才可以望得幸免。”呆叟一口应承，并无难色，尽其所有，干脱了这个苦差，未免精疲力竭，直到半年之后，方才营运得转。

正想要在屋旁栽竹，池内种鱼，构书屋于住宅之旁，畜蹇驴于黄犊之外，有许多山林经济，要设施布置出来。不想事出非常，变生不测：他所居之处，一向并无盗警，忽然一夜，竟有五七条大汉，明火执仗，打进门来，把一家之人，吓得魂飞胆裂。呆叟看见势头不好，只得同了妻子立过一边，把家中的细软，任凭他席卷而去。既去之后，捡着几件东西，只说是他收拾不尽，遗漏下来的；及至取来一看，却不是自己家中之物，又不知何处劫来的。所值不多，就拿来丢过一边，付之不理。

他经过这番劫掠，就觉得穷困非常，渐渐有些支撑不去；依旧怕人耻笑，不肯去告贷分文。心上思量说：“城中亲友闻之，少不得要捐囊议助，没有见人在患难之中，坐视不顾之理。与其告而后与，何如不求而得?”过不上几日，那些乡绅大老，果然各遣平头，赍书唁慰。书中的意思便关切不过，竟像自己被劫的一般。只是一件可笑：封封俱是空函，并不见一毫礼物，还要赔酒赔食，款洽他的家人。心上思量道：“不料人情恶薄，一至于此！别人悭吝也罢了，殷太史与我是何等的交情，到了此时，也一毛不拔，要把说话当起钱来，总是日远日疏的缘故。古人云：‘一日不见黄叔度，鄙吝复生。’此等过失，皆朋友使然，我实不能辞其责也。”写几封勉强塞责的回书，打发来人转去。从此以后，就断了痴想，一味熬穷守困。

又过了半年，虽不能够快乐如初，却也衣食粗足，没有啼饥呼寒之苦。不想厄运未终，又遇了非常之事。忽有几个差人赍了一纸火票，上门来捉他，说："某时某日，拿着一伙强盗，他亲口招称，说在乡间打劫，没有歇脚之处，常借顾某家中暂停，虽不叫做窝家，却也曾受过赃物，求老爷拘他来面审。"

呆叟惊诧不已，接过票来一看，恰好所开的赃物，就是那日打劫之际遗失下来的几件东西，就对了妻孥叹口气道："这等看来，竟是前生的冤孽了！我曾闻得人说：'清福之难享，更有甚于富贵。'当初有一士人，每到黄昏人静之后，就去焚香告天，求遂他胸中所欲。终日祈祷，久而不衰。忽然一夜，听见半空之中，有人对他讲道：'上帝悯汝志诚，要降福与汝，但不知所愿者何事？故此命我来询汝。'士人道：'念臣所愿甚小，不望富贵，但求衣食粗足，得逍遥于山水之间足矣。'空中的人道：'此上界神仙之乐，汝何可得？若求富贵则可耳。'就我今日之事看来，岂不是富贵可求，清福难享，命里不该做闲人？闲得一年零半载，就弄出三件祸来，一件烈似一件。由此观之，古来所称方外司马、山中宰相其人者，都不是凡胎俗骨。这种眠云漱石的乐处，骑牛策蹇的威风，都要从命里带来；若无夙根，则山水烟霞，皆祸人之具矣！"

说了这些话，就叫妻孥收拾行李，同了差役起身。喜得差来的人役，都肯敬重斯文，既不需索银钱，又不擅加锁钮，竟像奉了主人之命，来邀他赴席的一般，大家相伴而行，还把他逊在前面。

呆叟因前番被劫，不能见济于人，知道世情恶薄，未必肯来援手，徒足以资其笑柄，不如做个硬汉，靠着"生死由命"四个

字，挺身出去见官。不想到近城数里之外，有许多车马停在道旁，却像通邑的乡绅，有什么公事商议，聚集在一处的光景。呆叟看了，一来无颜相见，二来不屑求他，到了人多的地方，竟低头障面而过。

不想有几个管家走来拽住道："顾相公不要走！我们各位老爷知道相公要到，早早在这边相等，说有要紧话商议，定要见一见的。"呆叟道："我是在官人犯，要进去听审，没有工夫讲话。且等审了出来，再见众位老爷，未为晚也。"那几个管家，把呆叟紧紧扯住，只不肯放；连差人也帮他留客，说："只要我们不催，就住在此间过夜，也是容易的，为何这等执意？"

正在那边扯拽，只见许多大老，从一个村落之内赶了出来，亲自对他拱手道："呆叟兄，多时不会，就见见何妨？为什么这等拒绝？"说了这一句，都伸手来拽他。呆叟看见意思殷勤，只得霁颜相就，随了众人走进那村落之内，却是一所新构的住居。只见：

柴关紧密，竹径迂徐。篱开新种之花，地扫旋收之叶。数椽茅屋，外观最朴而内实精工，不竟是农家结构；一带梅窗，远视极粗而近多美丽，有似乎墨客经营。若非陶处士之新居，定是林山人之别业。

众人拽了呆叟，走进这个村落，少不得各致寒暄，叙过一番契阔，就问他致祸之由。呆叟把以前被劫的情形，此时受枉的来历，细细说了一遍。众人甚是惊讶。又问他："此时此际，该作什么商量？"呆叟道："我于心无愧，见了县尊，不过据理直说。难道他好不分曲直，就以刑罚相加不成？"众人都道：

"使不得！你窝盗是假，受赃是实，万一审将出来，倒有许多不便。我们与你相处多年，义关休戚，没有坐视之理。昨日闻得此说，就要出去解纷，一来因你相隔甚远，不知来历，见了县父母，难以措辞；二来因你无故入山，满城的人都有些疑惑，说你踪迹可疑。近日又有此说，一发难于分解，就与县父母说了，他也未必释然。所以定要屈你回来，自已暴白一暴白。如今没有别说，县中的事，是我们一力担当，代你去说，可以不必见官。只是一件，你从今以后，再到乡间去不得了，这一所住宅，也是个有趣的朋友起在这边避俗的，房屋虽已造完，主人现在城中，不曾搬移得出。待我们央去说，叫他做个仗义之人，把此房让你居住。造屋之费，待你陆续还他，既不必走入市廛，使人唤你做'冯妇'；又不用逃归乡曲，使人疑你做窝家：岂不是个两全之法？"

呆叟道："讲便讲得极是。我自受三番横祸，几次奇惊，把些小家资都已费尽。这所房子，住便住了，叫把什么屋价还他？况且居乡之人，全以耕种为事；这负郭之田，比不得穷乡瘠土，其价甚昂。莫说空拳赤手不能骤得，就是有了钱钞，也容易买他不来。无田可耕，就是有房可住，也过不得日子，叫把什么聊生？"殷太史与众人道："且住下了，替你慢慢的商量，决不使你失望就是。"

说完之后，众人都别了进城，独有殷太史一个，宿在城外，与他抵足而眠，说："自兄去后，使我有过不闻，不知这一年半载之中，做差了多少大事。从今以后，求你刻刻提撕、时时警觉，免使我结怨于桑梓，遗祸于子孙。"又把他去之后，追想药石之言，就以"闻过"二字题作楼名，以示警戒的话说了一遍。

呆叟甚是叹服，道他："虚衷若此，何虑谠言[①]不至！只怕葑菲之见，无益于人，徒自增其狂悖耳。"

两个隔绝年余，一旦会合，虽不比他乡遇故，却也是久旱逢甘。这一夜的绸缪缱绻，自不待说。但不知讼事如何，可能就结？且等他睡过一晚，再作商量。

① 谠（dǎng）言——正直之言。

第　三　回

魔星将退三桩好事齐来　讹局已成一片隐衷才露

呆叟与殷太史二人，抵足睡了一夜。次日起来，殷太史也进城料理，只留呆叟一人住在外面，替人看守山庄。呆叟又在山庄里面、周围踱了一回，见此果然造得中窾①，朴素之中又带精雅，恰好是个儒者为农的住处，心上思量道："他费了一片苦心，造成这块乐地，为什么自己不住，倒肯让与别人？况且卒急之间，又没有房价到手，这样呆事，料想没人肯做。众人的言语，都是些好听话儿，落得不要痴想。"

正在疑虑之间，忽有一人走到，说是本县的差人，又不是昨日那两个。呆叟只道乡绅说了，县尊不听，依旧添差来捉他，心上甚是惊恐。及至仔细一认，竟有些面善。原来不是别个，就是去年签着里役，知县差他下乡唤呆叟去递认状的。呆叟与他相见过了，就问："差公到此，有何见教？"那人答应道："去年为里役之事，蒙相公托我赉缘，交付白银一百两；后来改签别人，是本官自己的意思，并不曾破费分文。小人只说自家命好，撞着了太岁，所以留在身边，不曾送来返璧。起先还说相公住得窎远②，一时不进城来，这百两银子，没有对会处，落得隐瞒下来；如今

---

① 窾（kuǎn）——空。

② 窎（diào）远——距离遥远。

闻得你为事之后，依旧要做城里人，不做乡下人了，万一查访出来，不好意思，所以不待取讨，预先送出来奉偿，还觉得有些体面。这是一百两银子，原封未动，请相公收了。”

呆叟听见这些话，惊诧不已，说：“银子不用，改签别人，也是你的造化，自然该受的。为什么过了一年有余，又送来还我?”再三推却，只不肯收。那人不由情愿，塞在他手中，说了一声“得罪”，竟自去了。呆叟惊诧不过，说：“衙役之内，哪有这样好人？或者是我否极泰来，该在这边居住，所以天公要成就我，特地把失去之物，都取来付还，以助买屋之费，也未可知。”

正在这边惊喜，不想又有叩门之声，说：“几个故人要会。”及至放他们进来，瞥面一见，几乎把人惊死！你说是些什么人?原来就是半年之前，明火执仗，拥进门来打劫他家私的强盗！自古道：“仇人相见，分外眼明。”哪有认不出的道理？呆叟一见，心胆俱惊，又不知是官府押来取他，又不知是私自逃出监门，寻到这边来躲避，满肚猜疑，只是讲不出口。只见那几个好汉，不慌不忙对他拱拱手道：“顾相公，一向不见，你还认得我们么?”呆叟战战兢兢，抖做一团，只推认他不得。

那些好汉道：“岂有认不得之理！老实对你说罢，我们今日之来，只有好心，并无歹意，劝你不要惊慌。那一日上门打劫，原不知高姓大名，只说是山野之间一个鄙吝不堪的财主，所以不分皂白，把府上的财物尽数卷来。后来有几个弟兄，被官府拿去，也还不识好歹，信口乱扳，以致有出票拘拿之事。我们虽是同伙，还喜得不曾拿获，都立在就近之处打点衙门。方才听得人讲，都道出票拿来的人，是一位避世逃名的隐士，现停在某处地方。我们知道，甚是懊悔，岂有遇着这等高人，不加资助，反行打劫之理？所以如飞赶到这边，一来谢罪，二来把原物送还。恕我辈是粗鲁强人，有眼不识贤士，请把原物收下，我们要告别了。”说到这一声，就不等回言，把几个包袱丢在他面前，大家挥手出门，不知去向。

呆叟看了这些光景，一发愁上加愁、虑中生虑说：“他目下虽然漏网，少不得官法如炉，终有一日拿着。我与他见此一面，又是极大的嫌疑了。况且这些赃物，原是失去的东西，岂有不经官府、不递认状，倒在强盗手中私自领回之理？万一现在拿着的，又在官府面前招出这主赃物，官府查究起来，我还是呈送到官的是？隐匿下来的是？”想到这个地步，真是千难万难。左想一回又不是，右想一回又不是，只得闭上柴门，束手而坐。

正在没摆布的时节，只听得几下锣响，又有一片吆喝之声，知道是官府经过。呆叟原系罪人，又增出许多形迹，听见这些响动，好不惊慌！唯恐有人闯进门来，攻其不意，要想把赃物藏过一边，怎奈人生地不熟，不知那一个去处可以掩藏。正在东张西望的时节，忽听得捶门之声如同霹雳，锣声敲到门前，又忽然住了，不知为什么缘故。欲待不开，又恐怕抵挡不住；欲待要开，怎奈几个包袱摆在面前，万一官府进来，只当是自具供招，亲投罪状，买一个强盗窝家，认到身上来做了，如何使得？急得大汗如流，心头突突的乱跳。又听得敲门之人高声喊道：“老爷来拜顾相公，快些开门，接了帖进去！”

呆叟听见这句话，一发疑心说：“我是犯罪之人，不行扑捉也够了，岂有问官倒写名帖上门来拜犯人之理？此语一发荒唐，总是多凶少吉。料想支撑不住，落得开门见他。”谁想拔开门拴，果然有个“侍弟”帖子，塞进门来。那投帖之人又说：“老爷亲自到门，就要下轿了，快些出来迎接！”

呆叟见过名帖，就把十分愁胆放下七分，料他定有好意，不是什么计谋，就整顿衣冠出去接见。县尊走下轿子，对着呆叟道：“这位就是顾兄么？”呆叟道：“晚生就是。”县尊道：“渴慕久矣！今日才得识荆。”就与他挽手而进。行至中堂，呆叟说是犯罪之人，不敢作揖，要行长跪之礼。县尊一把扯住说：“小弟惑于人言，唐突吾兄两次，甚是不安，今日特来谢过。兄乃世外高人，何罪之有！”呆叟也谦逊几句，回答了他，两个才行抗礼。

县尊坐定之后，就说：“吾兄的才品，近来不可多得，小弟钦服久矣！两番得罪，实是有为而然，日后自明，此时不烦细说。方才会着诸位令亲，说吾兄有徙居负郭之意。若果能如此，就可以朝夕领教，不作‘蒹葭白露[1]’之思了。但不知可曾决策？”呆叟道：“敝友舍亲都以此言相勖[2]，但苦生计寥寥，十分之中还有一二分未决。”县尊道：“有弟辈在此，‘薪水’二字，可以不忧，待与诸位令亲替兄筹个善策，再来报命就是了。”呆叟称谢不遑。县尊坐了片时，就告别而去。

呆叟一日之中，遇了三桩诧事，好像做梦一般，祸福齐来，惊喜毕集。自家猜了半日，竟不知什么来由。直等黄昏日落之时，诸公携酒而出，一来替他压惊，二来替他贺喜，三来又替他暖热新居。吃到半席之间，呆叟把日间的事，细细述了一遍，说：“公门之内，莫道没有好人；盗贼之中，一般也有豪杰。只

---

① 蒹（jiān）葭（jiā）白露——蒹葭，没有长穗的芦苇。出自《诗经·秦风·蒹葭》：蒹葭苍苍，白露为霜。

② 勖（xù）——勉励。

是这位县尊，前面太倨，后面太恭，举动靡常，倒有些解说他不出。”众人听了这些话，并不作声，个个都掩口而笑。呆叟看了，一发疑心起来，问他：“不答者何心，暗笑者何意?”殷太史见他盘问不过，才说出实心话来，竟把呆叟喜个异常、笑个不住！

原来那三桩横祸，几次奇惊，不是天意使然，亦非命穷所致，都是众人用了诡计做造出来的。只因思想呆叟，接他不来，知道善劝不如恶劝，他要享林泉之福，所以下乡，偏等他吃些林泉之苦。正要生发摆布他，恰好新到一位县尊，极是怜才下士。殷太史与众人就再三推毂，说：“敝县有才之士，只得一人，姓某名某，一向避迹入山，不肯出来谒见当事。此兄不但才高，兼有硕行，与治弟们相处，极肯输诚砥砺。自他去后，使我辈鄙吝日增，聪明日减。可惜不在城中，若在城中，老父母得此一人，就可以食‘怜才下士’之报。”

县尊闻之，甚是踊跃，要差人赍了名帖，下乡去物色他。众人道：“此兄高尚之心，已成了膏肓痼疾，不是弓旌召得来的。须效晋文公取士之法，毕竟要焚山烈泽，才弄得介子推出来。治弟辈正有此意，要借老父母的威灵，且从小处做起，先要如此如此。他出来就罢，若不出来，再去如此如此。直到第三次上，才好把辣手放出来。先使他受些小屈，然后大伸，这才是个万安之法。”县尊听了，一一依从，所以签他做了柜头，差人前去呼唤。明知不来，要使他蹭蹬，起头先破几分钱钞，省得受用太过，动以贫贱骄人。第二次差人打劫，料他穷到极处，必想入城，还怕有几分不稳，所以吩咐打劫之人，丢下几件赃物，预先埋伏了祸根，好等后来发作。谁想他依旧倔强，不肯出来，所以等到如今，才下这番辣手。料他到了此时，决难摆脱，少不得随票入城。

据众人的意思，还要哄到城中，弄几个轻薄少年立在路口，等呆叟经过之时，叫他几声“冯妇”，使他惭悔不过，才肯回头。独有殷太史一位不肯，说：“要逼他转来，毕竟得个两全之法，既要遂我们密迩①之意，又要成就他高尚之心；趁他未到的时节，先在半村半郭之间，寻下一块基址，替他盖几间茅屋，置几亩腴田。有了安身立命之场，他自然不想再去。我们为朋友之心，方才有个着落。不然，今日这番举动，真可谓之虚构了。”众人听见，都道他虑得极妥。

县尊知道有此盛举，不肯把“倡义”二字让与别人，预先捐俸若干，送到殷太史处，听他设施。所以这座庄房与买田置产之费，共计千金。三股之内，县尊出了一股，殷太史出了一股；其余一股，乃众人均出。不但宴会宾客之所、安顿妻孥之处，替他位置得宜，不落寻常窠臼；连养牛畜豕之地，鸡栖犬宿之场，都造得现现成成，不消费半毫气力。起先那两位异人、三桩诧事，亦非无故而然，都是他们做定的圈套，特地叫人送上门来，使他见了，先把大惊变为小惊，然后到相见的时节，说了情由，再把小喜变为大喜。连县尊这一拜，也是在他未到之先就商榷定了的。要等他一到城外，就使人相闻，好等县尊出来枉顾，以作下交之始。

呆叟在穷愁落寞之中，颠沛流离之际，忽然闻了此说，你道惊也不惊？喜也不喜？感激众人不感激众人？当夜开怀畅饮，醉舞狂歌，直吃到天明才散。

---

① 密迩（ěr）——亲近，接近。

呆叟把山中的家小与牛羊犬豕之类，一起搬入新居，同享现成之福。从此以后，不但殷太史乐于闻过，时时往拜昌言；诸大老喜得高朋，刻刻来承麈教；连那位礼贤下士的令尹，凡有疑难不决之事、推敲未定之诗，不是出郭相商，就是走书致讯。呆叟感他“国士”之遇，亦以“国士”报之。凡有事关民社、迹系声名者，真所谓“知无不言、言无不尽。”殷太史还说声气虽通，终有一城之隔，不便往来；又在他庄房之侧，买了一所民居，改为别业。把“闻过楼”的匾额，叫人移出城来，钉在别业之中一座书楼之上，求他朝夕相规，不时劝诫。

这一部小说的楼名，俱从本人起见，独此一楼，不属顾而属殷，议之者以为旁出，殊不知作者原有深心。当今之世，如顾呆叟之恬澹寡营，与朋友交而能以切磋自效者，虽然不多，一百个之中，或者还有一两个。至于处富贵而不骄，闻忠言而善纳，始终为友，不以疏远易其情、贫老变其志者，百千万亿之中，正好寻不出这一位！只因作书之旨，不在主而在客，所以命名之义，不属顾而属殷。要使观者味此，知非言过之难，而闻过之难也。觉世稗官之小说，大率类此。其能见取于人，不致作覆瓿①抹桌之具者，赖有此耳！

① 瓿（bù）——小瓮。覆瓿，比喻著作毫无价值或不为人所重视；亦表示自谦。